Black para sempre

TRILOGIA FOREVER

Black para sempre
LIVRO 1

Você para sempre
LIVRO 2

Nós para sempre
LIVRO 3

SANDI LYNN

Black para sempre

Tradução
Kenya Costa

valentina
Rio de Janeiro, 2015
1ª Edição

TÍTULO ORIGINAL
Forever Black

CAPA
Marcela Nogueira

FOTO DE CAPA
Steven Lam | Getty Images

DIAGRAMAÇÃO
FA studio

Impresso no Brasil
Printed in Brazil
2015

CIP-BRASIL. CATALOGAÇÃO NA PUBLICAÇÃO
BIBLIOTECÁRIA: FERNANDA PINHEIRO DE S. LANDIN CRB-7: 6304

L996b

Lynn, Sandi
Black para sempre / Sandi Lynn; tradução Kenya Costa. — 1. ed. — Rio de Janeiro: Valentina, 2015.
256p. ; 23 cm (Trilogia Forever; 1)

Tradução de: Forever Black
ISBN 978-85-65859-60-8

1. Romance americano. I. Costa, Kenya. II. Título. III. Série.

15-22357
CDD: 813
CDU: 821.111(73)-3

Todos os livros da Editora Valentina estão em conformidade com o novo Acordo Ortográfico da Língua Portuguesa.

EDITORA VALENTINA
Rua Santa Clara 50/1107 – Copacabana
Rio de Janeiro – 22041-012
Tel/Fax: (21) 3208-8777
www.editoravalentina.com.br

Agradecimentos

A meu marido, por aturar minhas noites intermináveis digitando no notebook para tornar este livro possível. Obrigada por se mostrar tão compreensivo todas as vezes que o ignorei e lhe disse para ficar quieto ou abaixar a tevê para que eu pudesse me concentrar. Eu te amo! A minhas três queridas filhas adolescentes e sua eterna pergunta: "O que tem para o jantar?" A minha amiga e colega, Debbie, que me empurrou todos os dias para escrever este livro. E também a meus leitores beta — eu não teria conseguido sem vocês! Obrigada. Um agradecimento especial a minha amiga Lucy D'Andrea, editora e revisora, que tão generosamente me ajudou a editar e revisar *Black para sempre*.

xo.

Capítulo 1

Eu estava parada diante da porta do quarto, vendo Kyle guardar suas coisas.

— Só preciso de um pouco de espaço — disse ele, atirando as roupas de qualquer jeito numa sacola Nike.

— Isso tem alguma coisa a ver com aquela putinha que você conheceu ontem no Zoe's?

— Elle, por favor, eu já te disse que não aconteceu nada.

— Você me diz muitas coisas, Kyle. — Revirei os olhos.

Ele atirou as últimas roupas na sacola e se virou para mim.

— Nós dois sabíamos que a nossa situação estava tomando esse rumo. Ela tem andado complicada há um bom tempo, e você sabe por quê.

— Complicada para você, porque resolveu procurar uma coisa que não existe.

Ele soltou um longo suspiro.

— Desculpe, Elle. Não estou mais aguentando.

Segui seus passos até o pequeno cômodo que chamávamos de sala, e ele soltou a sacola no chão. Tirou algumas notas do bolso da calça jeans e as pôs na mesa.

— Isso é para o aluguel dos próximos dois meses. — Deu um beijo na minha testa e se dirigiu à porta.

Cruzei os braços, encarando-o.

— Não quero seu dinheiro, quero que você fique. Por favor, Kyle, não me abandone.

Eu agora tinha me tornado a mulher mais melodramática do mundo, implorando ao idiota do meu namorado para que ficasse, não por achar que estava apaixonada por ele, mas por medo de ficar sozinha, sendo a solidão algo que eu conhecia tão bem.

Ele pegou a sacola e a pendurou no ombro.

— Se cuida, Elle. — E, sem dizer mais nada, foi embora. Fiquei parada no meio da sala, olhando para a porta, as lágrimas fugindo dos olhos.

Kyle e eu estávamos juntos desde nosso segundo ano na Universidade de Michigan. Tínhamos nos conhecido numa festa da fraternidade Delta Sigma Phi, a que ele pertencia. Kyle era um cara bonito, de porte médio, com um metro e oitenta de altura. Não chegava a ser lindo, mas era charmoso. Sempre estava com os cabelos pretos muito bem penteados, e seus olhos castanho-escuros me lembravam uma das coisas que mais amo no mundo — chocolate. Kyle era aquele cuja presença dava vida aos lugares; seu encanto e carisma me inspiravam. Ele estudava Ciências Contábeis, e eu Artes. Pouco depois de nos formarmos, um primo dele lhe arranjou um emprego numa grande firma de contabilidade, onde ele ainda trabalhava. Foi assim que acabamos nos mudando de Michigan para Nova York. O emprego de Kyle era em tempo integral e ele ganhava muito bem, por isso pude arranjar um emprego de meio expediente numa gravadora e terminar de pintar os quadros que prometera à galeria de arte.

Alugamos um pequeno quarto e sala, onde passamos todo o ano anterior, e estávamos felizes ali — ou, pelo menos, era o que eu pensava. Ainda com os olhos úmidos, fui me enroscar no sofá, onde chorei até pegar no sono.

Estava dormindo havia pouco tempo, quando uma batida à porta me acordou. Sentei, olhando em volta, os olhos inchados e vermelhos.

— Elle, você está aí? — Uma voz familiar acompanhou as batidas. Levantei do sofá e fui correndo abrir a porta. Peyton parecia sempre adivinhar quando eu mais precisava dela. Levantando as mãos, exclamou:

— Até que enfim, Elle! Pensei que ia ter que arrombar a porta. — Ela me deu um abraço apertado. Fiz um gesto para que entrasse e ela me seguiu, colocando sua enorme bolsa marrom na mesa.

— Trouxe um remédio que é tiro e queda para cachorrada de namorado. — Sorriu, retirando várias caixas de comida chinesa da bolsa e colocando-as na mesa. — Temos Mongolian beef, enroladinhos de alface, arroz frito com frango, sopa de wonton e, de sobremesa, sorvete de chocolate.

Seu sorriso de orelha a orelha logo se desfez quando ela me viu abaixar a cabeça e voltar a me enroscar no sofá. Peyton suspirou, vindo sentar ao meu lado.

— Kyle me mandou uma mensagem dizendo que foi embora. Queria que eu viesse dar uma olhada em você para ver se está bem.

Levantei a cabeça dos braços. Quem ele pensava que era, para mandar minha melhor amiga vir ver se eu estava bem?, pensei, furiosa.

— Ele disse que foi embora por causa de diferenças irreconciliáveis.

— Até parece que somos casados — resmunguei.

Peyton sorriu, compreensiva, e foi até a cozinha pegar pratos e talheres para o nosso jantar. Eu não conseguia parar de pensar que Kyle tinha ido embora. Nunca nos separávamos por mais do que alguns dias, e agora tínhamos nos separado para sempre. Eu estava sozinha novamente. Sabia por que ele decidira ir embora, e essa era a razão por que estava com tanta raiva. Eu lhe dera mil oportunidades de me dizer a verdade, mas ele não conseguira nem me olhar nos olhos e fazer isso. Era um covarde, e não havia espaço na minha vida para covardes. Embora estivesse me sentindo muito nauseada, levantei e fui até a mesa, enquanto Peyton servia meu prato.

— Olha só, amiga. Kyle é um babaca, e é uma pena que você tenha jogado fora quatro anos da sua vida com ele, mas você precisa se concentrar em alguma outra coisa. Precisa terminar seus quadros e exibi-los na galeria, para que as pessoas possam descobrir quem Ellery Lane realmente é — disse, gesticulando com o garfo. Esbocei um sorriso, sabendo que ela tinha razão; se havia algo que me permitia fugir da tristeza e da solidão, era a pintura. Ela passou o braço pelo meu ombro e me deu uma apertadinha. — Não se preocupe, vou te dar a maior força.

Eu conhecera Peyton na galeria de arte, no dia em que entrara para saber do dono se exporia meus quadros. No instante em que ela perguntou se podia me ajudar, simpatizamos uma com a outra, e logo nos tornamos grandes amigas. Peyton tem uma personalidade exuberante, muito maior do que a sua figurinha mignon e magérrima, com um metro e sessenta e cinco. Estava sempre linda, com seus cabelos castanhos compridos e a maquiagem perfeita realçando os olhos azuis. Acho que nunca a vira usando um training. Ela gostava de estar sempre elegante, e só usava saias combinando com blusas bonitas. O que não faltava era homem ao redor de Peyton. Estavam sempre paquerando minha amiga, mas ela ainda não encontrara o cara certo para se apaixonar.

Não estava com apetite, mas sabia que tinha que fazer a vontade de Peyton, ou ela não me deixaria em paz.

— Quer que eu passe a noite aqui?

— Não, prefiro ficar sozinha — respondi, pondo o garfo no prato. — Acho que vou tomar um banho.

Levantei da mesa e fui para o banheiro. Abri a torneira e despejei uma medida de mousse de banho na banheira. Enrolei e prendi os cabelos louros no alto da cabeça para não molhá-los. Entrei na banheira cheia de espuma e deslizei até encostar a cabeça no travesseiro de plástico. Fiquei lá, olhos fechados, tentando bolar algum plano, mas estava muito infeliz, e precisava de tempo para curtir a dor de cotovelo antes de levar em frente minha vida de mulher solteira.

Quando saí da banheira, Peyton já tinha limpado tudo. Deixara uma mensagem de texto dizendo: *Elle, descansa bastante e me liga se precisar de alguma coisa. Te ligo amanhã. Te adoro.*

Sorri. Peyton era a única família que eu tinha. Minha mãe falecera de câncer quando eu tinha seis anos, e meu pai morrera pouco antes de eu fazer dezoito. Tinha um casal de tios em Michigan, mas não os via nem falava com eles desde a morte de meu pai. Sempre considerara os pais de Kyle como parentes, mas, agora que tínhamos terminado, seria um tanto constrangedor falar com eles.

Depois de trancar a porta, apaguei a luz e me aconcheguei na cama, escondendo a cabeça sob as cobertas para fugir da realidade de minha vida — pelo menos por essa noite.

Capítulo 2

Nos dias seguintes, não fiz nada além de ficar de pijama e me concentrar em terminar meus quadros. Liguei para o trabalho e disse que estava gripada. Eles me autorizaram a tirar o resto da semana de folga, o que achei ótimo. Tive medo de fazer um rombo no meu orçamento, mas precisava terminar os quadros e levá-los para a galeria. De todo modo, eu não teria sido uma boa companhia para ninguém.

Preparei a terceira jarra de café do dia e dei uma olhada no telefone para ver se havia alguma mensagem. Kyle não tentara entrar em contato comigo desde que fora embora. Como alguém pode esquecer totalmente uma pessoa com quem passou quatro anos? Essa constatação bastou para fazer meu sangue ferver. Do meu ponto de vista, eu tinha duas escolhas: podia me trancar entre essas quatro paredes e deixar que minha vida acabasse, ou podia enterrar o passado, ir à luta e sobreviver. Optei pela segunda possibilidade. Ainda não estava pronta para morrer; havia muitas coisas que queria realizar.

Fiz uma faxina geral no apartamento, que estava imundo, morta de vergonha por tê-lo deixado chegar àquele ponto. Peguei um saco de lixo e fui enfiando tudo que me lembrava de Kyle. Estava determinada a dar sumiço em qualquer vestígio dele. Quando terminei, o lugar estava quase vazio. As prateleiras da estante, que antes abrigavam fotos minhas com Kyle, agora estavam desertas, lembrando o vazio que eu sentia no coração.

Por fim, fui tomar um banho. Esfregando o vapor que se formara no espelho, olhei para mim mesma pela primeira vez em dias. Meus olhos azul-claros — que Kyle dizia que eram da cor do mar — estavam exaustos, empapuçados. Escovei os cabelos louros e longos e passei mousse nas mechas para ondulá-los um pouco. Fiz uma maquiagem leve para tentar esconder os sinais da depressão e do fato de ter passado uma semana trancada em casa. Vesti meu jeans favorito e fiquei surpresa de ver que, pela primeira vez, estava largo em várias partes. Meu corpo de um metro e setenta e oito e manequim 38 parecia ter encolhido ainda mais desde que Kyle fora embora. Procurei minha blusa rosa favorita no armário. Quando terminei de me vestir, respirei fundo e chamei um radiotáxi. Estava na hora de enfrentar o mundo e recomeçar minha vida.

Manny estava parando seu táxi amarelo no meio-fio quando saí do prédio. Vendo minha dificuldade para carregar os três quadros, ele desceu para me ajudar.

— Oi, Elle. Deixa eu te dar uma mão.

— Oi, Manny. Obrigada. — Sorri para ele.

Manny era meu motorista favorito. Eu o conhecera quando me mudara para Nova York. Toda vez que chamava um radiotáxi, sempre pedia Manny; às vezes ele estava livre, às vezes não. Era um cara forte, musculoso, de um metro e noventa de altura, sempre com os cabelos pretos presos num rabo de cavalo. Seus olhos castanhos brilhavam quando eu lhe perguntava sobre os filhos. Era do tipo que ama a família, uma das melhores pessoas que eu já conhecera na vida. Fora no seu táxi que Kyle e eu saíramos do aeroporto ao chegarmos a Nova York. Sentei na frente com ele, para poder acomodar os quadros no banco traseiro.

— Como vai o Kyle?

— Ele foi embora há uma semana, Manny. — Suspirei.

Ele fez uma expressão triste.

— Que pena, Elle. Você está bem?

Olhei para ele, esboçando um sorriso.

— Agora, sim. Estava péssima na semana passada, mas agora estou me adaptando. — Será que estava mesmo? Ou era apenas uma boa atriz?

Ele me levou à galeria e me ajudou a tirar os quadros do carro. Paguei a corrida e lhe agradeci pela ajuda.

— Se precisar de qualquer coisa, me liga, Elle, falando sério — disse, apontando para mim. Em seguida, entrou no táxi e foi embora.

Peyton me viu pela vitrine e saiu para me ajudar a carregar os quadros. Ligou para o dono, Sal, avisando que eu tinha chegado. Ele desceu do escritório e me cumprimentou com dois beijinhos.

— Ah, vamos ver o que você tem aqui, Ellery — disse, pegando os quadros um por um e encostando-os à parede.

Eu assinara um contrato me comprometendo a deixar três quadros em consignação na galeria. Um deles era romântico, um casal dançando ao luar, entre nuvens. O segundo mostrava um jardim com um chafariz cercado de lindas flores. O último era uma menina vestida de branco sentada em um campo florido, com três anjos olhando do céu para ela. Todos os quadros diziam algo sobre mim.

— Uau, Elle, são lindos! Tenho certeza de que vou vendê-los com a maior facilidade — disse Sal, sorrindo.

Fiquei um pouco encabulada, pois era a primeira vez que iria exibir meu trabalho para o mundo. Ele me levou até uma pequena parede vazia.

— É aqui que seus quadros vão ficar expostos. Eu te ligo assim que vender um deles, ou todos.

Agradeci e, quando ele se afastou, Peyton começou a dar pulinhos, batendo palmas.

— Vamos sair para comemorar hoje à noite! — exclamou.

Sair era a última coisa que eu queria. Não me sentia pronta para fazer esse tipo de programa de solteira, mas Peyton era persistente, e eu estava sem forças para resistir. Por isso, mesmo sem vontade, concordei.

Saí da galeria e fui andando pela rua. Revirei a bolsa, procurando o celular que tocava. Quando o encontrei, olhei para o número familiar que andava aparecendo demais na minha tela nos últimos tempos.

Recusei a chamada e resolvi voltar a pé para casa. Pouco depois, o alerta de mensagens iluminou a tela. Quando cheguei em casa, estava exausta. Atirei as chaves e a bolsa na mesa ao lado da porta e ouvi o recado chato que a tela ainda anunciava.

— Oi, Ellery, aqui é o Dr. Taub. Soube que você desmarcou as duas últimas consultas depois que nos vimos da última vez. Quero saber se ainda é minha paciente. Precisamos muito conversar sobre isso. Tenho certeza de que posso ajudá-la, Ellery. Por favor, ligue para o meu consultório para marcar uma consulta o quanto antes.

Revirei os olhos, balançando a cabeça, e apaguei o recado.

Fui para o quarto e decidi me deitar um pouco, pois a caminhada por seis quarteirões me cansara. Não devia estar dormindo por mais de uma hora, quando acordei com o celular tocando.

Capítulo 3

— Oi — atendi, sonolenta.

— Estava dormindo? — perguntou Peyton um pouco alto demais.

— Só tirando um cochilo. — Bocejei.

— Acorda, mulher! Estou indo aí, para a gente ir a uma boate.

Soltei um suspiro cansado.

— Boate? Você disse que nós íamos comemorar. Achei que estava pensando em jantar fora, não em cair na balada. — Não estava a fim de ir a uma boate barulhenta e lotada de gente aquela noite.

— Elle, acorda! Você tem andado deprimida desde que aquele idiota do Kyle foi embora. Retome sua vida, divirta-se como costumava fazer! Você é a pessoa mais divertida que conheço.

— Sei lá, Peyton. Não estou a fim de ir a uma boate hoje.

— Vai ficar quando chegar lá, e quem sabe, conhecer o seu príncipe encantado.

Ela falara em príncipe encantado? Eu não queria um príncipe encantado. Não queria saber de homens, e ponto final. Mas era importante para Peyton que comemorássemos, por isso concordei.

— Tá, Peyton, eu vou, mas não quero voltar tarde, estou cansada.

— Maravilha! — gritou ela. — Ah, meu amigo Caleb vai pegar a gente aí na sua casa. Tchau!

— Espera aí, quem é... — *Clic*. Ri baixinho e fui tomar um banho. A exuberância de Peyton atraía mil personalidades diferentes. Acho que fora por isso que nos entrosáramos tão depressa.

Assim que saí do chuveiro, Peyton entrou na sala, atirando para mim uma sacola da Forever 21.

— O que é isso? — perguntei, dando uma espiada na sacola.

Ela me olhou, sorrindo, enquanto ia até o banheiro.

— É só uma coisinha que comprei para dar um *tchan* no seu visual.

Peyton era extremamente generosa. Sempre trocávamos presentes que achávamos que nos agradariam. Abri a sacola e tirei o suéter de tricô prateado mais espetacular do mundo.

— Peyton, adorei! — Sorri.

— Sabia que você ia gostar. Achei que ficaria legal com a legging preta e as botas pretas — murmurou ela, escovando os cabelos.

Fui até o quarto e vesti o suéter. Era comprido o bastante para cobrir meu traseiro, o que fazia dele o complemento perfeito para uma legging. Fui até o banheiro, onde Peyton finalizava o look. Ela olhou para mim pelo espelho e assobiou.

— Nossa, que gata! Todos os caras na boate vão querer passar a mão nessa bunda gostosa. — Sorriu, dando uma palmada em mim.

Revirei os olhos. Peyton era uma dessas pessoas que não têm a menor censura, sempre dizendo tudo que lhe passava pela cabeça, sem pensar duas vezes: a boca cuspia antes que o cérebro pensasse.

Sorri, abraçando-a.

— Obrigada, é lindo.

— Ah, é tão bom te ver sorrindo de novo, Elle. — Ela terminou de escovar os cabelos.

Perguntei a Peyton sobre Caleb, e ela respondeu que era um amigo de um amigo com quem tinha saído algumas vezes. Achei isso estranho, porque era a primeira vez que ouvia seu nome. Ela contou que começara a vê-lo assim que Kyle me deixara. Não achou que pegaria bem falar da sua vida amorosa tão cedo. Para ser honesta, fiquei comovida com seu cuidado de não tocar no assunto, mas ao mesmo tempo chateada por não ter feito isso.

Olhei para meu reflexo no espelho uma última vez antes de sair. Decidi fazer alguns cachos leves no cabelo que já tinha penteado, e tirei um pouco da sombra que Peyton passara nas minhas pálpebras. Estava começando a me sentir feliz por decidir sair; precisava me divertir um pouco.

Caleb chegou e assobiou para nós duas quando Peyton abriu. Deu um beijo no seu rosto e se aproximou de mim, estendendo a mão.

— Sou Caleb. Prazer em conhecê-la.

Apertei sua mão e respondi que o prazer era todo meu. Seu aperto de mão era firme e, pelo que pude perceber, seu corpo também. Ele usava os cabelos castanhos despenteados, mas de um jeito charmoso, e seus olhos pretos eram penetrantes. Dava para ver por que Peyton se sentia atraída por ele. Entramos no táxi que nos esperava. Peyton estava com o braço em volta do pescoço de Caleb, os dois roçando os narizes. De repente, eu me senti como se estivesse sobrando.

— E aí, a que boate nós vamos? — perguntei.

Os olhos de Caleb passaram de Peyton para mim.

— Pensei em irmos ao Club S.

Franzi a testa, me perguntando se conhecia essa boate, e então lembrei: um amigo do restaurante dos sem-teto, Frankie, trabalhava como segurança lá. Soltei uma exclamação, chocada.

— Mas não é tipo um clube de swing?

Peyton olhou para mim, sorrindo.

— Elle, é uma boate normal, só que por acaso algumas pessoas vão lá a fim de encontrar parceiros para transar — disse com naturalidade, como se não fosse nada de mais. Revirei os olhos, suspirando.

— Me corrija se eu estiver errada, mas o S não é de "Sexo", como se o nome fosse Club Sexo? Peyton e Caleb sorriram para mim. — Ótimo, agora vou ter que passar a noite inteira na defensiva.

— Vive um pouco, Elle. — Peyton riu.

Cruzei os braços, olhando pela janela, e eles começaram a se beijar. Pois eu é que não iria "viver um pouco" tendo uma noitada com um estranho qualquer; isso não fazia o meu gênero. Só tinha transado com um único homem na vida, e fora Kyle.

Capítulo 4

O táxi nos deixou diante da boate, e fiquei pasma de ver a fila diante do prédio, que dava a volta a dois quarteirões, no mínimo. Sorri porque sabia que não haveria a menor possibilidade de conseguirmos entrar, o que por mim estava ótimo. Preferia mil vezes ir jantar em algum restaurante tranquilo.

Os ombros de Caleb se curvaram de desânimo.

— Merda! Olha só para essa fila. Devíamos ter vindo mais cedo.

Enquanto a multidão enfileirada aguardava pacientemente para entrar e eu rezava para dar o fora dali, ouvi alguém gritar meu nome. Meus olhos se arregalaram e virei a cabeça, cautelosa.

— Elle, é você? Aqui, Elle!

Olhei na direção de onde viera a voz. Era Frankie que acenava, indicando que eu me aproximasse. Fomos para a entrada e paramos diante do cara grandalhão e corpulento chamado Frankie Lasher. Seu corpanzil de lutador, com um metro e oitenta e cinco, bastava para intimidar qualquer um. Dava para ver por que a boate o contratara como segurança. Ele me deu um breve abraço.

— Que bom ver você, Elle. Vieram agitar?

— Pois é, viemos, mas olha só para essa fila. Não acho que vai ser possível.

— Bobagem, vocês vão entrar.

Lancei um olhar furioso para ele, que levantou o cordão para nós. Caleb e Peyton ficaram eufóricos, sorrindo de orelha a orelha. Frankie segurou meu braço quando passei por ele.

— Se não se sentir à vontade ou se precisar de mim, é só sair e me dizer.

Sorri, grata por sua generosidade, e concordei.

Passamos pelo pequeno corredor que levava à entrada principal da boate. Eu já tinha estado em muitas boates, mas sem dúvida alguma essa era a mais lotada de todas. Olhei para as mesas que enchiam o salão. Havia um balcão enorme na lateral, com luzes fluorescentes pendendo do teto. A imensa pista de dança tinha telões que exibiam um show de laser colorido. As paredes eram forradas em camurça, com lâmpadas que emitiam uma luminosidade suave. O volume da música era altíssimo, o chão trepidando sob meus pés, forçando meu corpo a se mover no ritmo.

Peyton puxou a mim e a Caleb para a pista, onde dançamos por horas a fio. Eu precisava de uma bebida, por isso deixei os dois dançando e me dirigi ao bar. Sentei no único banquinho disponível na ponta e pedi um Cosmopolitan. Estava bebericando meu coquetel quando notei um homem e uma mulher discutindo a uma mesa não muito longe de onde me sentava. Ela apontou um dedo trêmulo para ele, e então cutucou seu peito várias vezes. Não pude deixar de balançar a cabeça, rindo. Fiquei observando os dois, para ver se acabariam fazendo as pazes e se beijando, mas então notei que agora ele estava gritando. Seu dedo apontava para ela, seu rosto parecendo furioso. A mulher, que era alta e bonita, deu um tapa nele, e então se virou e saiu correndo. Fiquei olhando para o cara e observei seu rosto, que não demonstrava uma gota de emoção. Ele só permaneceu onde estava, olhando em frente.

Continuei observando-o, porque era um dos maiores gatos que eu já tinha visto na vida. O cabelo castanho-claro, quase louro, era mais curto dos lados, e a parte de cima, mais comprida, era ondulada. Não consegui deixar de ficar encarando seu queixo quadrado e anguloso e as maçãs do rosto salientes. Não dava para ver a cor dos olhos porque estava muito longe e a iluminação era fraca, mas dava para ver que qualquer mulher podia se afogar dentro deles.

— Uau, Elle, estou vendo que alguém chamou sua atenção. — Peyton sorriu, olhando para o gato. Ah, meu Deus. Não precisava que ela me visse secando o cara, porque seria a primeira a ir correndo lhe contar e tentar fazer com que engrenássemos.

— Ele só chamou minha atenção porque levou um tapa de uma mulher.

Peyton soltou uma risada, e aproveitei a deixa para mudar de assunto. Ela me arrastou até a pista, onde dancei e dei mil foras em caras atrevidos, tentando me misturar com a multidão.

Começou a fazer um calor horrível na boate, e precisei de um pouco de ar fresco. Disse a Peyton que voltaria, e me dirigi à porta. Quando saí, vi Frankie escoltando o Sr. Gato para fora da boate.

— Muito bem, Sr. Black, o senhor já bebeu bastante por hoje, e está na hora de ir para casa.

O cara cambaleou, resmungando.

— Qual é o problema, Frankie? — perguntei, com naturalidade.

— Oi, Elle. Esse cavalheiro bebeu um pouco demais, e começou a fazer uma cena quando a garçonete se recusou a servi-lo.

— O que vai fazer com ele?

— Eu só trago os caras aqui para fora. O que eles fazem depois disso não é da minha conta.

Olhei para ele, inclinando a cabeça.

— Ele mal se aguenta em pé. Como espera que vá para casa? — Minha cabeça me mandava parar por ali imediatamente, porque sabia o que eu estava prestes a fazer, mas meu coração me mandava ajudá-lo. — Vou levá-lo para casa — disse a Frankie.

— Elle, não é uma boa ideia. Você não sabe com quem está lidando.

Levantei a mão.

— Sei o que estou fazendo, e ele precisa de ajuda.

Frankie balançou a cabeça.

—Você tem um bom coração, Elle, mas às vezes, acho que é louca. Por favor, tome cuidado.

Tirei o celular da bolsa e chamei um táxi. O Sr. Gato estava sentado na calçada, encostado numa parede. Observei o terno preto caro, feito sob medida, e a camisa branca parcialmente desabotoada, revelando seu peito musculoso. Devia ter um metro e oitenta, e era esguio, mas com uma musculatura impressionante. Como o cabelo e o rosto, seu corpo parecia ser perfeito. Caminhei até ele e segurei seu braço para ajudá-lo.

—Vem, vou te levar para casa.

Ele olhou para mim com seus olhos verdes bêbados.

— Eu te conheço? — perguntou, com voz arrastada.

Dei um tapinha nas suas costas e o amparei até o meio-fio, no exato momento em que o táxi estacionava. Antes de fazê-lo entrar, tirei sua carteira do bolso traseiro. Ele entrou aos tropeços, e sentei ao seu lado. Abri sua carteira, tirei a licença de motorista e a entreguei ao motorista.

— Leva esse moço para casa.

Ele me devolveu a carteira, e aproveitei para ler seu nome. Com um tapinha no seu braço, disse:

— Prazer em conhecê-lo, Connor Black.

Ele olhou para mim e encostou a cabeça no meu ombro. Deixei que um pequeno sorriso se esboçasse em meus lábios.

Capítulo 5

O *táxi parou diante* da garagem de um prédio.

— É aqui que eles gostam de ser deixados. Ele deve ter uma chave que abre aquele elevador ali, e o nome dele deve estar do lado de dentro, perto da fechadura, indicando em que andar ele mora. Boa sorte.

Fiquei olhando para o motorista, porque, em primeiro lugar, como é que ele sabia disso? E em segundo, eu não tinha a menor intenção de levá-lo além do elevador. Abri sua carteira e passei o dedo pelas notas. Balancei a cabeça ao ver que eram todas de cem. Tirei uma delas e a entreguei ao motorista.

— Guarda o troco. — Pisquei o olho.

— Obrigado, senhora. — Um largo sorriso se abriu no seu rosto.

— Não há de quê. Agradeça a ele da próxima vez.

Abri a porta e segurei seu braço, fazendo-o descer do táxi. Passei o braço pelo seu ombro e o conduzi ao elevador. Ele não parava de cambalear, quase me derrubando com ele. Procurei seu chaveiro no bolso. Foi um momento constrangedor, quando pus a mão no bolso lateral e senti algo semirrígido que não era o chaveiro. Apertei o botão do elevador, e ele olhou para mim.

— Você é uma linda mulher, e eu vou te dar uma trepada colossal — disse, segurando meu traseiro. Suspirei, empurrando sua mão.

— Só nos seus sonhos, benzinho, só nos seus sonhos...

A porta do elevador se abriu. Acompanhei-o até o interior e olhei para as várias chaves, imaginando qual delas seria a do elevador. Virei-me para ele, que se encostara à parede no fundo.

— Será que podia me mostrar qual delas é a daqui?

Ele abriu um sorriso bêbado e tirou o chaveiro da minha mão com um gesto sensual, separou uma chave e a estendeu para mim. Agradeci, sorrindo.

Inseri a chave na fechadura ao lado do seu nome e o elevador nos levou até o último andar. As portas se abriram para a maior e mais linda cobertura que eu já vira. Quer dizer, era a única cobertura que eu já vira, mas mesmo assim era linda. Minha única intenção era deixá-lo encostado em alguma parede e ir embora. Tinha imaginado que ele dormiria no chão e só acordaria pela manhã, mas isso foi só até ele olhar para mim e anunciar que ia vomitar. Revirei os olhos, e pedi que me levasse ao banheiro, imaginando que isso chamaria sua atenção. Ele apontou para a escada, e me mantive ao seu lado, tentando apoiá-lo enquanto ele tropeçava em cada degrau. Finalmente chegamos ao segundo andar, e vi um banheiro à esquerda. Ele não conseguiu esperar e vomitou ali mesmo, em cima das roupas. Balancei a cabeça, pois essa era uma imagem que conhecia muito bem.

Levei-o às pressas para o banheiro, onde ele sentou no chão e se abraçou ao vaso durante aproximadamente uma hora. Fiquei lá parada, admirando a beleza do seu banheiro. As paredes cinza e as bancadas em granito preto criavam um visual clássico, mas requintado.

Peguei uma toalha e a umedeci com água morna. Fui até ele, que estava sentado com as costas na parede, a cabeça baixa. Cheirava a vômito, e eu precisava fazer com que trocasse de roupa.

— Vem, meu amigo, vamos ver se consigo te fazer trocar de roupa. — Passei seu braço pelo meu ombro e, com uma pequena ajuda dele, levantei-o do chão. Seguimos pelo corredor até o quarto. Abri as portas duplas e soltei uma exclamação. O quarto era maior do que o meu apartamento inteiro. Levei-o até a cama king size e fiz com que sentasse.

—Você é um anjo? — perguntou ele com voz arrastada, acariciando meu rosto de leve. Sua pele era quente, e o toque (um pouco gostoso demais) chegou a me deixar arrepiada.

Afastei sua mão.

— É, acho que sou.

Ele abriu um sorriso bêbado e se jogou para trás na cama. Sabia que ia dar algum trabalho tirar suas roupas, mas não podia deixá-lo com elas, vomitando a noite inteira. Tirei seus sapatos e meias primeiro. Sentei em cima dele, uma perna de cada lado, e desabotoei a camisa, virando-o de um lado ao outro, para tirar as mangas. Provavelmente teria sido mais fácil tirar a camisa no banheiro, mas não me ocorrera fazer isso. Passei para o botão da calça. *Ah, meu Deus, não acredito que esteja fazendo isso.* Minha vontade foi deixá-lo lá dormindo até a bebedeira passar, mas o grosso do vômito atingira justamente a calça, e ele estava com um cheiro horrível. Desabotoei a calça e levantei seus quadris para poder tirá-la. Foi uma luta, mas acabei conseguindo.

Não pude deixar de olhar para seu corpo escultural enquanto ele estava lá deitado, totalmente nu, apenas com uma cueca samba-canção de seda preta. Ninguém é de ferro, não é mesmo? Ele era esguio, musculoso e perfeitamente definido da cabeça aos pés. Eu me senti uma pervertida enquanto olhava para o seu corpo desmaiado, mas ninguém devia ser tão perfeito assim; não é justo. Precisava pôr sua cabeça no travesseiro. Coloquei a toalha fria na sua testa, e ele se remexeu. Peguei-o pelas axilas e o puxei para cima o melhor que pude. Virei-o de lado para o caso de vomitar novamente, e ele soltou um leve gemido. Encontrei um edredom num canto do quarto e o cobri. Suspirei e olhei para o relógio na mesa de cabeceira, que marcava uma hora da manhã.

Estava exausta e precisava desesperadamente dormir um pouco. Foi então que me dei conta de que não chegara a avisar Peyton que ia sair da boate. Corri para a escada e peguei a bolsa na mesa. Tirei o celular e vi que havia uma mensagem dela.

Frankie me contou o que você está fazendo. Sei que gosta de bancar a boa samaritana, mas estou preocupada. Me manda uma mensagem.

Respondi depressa:

Estou bem. Consegui levá-lo para casa, e ele desmaiou na cama. Estou indo para casa agora. Falo com você amanhã.

Fiquei parada no corredor, olhando para a escada. Lembranças começaram a me assaltar, e senti a necessidade de voltar ao seu quarto para dar uma última olhada nele. Ele se deitara de costas, e tornei a virá-lo de lado. Sua cama era tão confortável, que decidi sentar ao seu lado para garantir que ele ficasse naquela posição pelo resto da noite e conseguisse dormir um pouco.

Estava sonhando com meu pai quando acordei. Sentei depressa, mas meu cérebro ainda não registrara onde eu estava. Dei uma olhada no quarto e vi Connor, que dormia tranquilamente. Balancei a cabeça, mal podendo acreditar que eu tinha pegado no sono e dormido tanto, e me dirigi ao banheiro. Passei um pouco de água no rosto e fiz um bochecho com um enxaguante bucal que encontrei no armário. Passei os dedos pelos cabelos e me dirigi ao andar de baixo. Devia ter ido para casa aquela hora, mas precisava de um café, e Connor também precisaria, quando acordasse.

Fui até a cozinha e parei bruscamente. Os armários em mogno com tampos em granito cinza-escuro eram simplesmente espetaculares. Havia uma bancada ampla e curva no meio da cozinha, com um fogão embutido de um lado e três fornos em inox também embutidos na parede em frente. Encontrei o necessário e fiz uma jarra de café. Conhecia a receita de um coquetel para a ressaca que costumava preparar para meu pai todos os dias. Dei uma olhada na cozinha e, para minha surpresa, encontrei tudo de que precisava. Estava de costas para a porta, preparando o coquetel, quando ouvi alguém pigarrear. Levei um susto, e me virei devagar.

Ele estava parado no meio da cozinha vestindo uma calça preta de pijama baixa nos quadris, que realçava sua musculatura. Engoli em seco ao vê-lo ali, de ressaca, mas ainda tão bonito como de madrugada. Ele olhou para mim, inclinando a cabeça.

— Não te disse quais eram as regras ontem?

— Hum? — Franzi a testa.

— Não aceito que ninguém durma aqui. Você devia ter ido embora depois que transei com você, portanto quer fazer o favor de me dizer por que ainda está aqui, na minha cozinha, se comportando como se estivesse em casa?

Seu tom era arrogante e grosseiro; obviamente, não se lembrava de nada que acontecera na noite anterior, mas eu não esperara que lembrasse. Seus olhos verdes pareciam zangados, mas ele que engolisse a sua raiva, porque eu não tinha tempo para ela. Coloquei o copo com o coquetel para a ressaca na bancada e o deslizei em sua direção. Ele estreitou os olhos para mim.

— Eu fiz uma pergunta, e quero uma resposta.

Suspirei, revirando os olhos.

— Olha aqui, meu amigo, não sei o que você pensa que aconteceu ontem à noite, mas você não transou comigo! Eu nunca te daria esse prazer, pode acreditar.

Claro que estava mentindo; daria esse prazer a ele, sim, mas ele não precisava saber disso. Ele inclinou a cabeça e ficou me encarando com os olhos franzidos.

— Você bebeu até perder a consciência no Club S, e te puseram para fora. Eu estava passando quando isso aconteceu e, como sou uma boa pessoa, chamei um táxi para que você voltasse para casa em segurança. Então você vomitou em cima das roupas, e aí eu tive que te levar para o quarto e tirá-las, porque, para ser totalmente franca, você estava cheirando muito mal.

Ele levantou as sobrancelhas.

— Eu já estava de saída quando decidi dar mais uma olhada em você. Voltei ao seu quarto, e você estava deitado de costas, por isso te virei de lado outra vez, para o caso de você vomitar; não queria que morresse sufocado no seu próprio vômito.

Ele se remexeu e cruzou os braços.

— Acabei pegando no sono, de tão exausta que estava depois de cuidar de você e, quando acordei, decidi preparar uma jarra de café e um coquetel para a ressaca. Já ia embora daqui a pouco, e não esperava que você acordasse pelo menos por mais algumas horas.

Ele deu alguns passos em minha direção.

— Está me dizendo que não aconteceu nada entre nós?

Revirei os olhos. Será que o cara não ouvira uma palavra do que eu dissera?

— Não, não aconteceu nada. Só queria ter certeza de que você ficaria bem. Você estava podre de bêbado. — Abaixei os olhos.

— O que é isso? — perguntou ele, pegando o copo.

— Pode beber, e vai se sentir melhor em uns quinze minutos. Vou servir um café para você e me mandar.

Tive uma tonteira ao pegar a caneca, que escorregou das minhas mãos, espatifando-se no chão.

— Merda — disse, me abaixando para recolher os cacos.

— Cuidado, você vai se cortar. — Ele se aproximou e se abaixou.

— Desculpe — pedi, balançando a cabeça e pegando a louça quebrada.

— Para — ordenou sua voz.

Seu tom me assustou, mas não lhe dei ouvidos, pois fora eu quem fizera aquela sujeira, e iria limpá-la. Ele segurou minhas mãos e as virou, retirando os cacos. Nossos olhos se encontraram quando ele viu as cicatrizes nos meus pulsos. Eu me afastei depressa e me levantei. Ele continuou a recolher os cacos. Peguei a bolsa na bancada.

— Desculpe pela caneca. Eu compro outra para você, e espero que se sinta melhor. — Dei as costas e me dirigi à porta da cozinha.

— Espera — ouvi-o dizer.

Voltei a me virar para ele.

— Pelo menos, me deixa te pagar pelo trabalho que teve ontem.

— Não quero seu dinheiro, e não foi trabalho algum. — Bem, até que fora, mas ele estava vivo, e eu me sentia melhor por saber que provavelmente salvara sua vida.

— Bem, então pelo menos toma uma xícara de café comigo.

Suspirei. Estava mesmo precisando de um café, e uma xícara só não faria mal.

— Tudo bem, uma xícara, e eu te deixo em paz.

Ele voltou à cozinha e pôs a xícara na bancada. Bebeu o coquetel franzindo a testa o tempo todo. Foi engraçado ver sua careta de nojo. Ele se debruçou na bancada, olhando para mim.

— Por que resolveu me ajudar? E se eu fosse um estuprador ou assassino?

Não pude deixar de rir.

— Você não poderia me estuprar ou assassinar nem que quisesse. Estava tão fora do ar, que mal consegui te trazer para casa.

Ele passou a mão pelos cabelos.

— Você não devia fazer esse tipo de coisa. Não é seguro para uma mulher fazer coisas assim nesta cidade. — Pareceu agitado.

Apoiei o cotovelo na bancada, mão no rosto, e olhei fixamente para ele enquanto me passava um sermão. Ele se interrompeu, franzindo os olhos.

— Está prestando atenção no que estou dizendo?

Comecei a rir, levantando do banquinho.

— Obrigada pelo café, mas preciso ir para casa. — Peguei a bolsa e me dirigi à porta da cozinha. — Tenha um ótimo dia, Sr. Black e, da próxima vez, não beba tanto.

Ouvi seus passos me seguindo.

— Se importa de me dizer seu nome?

As portas do elevador se abriram. Entrei e me virei para ele.

— É Ellery Lane! — gritei quando a porta começou a se fechar.

Capítulo 6

Saí na calçada ensolarada e olhei para o céu. Sorri, enquanto esperava que o táxi chegasse. Não parava de pensar em Connor, sua regra idiota de não deixar que as mulheres passassem a noite com ele, sua beleza. Havia algo nele que me dava um friozinho no estômago. Não conseguia parar de pensar no seu tom e como estava zangado quando me vira pela primeira vez aquela manhã. Mas acho que não podia culpá-lo; provavelmente eu reagiria do mesmo modo se encontrasse um estranho no meu apartamento ao acordar.

Entrei em casa, joguei a bolsa no sofá e fui tomar um banho quente. Estava exausta, precisando desesperadamente dormir. Só queria saber do conforto do meu pijama e da minha cama. Mandei uma mensagem para Peyton avisando que ia dormir um pouco e ligaria quando acordasse. Se não mandasse a mensagem, provavelmente ela ligaria ou iria até lá, e eu queria passar a noite sozinha. Olhei para o relógio; eram três da tarde. Pretendia dormir até as cinco, fazer um lanche rápido e pintar um pouco.

Levei um susto quando bateram à porta. Olhei para o relógio: cinco e meia. Merda, dormira mais do que pretendera. Levantei e fui até a porta.

— Peyton, eu disse que ligaria quando... — Abri a porta, mas, para minha surpresa, não era Peyton, e sim um rapaz segurando um pequeno envelope branco.

— A senhora é Ellery Lane? — perguntou. De repente, fiquei nervosa; o tom dele era sério.

— Sim, sou Ellery Lane.

— Isso é para a senhora — disse ele.

Peguei o envelope que me estendia. Ele sorriu e foi embora. Meu estômago começou a dar voltas. Não sabia o que encontraria no envelope, muito menos quem o mandara.

Deslizei o dedo sob a aba e tirei a folha bem dobrada que havia dentro. Dizia: *Srta. Lane, quero lhe agradecer formalmente por seus préstimos ontem à noite. Estarei à sua espera no Le Sur Restaurant. Meu motorista irá pegá-la às sete da noite em ponto. Connor Black.*

Em primeiro lugar, como ele sabia meu endereço? E em segundo, por que era tão arrogante? Eu devia ter tido um mau pressentimento, mas, por algum motivo, isso não aconteceu. Não pensei em mais nada quando vi que ele queria jantar no Le Sur.

Desde que Kyle e eu nos mudáramos para Nova York, nunca tínhamos podido ir àquele restaurante. Era preciso fazer reservas com meses de antecedência. Liguei para Peyton imediatamente.

— E aí, menina, o que me conta? — perguntou ela.

— Lembra aquele cara que eu ajudei a ir para casa ontem à noite?

— Lembro...

— Ele quer me agradecer pela ajuda, e vai mandar o motorista me buscar para me encontrar com ele no Le Sur às sete da noite.

— O quê?! — gritou ela do outro lado da linha. — Elle, quem é esse cara?

— O nome dele é Connor Black.

Peyton soltou uma exclamação.

— Você está brincando, Elle?! Sabe quem é Connor Black?!

Franzi a testa e contraí o rosto.

— Não, mas devia?

— Será que você vive dentro de uma bolha? Connor Black é o CEO da Black Enterprises. É um multimilionário de trinta anos de idade que assumiu a empresa do pai aos vinte e oito. Elle, o cara é um gato, podre de rico, e quer te levar para jantar?! — Dava para perceber a excitação na sua voz.

— Peyton, em primeiro lugar, não estou interessada em homem algum. Neste momento, estou de férias do cromossomo Y, ainda mais depois do que Kyle fez comigo. Esse cara, Connor Black, é grosseiro, arrogante e não tem uma gota de respeito pelas mulheres. — Não queria contar a ela o que ele me dissera sobre suas "regras" pela manhã.

— Ele pode se dar a esse luxo, Elle. É rico e lindo de morrer.

Revirei os olhos ao ouvir o último comentário, e me despedi. Não estava a fim de sair aquela noite, e queria pintar um pouco, mas era o Le Sur, e eu estava louca para conhecê-lo, por isso reconsiderei.

Revirei meu armário, tentando encontrar alguma coisa para vestir. Tirei um vestido preto que usara no casamento de uma amiga, dois anos antes. Era um modelo simples, de alcinhas, com um decote em V. Fiz uma maquiagem leve e prendi o cabelo num coque frouxo, deixando algumas mechas soltas da cascata que me caía às costas até a altura dos ombros. Passei gloss nos lábios e dei uma olhada no relógio; eram seis e cinquenta e oito. Observei minha imagem no espelho uma última vez e saí de casa.

Havia uma limusine preta esperando na calçada, com um motorista encostado nela.

— Srta. Lane?

— Sim, sou Ellery Lane. — Sorri e ele abriu a porta, me ajudando a entrar. Observei o conforto e o luxo da limusine. Estava me sentindo uma princesa a caminho do baile. Olhei para frente, onde estava o motorista.

— Desculpe, como é seu nome?

Ele me olhou pelo espelho retrovisor.

— É Denny, senhorita.

— Prazer em conhecê-lo, Denny. O Sr. Black é sempre tão mandão assim? — perguntei, educada.

Ele sorriu, concordando.

— O Sr. Black está habituado a conseguir tudo que quer.

Revirei os olhos, e dei uma espiada pela janela. É claro que estava.

Entrei no restaurante e me dirigi à recepção, onde uma ruiva alta perguntou se podia me ajudar.

— Tenho um encontro com o Sr. Black — respondi.

Na mesma hora ela me fuzilou com os olhos.

— Me acompanhe. — A ruiva de olhar afiado me levou até a mesa à qual Connor estava sentado, nos fundos do restaurante. Ele nos viu e se levantou. Dando a volta, puxou minha cadeira. Bem, por enquanto ele estava mostrando que tinha educação.

— Boa noite, Srta. Lane. Que bom que decidiu aceitar meu convite.

Tive vontade de dizer a ele que só estava ali para conhecer o restaurante, e que, se ele tivesse escolhido qualquer outro lugar, eu não teria aceitado. Sentei, e ele voltou à sua cadeira.

Estava usando um terno cinza-escuro de aparência caríssima. Sua pele bronzeada reluzia mais do que eu me lembrava daquela manhã, e seu cabelo estava perfeitamente modelado naquele estilo caótico que era um charme.

— Boa noite, Sr. Black. Obrigada por me convidar, mas não precisava. Por favor, me chame de Elle.

Ele me olhou fixamente.

— Seu nome não é Ellery?

Bebi um pouco de água.

— É, mas meus amigos me chamam de Elle.

Ele abriu o menu, e fiquei chocada com as palavras seguintes que saíram de sua boca:

— Mas nós não somos amigos, Ellery.

Retiro o que disse sobre ele ter educação. O cara era um grosso!

Abri meu menu.

— Tudo bem, Sr. Black. Nesse caso, continue me chamando de Srta. Lane. — Vi que ele esboçou um sorriso por trás do menu.

— Peça o que quiser. Parece que não come há semanas.

Lancei um olhar severo para ele.

— Eu como todos os dias, Sr. Black, embora isso não seja da sua conta.

De repente, ele pareceu intrigado, e colocou o menu na mesa.

— É porque a senhorita é muito magrinha.

Qual era a desse cara? Primeiro dizia que não éramos amigos, e agora me chamava de anoréxica?

— Eu nasci assim. Sempre fui magra.

Ele pressionou os lábios, enquanto o garçom se aproximava da mesa com uma garrafa de Pinot Grigio. Encheu os dois copos e se afastou para passar nossos pedidos. Olhei para Connor, que me encarava. Estava me deixando extremamente constrangida, mas também excitada. Meu coração começou a acelerar, e senti uma afliçãozinha que conhecia muito bem se insinuar lá baixo. Se ele podia ficar me encarando, eu também podia fazer a mesma coisa.

— E então, qual é a sua história, Sr. Black?

Ele levou o copo de vinho aos lábios e deu um gole, sem em nenhum momento tirar os olhos de mim.

— Minha história? — limitou-se a perguntar.

— Sim, sua história. — Um sorrisinho se esboçou nos meus lábios.

— O que há para contar? Sou um CEO de trinta anos de idade, tenho mais dinheiro do que jamais vou precisar, não entro em relacionamentos e faço tudo que quero.

Mantive os olhos fixos nele o tempo todo enquanto se vangloriava.

— Agora que já removemos esse obstáculo, qual é a *sua* história, Srta. Lane?

— Não tenho uma história, Sr. Black. Tenho vinte e três anos, vim para Nova York com meu namorado há pouco mais de um ano, trabalho em meio expediente para uma pequena gravadora, pinto quadros e faço trabalho voluntário na cozinha de um restaurante para sem-teto.

— O que o seu namorado acha de a senhorita jantar comigo?

— Não acha nada, não estamos mais juntos. Ele foi embora há três semanas.

Senti uma pontinha de simpatia na sua voz.

— Ah. Posso perguntar quanto tempo ficaram juntos?

Achei muito estranho que ele estivesse tentando se tornar íntimo.

— Ficamos juntos por quatro anos. Nós nos conhecemos na faculdade e viemos de Michigan para cá.

Ele levantou as sobrancelhas.

— Quatro anos é um período bem longo.

Decidi contar a história toda de uma vez, já que ele parecia tão interessado; de todo modo, não faria diferença, já que provavelmente eu jamais voltaria a vê-lo após essa noite.

— Pois é, e então um belo dia ele chegou em casa e disse que precisava de espaço, fez as malas e se mandou. — Sabia qual era a verdadeira razão por que Kyle fora embora, mas não ia contar isso a Connor.

Ele fez um esforço para pronunciar as palavras seguintes, o que me pegou de surpresa:

— Lamento que ele tenha feito isso com a senhorita.

Agitei a mão diante do rosto.

— Não lamente; nada dura para sempre.

Ele pareceu chocado com minhas palavras, mas era a verdade, e eu não tinha medo de dizê-la.

Capítulo 7

O *Le Sur era tão bonito* quanto eu imaginava. O ambiente era encantador com sua iluminação suave e clima romântico. O piso de mármore era deslumbrante, bem como os quadros nas paredes, representando Paris. As mesas eram forradas por toalhas de cetim, e as refeições servidas numa louça finíssima.

— Gosta daqui? — perguntou Connor, ao notar que eu olhava ao redor.

— Gosto, é um lindo restaurante. — Sorri.

O garçom trouxe nossos pratos no momento em que Connor falava:

— A senhorita mencionou que faz trabalho voluntário num restaurante para sem-teto. Posso perguntar por quê? — Sua expressão indicava que tinha ficado um tanto intrigado com isso.

Peguei os talheres e cortei o frango, enquanto respondia:

— Gosto de ajudar pessoas necessitadas. O senhor já devia saber disso, Sr. Black.

— Sim, mas foi uma pergunta sem sentido?

— Tive uma infância difícil. Digamos que não contei com ninguém para me ajudar.

Sem em nenhum momento tirar os olhos dos meus, ele ouvia atentamente cada palavra que eu dizia.

— E seus pais? Não a ajudavam?

Abaixei os olhos, tentando encontrar as palavras certas.

— Minha mãe morreu de câncer quando eu tinha seis anos, e meu pai era um alcoólatra que faleceu pouco antes de eu fazer dezoito.

A expressão dele mudou, passando de dura a suave em questão de segundos.

— Foi por isso que me ajudou ontem à noite? Porque achou que eu fosse um alcoólatra? — perguntou.

Levei a última garfada de meu jantar à boca e coloquei o garfo no prato.

— Não. Meu pai se sufocou com o próprio vômito em uma de suas noites de embriaguez. Eu o encontrei morto na sua cama na manhã seguinte. Não queria que tivesse o mesmo destino, Sr. Black. As pessoas não se dão conta de como é fácil uma coisa dessas acontecer. Passei minha vida inteira cuidando de um pai que bebia até perder a consciência quase todas as noites, porque não conseguia superar a morte de minha mãe. Por isso, cuidar das pessoas se tornou uma segunda natureza para mim.

Ele não sabia o que dizer; acho que o choquei. Por fim, levantou o copo, indicando que eu o imitasse.

— Bem, obrigado por sua ajuda, e, embora tenha ficado furioso hoje de manhã quando a encontrei na minha cozinha, agradeço muito por tudo.

— Não há de quê. — Sorri.

Quando estávamos de saída do restaurante, notei várias mulheres lançando olhares de puro sexo para Connor. Algumas chegaram a lamber os lábios quando passamos, e outras o olharam de alto a baixo. Foi um nojo, mas eu até podia entender por que se comportavam assim. Ele era, sem sombra de dúvida, algo a ser admirado. Saímos, e olhei para ele.

— Quer um sorvete? — perguntei.

Ele me olhou com um ar espantado, como se eu estivesse louca.

— Não, não quero um sorvete. Vou levá-la para casa e seguir direto para outro compromisso.

Lá vinha ele com a sua grosseria de novo; fiquei até surpresa que tivesse demorado tanto.

— Ah, vamos lá! Estou convidando. Conheço uma sorveteria aconchegante a dois quarteirões daqui que fica aberta vinte e quatro horas.

— Srta. Lane, eu não quero um sorvete, portanto entre no carro agora para que Denny possa levá-la para casa. — Seu tom foi inflexível.

Comecei a me afastar. Queria um sorvete. Se ele não queria, o problema era dele, mas eu ia comprar um para mim de qualquer maneira.

Acenei ao me afastar.

— Mais uma vez, obrigada pelo jantar, Sr. Black. A gente se vê por aí qualquer hora dessas.

— Srta. Lane, volte aqui! — gritou ele para a rua inteira ouvir. Revirei os olhos, e continuei andando. De repente, ele estava ao meu lado, murmurando: — Srta. Lane, não vou lhe dizer de novo para entrar no carro.

Parei e me virei para ele, enfiando o dedo no seu peito.

— Não recebo ordens de ninguém, Sr. Black, principalmente de pessoas que conheço há menos de vinte e quatro horas. Não sou sua responsabilidade. O senhor já agradeceu por minha ajuda com um belo jantar, e agora está na hora de nos separarmos. Vou comprar um sorvete, e depois voltar de táxi para casa.

Ele ficou perplexo, sem conseguir dizer nada. Continuei caminhando, e ele me seguiu. Ouvi sua voz ao celular:

— Denny, acho que vamos a uma sorveteria. Te ligo na saída. — Seu tom de voz estava zangado.

— Não precisa vir comigo, já que não gosta de sorvete.

— Eu não disse que não gosto de sorvete, só que não quero um.

— Então por que está me seguindo, Sr. Black?

— Não é seguro para uma jovem bonita sair sozinha nesta cidade, ainda mais à noite. Quantas vezes vou precisar lhe explicar isso?

O adjetivo *bonita* não me escapou, e não pude deixar de sorrir. Meus pés começavam a me matar por causa dos saltos dez, por isso parei abruptamente no meio da calçada e os tirei.

— O que pensa que está fazendo? — perguntou ele.

— Tirando os sapatos, porque meus pés estão me matando — respondi, usando seu braço para me equilibrar.

—Vai caminhar descalça por essa rua imunda?

— Vou sim, Sr. Black. — Soltei uma risada. Dava para ver que ele ficara horrorizado com a ideia; era tão certinho. Caminhamos até a porta da sorveteria, e voltei a calçar os sapatos.

— Olá! Posso ajudar? — perguntou uma jovem bem-humorada atrás do balcão.

Olhei para os vários sabores por trás do vidro.

—Vou querer um de chocolate chips na casquinha, por favor.

— E o senhor? — perguntou a jovem.

Connor olhou para mim, suspirando.

— Baunilha com calda de cerejas num copinho.

Sorri para ele, batendo no seu ombro com o meu. Tentei pegar a carteira para pagar, mas Connor já tinha entregado o dinheiro à vendedora.

— Eu disse que estava convidando.

— Não se preocupe, Srta. Lane. Não vou ficar pobre por pagar seu sorvete.

Revirei os olhos, e sentei à mesa de ferro trabalhado. Connor sentou à minha frente. Fiquei vendo-o tomar seu sorvete, enquanto escondia um sorrisinho. Dava para ver que estava adorando.

— Quanto tempo faz que não toma um sorvete? — perguntei.

Ele olhou para mim, perplexo.

— Sei lá... desde que era pequeno, acho.

— Está brincando? Não toma um sorvete desde que era pequeno?

— Não, algum problema?

— Não, só fiquei surpresa.

— Aposto que você acharia muitas coisas a meu respeito surpreendentes — disse ele. Fiz uma careta, dando-lhe um olhar zangado.

— E aí, aonde é que vai depois? — Não que fosse da minha conta, mas ele fizera questão de me informar que precisava ir a outro lugar.

Ele arqueou uma sobrancelha.

— Srta. Lane, não acho que queira realmente saber a resposta a isso.

Terminamos de tomar nossos sorvetes e vi Denny estacionar a limusine no meio-fio. Ele saiu e abriu a porta para mim.

— Obrigada, Denny. Você é um cavalheiro — disse, fuzilando Connor com os olhos. Ainda bem que eu não morava muito longe, porque passamos o percurso inteiro num silêncio constrangido. A limusine parou diante do meu prédio, e Connor se inclinou para dar uma espiada nele.

— Você tem sua própria entrada externa? — perguntou, franzindo a testa.

— Não moro em nenhum condomínio de luxo com porteiro e elevador privativo. É só o que está vendo, Sr. Black: meu humilde prédio com uma única portaria para todos os moradores.

Ele olhou para mim, irritado.

— Eu não quis fazer nenhuma insinuação desse tipo. Só acho que não é seguro, porque qualquer um pode entrar.

Olhei para ele e lhe agradeci por colocar essa ideia na minha cabeça. Em seguida, dei um beijo no seu rosto. Achei estranho vê-lo estremecer quando o toquei.

— Obrigada pelo jantar e pelo sorvete. Passei horas muito agradáveis.

— Não há de quê. Tenha uma boa noite, Srta. Lane.

Saí da limusine e me inclinei para ele, piscando um olho.

— Tenha uma ótima noite, Sr. Black.

Fechei a porta e me dirigi ao prédio. Descalcei os sapatos torturantes e os atirei longe; meus pés estavam arrebentados, mas, por um jantar no Le Sur, valera a pena. Minha suspeita sobre o tal compromisso de Connor era de que ele pretendia encontrar alguma mulher para transar. Tinha a nítida impressão de que ele era esse tipo de homem. Dissera que não entrava em relacionamentos, mas era um homem, e todos têm as suas necessidades; ele iria apenas satisfazer as dele.

Fiquei imaginando por que alguém haveria de querer ter um relacionamento com ele. Era um cara extremamente grosseiro e arrogante, além de ser meio controlador. Ah, vamos combinar, eu jamais tinha conhecido ninguém tão controlador, mas por que meu coração começava a palpitar quando eu estava com ele? Ri comigo mesma, deitando na cama e pensando naquela noite e em como eu o irritara várias vezes, até finalmente pegar no sono.

Capítulo 8

P*assei os dias seguintes* indo ao trabalho e ao restaurante dos sem-teto. Chegou o sábado, um belo dia de setembro. Peyton ligou me convidando para ir fazer compras com ela, mas respondi que já tinha outros planos. Claro, ela não gostou da resposta, mas eu pretendia ir ao Central Park.

Na minha infância e adolescência, costumava fugir de casa e encontrar um cantinho sossegado para sentar e desenhar. Eram os únicos momentos em que não me sentia sozinha. Gostava de desenhar e pintar lugares onde poderia me esconder. Meu pai costumava dizer que eu herdara o talento de minha mãe. Eu pensava nela quase todos os dias, em como minha vida teria sido diferente se não tivesse morrido, mas, como gosto de dizer, nada dura para sempre; você pode sobreviver ou morrer. Peguei o bloco de desenho, os lápis e me dirigi à porta. A caminhada até o Central Park não foi longa, e apreciei o ar fresco; fez com que me sentisse viva.

Passara mais tempo no Central Park desde que me mudara do que em qualquer outro lugar. Os playgrounds ficavam cheios de crianças brincando ao sol quente de Nova York. Caminhei até os jardins do Conservatório. As árvores floridas de magnólias e lilases perfumavam o ar, surtindo um efeito relaxante. Era fácil escapar do mundo e apreciar a beleza dos jardins. Era como um santuário para mim, um lugar aonde podia ir e desenhar praticamente qualquer coisa.

Sentei no banco e notei um casal de noivos à minha direita, posando para uma foto ao lado do chafariz. Ela estava linda no seu vestido branco, e ele também no seu smoking preto. Pareciam felizes. Sorri; esse era o lugar ideal para se casar, e isso tornaria o quadro perfeito.

Estava na metade do desenho quando o celular tocou. Olhei para o número desconhecido e ignorei a chamada. Um segundo depois, o celular voltou a tocar, exibindo o mesmo número. Tive certeza de que só podia ser engano, por isso atendi, para dizer à pessoa que parasse de ligar. Fiquei paralisada ao ouvir a voz do outro lado.

— Olá, Srta. Lane. Está curtindo o Central Park? — Comecei a me assustar, olhando para os lados e, por fim, para trás; foi quando vi Connor avançando em direção ao banco onde eu me sentava.

— Estou, Sr. Black, e, pelo visto, o senhor também. — Desliguei quando ele se aproximou.

Soltei uma exclamação ao vê-lo. Ele tinha o dom de fazer isso comigo, e eu detestava. Usava uma calça cáqui e uma camisa social branca com as mangas arregaçadas até os cotovelos. Seu cabelo, como sempre, estava na maior bagunça, e sua pele bronzeada reluzia ao sol. Franzi a testa quando ele sentou ao meu lado.

— Que foi? — perguntou ele.

— Como conseguiu meu número? Não me lembro de tê-lo dado.

— Tenho meios de descobrir qualquer coisa sobre qualquer pessoa, Srta. Lane.

— Quer dizer que é um *stalker*?

Ele jogou a cabeça para trás, rindo.

— Não, Srta. Lane, não sou um *stalker*. Só queria ter o seu número para o caso de precisar que me ajude a voltar para casa qualquer noite dessas.

Olhei com ar zangado para ele, mas no meu íntimo estava sorrindo.

— Como soube que eu estava aqui?

— Denny a viu passando pela rua, e eu pedi a ele que parasse.

— Por quê? — perguntei, curiosa.

Ele franziu os lábios, e percebi que começava a se irritar com as perguntas.

— Sei lá. Só para dar um alô.

— Nesse caso, podia ter apenas ligado, já que tem meu número.

Ele soltou um suspiro impaciente.

— Srta. Lane, chega de perguntas, por favor.

Ri em silêncio, porque estava irritando-o de novo, e adorava isso.

— Posso fazer só mais uma?

Ele olhou para mim, franzindo a testa. Como ficava sexy quando fazia isso. Era um pecado ser tão bonito assim.

— O que é?

— Será que podia parar de me chamar de Srta. Lane, e me chamar apenas de Ellery?

Ele sorriu, inclinando um pouco a cabeça.

— Seria um prazer, Ellery.

Gostei de ouvi-lo pronunciando meu nome.

Connor deu uma olhada no meu bloco e viu o esboço do casal.

— O que está desenhando?

— Aqueles noivos ali — respondi, apontando-os.

— Por quê?

— Por que não? Formam um casal bonito, e acho que dariam um bom quadro. Vou chamá-lo de *Um Casamento no Central Park*.

— E o que a leva a pensar que alguém compraria uma coisa dessas?

Revirei os olhos ao ouvir aquela grosseria; sabia que era só uma questão de tempo.

— As pessoas adoram casamentos, e tenho certeza de que qualquer casal que tenha se unido aqui o compraria como lembrança do começo de sua vida a dois.

Connor empinou o queixo.

— Tudo isso não passa de uma grande palhaçada.

— O quê? — perguntei, confusa, olhando para ele.

— Casamentos, começar uma vida a dois, relacionamentos, tudo isso. Como você mesma disse, nada dura para sempre.

Fiquei surpresa com suas palavras e sua aversão a relacionamentos. Podia ver a dor em seus lindos olhos verdes; ele devia ter sofrido uma grande mágoa. Abaixei os olhos e continuei desenhando.

— Bem, muitas pessoas acreditam em casamentos de contos de fadas, em "viveram felizes para sempre". Não vamos tirar isso delas.

—Você acredita? — perguntou ele.

— Não sei. No passado, achei que acreditava, mas já não tenho mais tanta certeza assim. — Continuei a desenhar.

Ele fez um carinho no meu pulso, virando-o para cima e alisando de leve a cicatriz com o polegar. Tive vontade de arrancar a mão, mas seu gesto me paralisou; sua pele era quente e macia, e incendiou o meu corpo.

— Me fale dessas cicatrizes — pediu ele em voz baixa.

Meu coração disparou, e ele soltou minha mão sobre o bloco. Olhei para Connor. Por que se importava? Não o conhecia há tanto tempo assim para contar meus segredos; na verdade, ele era praticamente um desconhecido.

— Foi um erro da minha parte. Eu era jovem e insensata, só isso.

—Todo mundo é jovem e insensato de vez em quando, mas nem por isso tenta se matar — rebateu ele. Era quase como se estivesse levando para o terreno pessoal. Suspirei, mantendo a calma.

— Connor, você não me conhece, nem sabe nada a meu respeito. Não somos amigos, lembra? Portanto, o que aconteceu comigo no passado não é da sua conta. — Pronto, eu tinha dito. Colocara-o no seu devido lugar e lhe impusera um limite.

— Desculpe — disse ele, olhando para frente.

Comecei a me arrepender um pouco do meu tom. Levantei do banco.

— Estou morta de fome. Quer um cachorro-quente?

— Não, não quero um cachorro-quente. Se está com fome, vou te levar a um restaurante decente para almoçar.

Ri, dando as costas a ele e começando a me afastar.

— Fique à vontade, Sr. Black, mas eu vou comprar um cachorro-quente na barraca.

Ouvi-o resmungar alguma coisa em voz baixa, e quando vi, ele estava caminhando ao meu lado.

—Você não ouve ninguém, não é?

— Não, só faço o que quero.

— Dá para notar — resmungou ele baixinho, achando que eu não o ouvira. Sorri com ar natural e continuei caminhando. Chegamos à barraca de cachorro-quente, e olhei para Connor.

— Vai querer um?

Ele olhou com a testa franzida para mim, e disse quase rosnando para o vendedor:

— Dois cachorros-quentes.

Peguei o meu e me desculpei com o vendedor, cochichando:

— Ele está zangado porque o estou obrigando a comer um cachorro-quente, quando ele preferia um almoço caro.

O vendedor e eu rimos, e Connor se dirigiu à mesa de piquenique. Fui até a barraca de temperos e enchi o cachorro-quente de molho, cebolas, ketchup e mostarda. Peguei um bolo de guardanapos e sentei à mesa ao lado de Connor. Ele lançou um olhar de nojo para o meu cachorro-quente.

— Que asco — disse, dando uma mordida no seu cachorro-quente sem aditivos.

— Asco? Fala sério, cara, isso é um sonho. — Dei uma grande mordida e fiquei vendo-o me encarar enquanto eu mastigava.

— Mas você sabe que faz mal à saúde, não sabe?

Levantei um dedo.

— Só se vive uma vez, portanto é melhor aproveitar ao máximo.

Ele tentou conter um sorriso, mas eu vi e sorri para ele. Enfiei meu cachorro-quente diante do seu rosto.

— Toma, dá uma mordida.

— Não, tira esse troço da minha frente. — Ele fechou a cara.

— Só depois que você der uma mordida, Connor, vai poder julgar se é um asco.

Fui aproximando o cachorro-quente da sua boca, e, revirando os olhos, ele finalmente deu uma mordida. Mastigou, e ri ao ver o ketchup no canto de sua boca. Peguei um guardanapo e o limpei. Na mesma hora ele tentou empurrar minha mão, mas não fez isso, apenas olhando para mim como se estivesse com medo. Afastei o guardanapo e sorri, como se não tivesse notado sua reação.

— Você estava com ketchup aqui, e não quero que manche a camisa.

Ele assentiu.

— Obrigado.

Capítulo 9

A tarde no Central Park estava linda. O sol brilhava, e fazia um calor delicioso. As pontas das folhas começavam a se colorir, anunciando que o outono se aproximava. Os passarinhos cantavam e os esquilos corriam por toda parte, reunindo materiais para fazer seus ninhos no inverno.

— Se não se importa, quero te perguntar uma coisa — disse Connor, olhando para mim. Dei a última mordida no cachorro-quente e limpei a boca.

— Manda.

— Eu pensei na nossa saída, e me perguntei se você estaria interessada em ser... — Calou-se.

— Em ser... — Fiz um gesto para que ele continuasse.

Ele pigarreou, respirando fundo.

—Você estaria interessada em ser minha acompanhante?

Franzi os olhos.

— Como assim? Não entendi.

Ele soltou um suspiro desanimado ao ver que eu não compreendera o que quisera dizer.

— Estaria interessada em me acompanhar a certos eventos, sem compromisso, e eu lhe pagaria, é claro?

Cheguei a cuspir a água que estava bebendo

— Como é que é? Como uma escort ou garota de programa? — gritei.

— NÃO, NÃO! Não foi o que eu quis dizer, Ellery — ele tentou se explicar. — Como amiga.

Esbocei um sorriso ao ver a dificuldade que ele tivera para dizer isso.

— Quer saber se podemos sair como amigos, como eu e Peyton?

Ele passou as mãos pelos cabelos cheios. Toquei seu braço de leve.

— Connor, se quer que sejamos amigos, só precisava pedir. Na verdade, eu já nos considerava amigos, portanto, não aceito qualquer pagamento.

Ele apertou os lábios, um risinho escapando deles.

— Preciso comparecer a um evento beneficente amanhã, representando minha empresa. Gostaria de me acompanhar?

Mordi o lábio, sorrindo meigamente para ele.

— Eu adoraria ir.

Ele retribuiu meu sorriso, e então levantamos da mesa e começamos a ir embora do Central Park.

— Eu te pego às seis em ponto — disse ele, olhando em frente.

Sorri em silêncio, porque me sentia diferente quando estava com ele. Gostava da sensação, mas também a detestava, porque jamais poderia haver nada entre nós, e eu precisava tomar muito cuidado para que nada acontecesse.

Quando estávamos indo embora, ouvi alguém chamar meu nome: *Elle?* Olhei para o lado, e o tempo parou quando vi Kyle se aproximando. Connor também parou de caminhar, olhando para mim; sabia que algo estava errado.

— Elle, como vai? — perguntou Kyle, parecendo confuso.

Respirei fundo.

— Estou ótima, Kyle. E você? — Consegui sorrir.

Alguns passos atrás dele estava uma mulher de cabelos superpretos e uns peitos tão falsos, que provavelmente estourariam se eu os cutucasse. Olhei para ela, que devorava Connor com os olhos.

— Estou bem. Quem é esse? — perguntou Kyle, apontando para Connor.

— Ah, desculpe, esse é meu amigo, Connor Black.

Connor estendeu a mão, e os dois se cumprimentaram. Meu estômago dava voltas, e eu me sentia à beira de vomitar.

— Você está muito bem, Elle. — Kyle sorriu, me olhando de alto a baixo.

Dei um sorriso amarelo, e a biscate siliconada de Kyle se aproximou, apresentando-se:

— Oi, sou Angela. Você deve ser a ex-namorada do Kyle.

Revirei os olhos.

— Sim, sou a ex-namorada dele.

Ela não parava de lançar olhares sedutores para Connor. Eu estava morta de constrangimento. A mulher estava praticamente babando. Levei Kyle para o lado.

— Você precisa educar sua cachorra, Kyle. Ela está te fazendo passar vexame.

Ele me fuzilou com os olhos.

— Vamos embora, Angela.

Olhei para Connor, que não parava de sorrir para mim.

— Que foi?

— Nada, você é tão...

— Sou tão o que, Connor?

— Tão cheia de vida... por assim dizer. — Deu uma risada. Balancei a cabeça enquanto saíamos do Central Park.

Denny estava na limusine, à espera de Connor.

— Vai entrar? — perguntou Connor, apontando para o carro.

— Não, prefiro ir a pé — respondi, me afastando pela rua.

— Elle, entra no carro — ordenou ele. Sorri, porque era a primeira vez que me chamava de Elle, seu jeito de indicar que nos considerava amigos. Sem me virar, acenei.

— Tchau, Connor, até amanhã.

Ouvi-o suspirar, e a porta do carro se fechou. Caminhei a maior parte do percurso com a limusine de Connor me seguindo. Finalmente, virei a esquina e parei. Ele abaixou a vidraça.

— Está pronta para entrar agora? — perguntou, sorrindo.

— Você nunca desiste, não é?

— Não até conseguir o que quero.

Revirei os olhos e abri a porta. Dei um tapinha no seu braço, pedindo que chegasse para o lado. Denny me observava pelo espelho retrovisor, rindo. Chegamos ao meu prédio, e, quando eu saía da limusine, Connor me surpreendeu, segurando minha mão.

— Obrigado por concordar em me acompanhar amanhã.

Franzi o nariz, sorrindo.

— Amiga é para essas coisas.

Fechei a porta de casa e me recostei nela, deslizando até sentar no chão. Segurando o rosto, pensei no jeito como ele incendiava meu corpo quando me tocava. Eu ia entrar numa tremenda roubada, e já sabia disso.

Capítulo 10

Acordei na manhã seguinte com uma mensagem de Peyton, dizendo que estava a caminho com café e bagels. Levantei da cama no momento em que ela estava prestes a arrombar a porta.

— Que grande amiga você é — reclamou, passando direto por mim e colocando o café e uma sacola na mesa.

— Que foi que eu fiz? — perguntei, bocejando.

— Passei a noite inteira esperando que você me ligasse para contar como tinha sido seu dia com Connor, mas você não ligou. — Fez beicinho. Peyton adorava fazer beicinho, e tinha um talento natural para isso. Uma vez me dissera que podia levar um cara a fazer qualquer coisa só com aquele beicinho.

— Como você soube do que aconteceu ontem?

Ela abaixou os olhos, dando um gole no seu café.

— Kyle me contou — disse, como se isso fosse muito natural.

— O QUÊ?! — Fiquei séria. Peyton tirou um bagel da sacola e me entregou.

— Ele me ligou para dizer que tinha esbarrado com vocês no Central Park. Queria saber há quanto tempo vocês estão namorando. Deu para sentir que estava morto de ciúmes.

— Mas quem esse cara pensa que é? Será que já esqueceu que foi ele que me deu um fora e não perdeu tempo em arranjar uma piranha siliconada?

Ela se inclinou para frente.

— Eu disse a ele que Connor era seu amante, e que ele podia ir tratando de tirar o cavalinho da chuva.

— Você não fez isso! — Segurei seu braço.

— Juro por Deus que fiz. — Ela levantou dois dedos.

Revirei os olhos, erguendo o copo de café nas mãos.

— Quem ele pensa que é?

Ela olhou para mim, indo pegar uma faca na gaveta.

— Ele é um babaca, Elle, e mais nada.

Ri, e levei um susto ao ouvir baterem à porta. Olhei espantada para Peyton e me levantei para ir ver quem era. Dei uma espiada no olho mágico e vi uma mulher alta e bonita. Abri a porta. Ainda estava com a calça de pijama e uma regata.

— Srta. Ellery Lane? — perguntou a mulher.

— Sou eu mesma.

— Muito bem — disse ela, entrando sem a menor cerimônia. Fez um gesto, e mais três mulheres carregando sacolas de roupas entraram atrás dela.

— Hum, o que está acontecendo? — Olhei para Peyton, que continuava sentada à mesa, boquiaberta.

— Srta. Lane, sou Camille. Somos da Saks Fifth Avenue. O Sr. Black nos mandou para que a senhora escolha um vestido para o evento de hoje à noite. Ele a descreveu, e selecionamos os modelos que achamos que lhe cairiam bem.

— Caraca, Elle — disse Peyton.

Fiquei lá parada, enquanto as três mulheres abriam as sacolas e retiravam os vestidos mais lindos e caros que eu já vira. Experimentei um por um, me sentindo como Cinderela. Peyton levantava o polegar para os modelos de que gostava. Camille aplaudia cada vez que eu aparecia com um novo. O último foi um preto de renda com alcinhas da Badgley Mischka. Soltei uma exclamação quando me olhei no espelho; nunca tinha usado nada tão lindo. Peyton estava com uma lágrima no olho quando segurou minhas mãos e me observou.

— Você está simplesmente deslumbrante, Elle.

— É demais, não posso aceitar esse vestido de Connor.

Camille se aproximou e me entregou um par de sandálias Jimmy Choo.

— Calça essas aqui, querida, e deixa o cara comprar um vestido novo para você. Confia em mim, se ele não achasse que você vale, não teria feito isso.

Olhei para Peyton, pegando as sandálias que Camille me oferecia.

— Connor não é um babaca. Deixe que compre um vestido para você, e esses sapatos também. — Peyton sorriu.

Revirei os olhos, em meu vestido de grife e sandálias Jimmy Choo. Estava me sentindo maravilhosa. Peguei o celular e mandei uma mensagem rápida para Connor.

Oi, Connor. Sou eu, Ellery. Obrigada pelo lindo vestido, mas é demais, e não acho certo aceitar.

Segundos depois, ele respondeu:

Não precisa me agradecer, e não é demais. Te vejo às seis em ponto.

Sorri para Camille.

— Gostei desse — disse, passando as mãos pelo corpo. Ela estalou os dedos, indicando às três mulheres que embalassem os outros vestidos.

— O Sr. Black vai ficar encantado por ver que você escolheu o favorito dele. — Camille sorriu, dirigindo-se para a porta. Parei no meio da sala, tentando entender o que ela quisera dizer com "o favorito dele". Será que ele fora à loja em pessoa e escolhera vários vestidos para ela me trazer? Então, imaginei se seria um hábito seu em relação a todas as suas mulheres.

— Não quebre a cabeça, Elle — disse Peyton, puxando o zíper do meu vestido. — Vai trocar de roupa, para não amarrotar o vestido antes do evento. Vou ligar para o Roger e ver se ele tem hora para fazer seu cabelo e maquiagem. Ele me deve um grande favor.

Fui para o quarto e vesti um jeans e uma regata, sentindo um pressentimento terrível. Meu celular tocou, e vi o número familiar na tela. Ignorei-o e deixei que caísse na caixa postal.

Peyton e eu tomamos um táxi até o Color Me Beautiful, o salão de beleza do nosso amigo Roger. Passamos pelas portas do luxuoso salão e Roger nos viu na mesma hora. Ele se aproximou e me deu um abraço apertado.

— Ah, querida, fiquei sabendo do que aconteceu com o Kyle. Acho que ele é um babaca.

— Obrigada, Roger. Também acho. — Esbocei um sorriso. Ele se virou para Peyton e lhe deu um abraço carinhoso.

— Agora, me conta aonde vai hoje à noite, e com quem.

Peyton se intrometeu:

— Ela vai a um evento beneficente com Connor Black.

— *Aquele* Connor Black? O lindo e sexy milionário Connor Black?!

Revirei os olhos.

— Sim, Roger, o próprio.

Ele me olhou com uma expressão séria.

— Elle, você conhece a reputação dele, não conhece?

Olhei para Roger, sem compreender, porque não sabia nada sobre Connor, além de sua regra de não permitir que as mulheres passassem a noite em sua casa, e sua aversão por relacionamentos.

— Sou amiga dele, nada mais.

Roger agitou a mão diante do rosto.

— Querida, Connor Black não tem amigas, só escravas sexuais.

Engoli em seco, não querendo ouvir mais nada. Peyton percebeu que eu ficara constrangida.

— Não me importo. Vou a esse evento beneficente como amiga dele, só isso.

— Vamos lá, Roger, faz a sua mágica e deixa a nossa menina linda, para que todos os homens no evento implorem para sair de lá com ela.

Dei um tapa no braço de Peyton, enquanto seguíamos Roger em direção à cadeira.

Eu conhecera Roger através de Peyton. Ele tinha trabalhado na galeria em meio expediente enquanto ainda batalhava para abrir o salão. Era um cara bonito, com cabelos castanhos espetados e a quantidade certa de pelos emoldurando o rosto oval. Cortava cabelos e fazia maquiagens como ninguém. Já fora cabeleireiro pessoal de Miranda Lambert, mas desistira para ficar num só lugar e construir uma vida com seu namorado, George. Sentei na cadeira, enquanto Roger fazia sua mágica no meu cabelo e rosto. Nunca me senti tão linda como naquele dia.

Pus o vestido de grife, calcei as sandálias Jimmy Choo e observei no espelho a maquiagem leve e o penteado elegante e ondulado. Pela primeira vez em muito tempo, esqueci todas as coisas ruins da vida. Dei uma olhada no relógio, que marcava seis em ponto. Revirei os olhos, e bateram à porta. Conforme prometido, ele chegara às seis em ponto. Abri a porta para Connor, que prendeu a respiração ao me ver. Comecei a sentir um sobe e desce no estômago, e meu coração acelerou quando ele olhou para mim em seu smoking preto.

— Estava com medo de que eu fosse assaltada entre a porta e o carro? — perguntei, sorrindo.

— Muito engraçado, Ellery — respondeu ele.

Fiquei surpresa por ter se dado ao trabalho de vir me buscar em pessoa, em vez de mandar Denny. Bati com o ombro no dele, que esboçou um sorriso. Entramos na limusine, e Connor serviu duas flûtes de champanhe para nós.

— Você está linda, Elle. Que vestido maravilhoso.

Olhei para ele, o estômago ainda aos pulos e o coração disparado.

— Obrigada, Connor. Estava torcendo para que você gostasse. — Pisquei, ele sorriu, e fizemos um brinde.

Capítulo 11

O *evento beneficente* era para a Autism Speaks Foundation, a fim de apoiar a pesquisa biomédica das causas e dos tratamentos do autismo em crianças e adultos. Denny abriu a porta para mim, e Connor deu a volta à limusine para se encontrar comigo. Ele estendeu o braço, olhando para mim.

— Acha que pode se comportar durante o evento? — perguntou.

Dei o braço a ele, sorrindo.

— Não posso prometer nada.

Caminhamos até a porta e entramos. O salão era deslumbrante, bem como as pessoas que haviam comparecido. Connor me levou até uma mesa reservada, que exibia o nome de sua empresa. Sentei, observando as pilastras do salão, e as sancas lindamente trabalhadas do teto. As paredes eram pintadas em um tom de bege com acabamento em mogno, combinando com as cadeiras ao redor de cada mesa. Havia uma orquestra e uma pista de dança no meio do salão. De um lado, um bar se estendia de parede a parede, confeccionado no mesmo mogno, com tampo de mármore.

Connor foi pegar nossas bebidas. Pelo visto, não tivera paciência para esperar por um dos garçons ou garçonetes que circulavam com bandejas pelo salão. Voltou com um copo de vinho branco para mim e um de uísque para si mesmo. Embora o salão fosse lindo, Connor era ainda mais lindo, e não pude deixar de ficar encarando-o. Ele segurou meu braço e me conduziu até um casal que olhava em nossa direção. Mesmo o mais leve toque de sua mão fazia meu corpo entrar em convulsão.

— Boa noite, Connor — cumprimentou-o um senhor de idade, apertando sua mão.

— Olá, Robert, Courtney. Gostaria de lhes apresentar uma amiga, Ellery Lane.

O cavalheiro segurou minha mão e a beijou.

— Você tem belas amigas, Connor.

Sorri vagamente ante o comentário e olhei para a esposa dele, que me inspecionava de alto a baixo.

— Essa é a minha esposa, Courtney — apresentou Robert, sorrindo.

— Prazer em conhecê-la. — Ela sorriu para mim.

Courtney era muito bonita, e devia ser uns vinte e cinco anos mais moça do que o marido. Robert passou o braço pelo ombro de Connor e o levou para um canto, sussurrando, de modo que não deu para ouvir o que dizia. Connor balançou a cabeça, e os dois voltaram à posição anterior.

— Que foi? — perguntei.

Ele pareceu estranhar a pergunta.

— Negócios, só isso.

Pôs a mão nas minhas costas e me acompanhou de volta à mesa, pedindo licença para ir ao banheiro. Eu apreciava as lindas músicas que a orquestra tocava ao fundo quando Courtney se aproximou e sentou ao meu lado.

— Quer dizer que você é o novo brinquedo de Connor?

Olhei para ela, tentando assimilar o que dissera.

— Connor e eu somos apenas amigos.

Ela balançou a cabeça.

— Tudo bem. Só estou dizendo isso para o seu próprio bem, de mulher para mulher, porque você parece ser uma pessoa inocente e honesta. Fique longe de Connor Black.

Franzi os olhos para ela, e então dei uma espiada no salão para ver se ele estava voltando.

— Por que você faria uma coisa dessas? — perguntei.

— Porque Connor usa as pessoas emocionalmente até destroçá-las e elas ficarem fisicamente doentes, e aí se descarta delas como se fossem lixo. — Levantou-se e pôs a mão no meu braço. — Só um conselho amigável.

Afastou-se e me deixou sentada lá, refletindo sobre o que dissera. O modo como falara me levou a acreditar que já fora vítima de Connor. Não quis pensar nisso, e então levantei e fui ao bar pegar outro copo de vinho. Olhei para o lado, onde havia um pequeno corredor, e arqueei uma sobrancelha ao ver Connor conversando com a mesma mulher que lhe dera um tapa na boate. Seus olhos pareciam zangados, e ele segurou o braço dela, levando-a para fora do salão. Meu estômago começou a dar voltas. Que diabos ela estava fazendo ali? Eu não sabia nada sobre o homem em cuja companhia me encontrava.

Eu estava diante do bar, quando um cavalheiro me abordou.

— Olá, sou Andrew. Estava me perguntando se uma linda mulher como você me concederia a honra dessa dança.

Olhei ao redor, e não vi Connor em parte alguma. Era muito topete da parte dele me deixar sozinha daquele jeito.

— Seria um prazer — respondi, sorrindo.

Não me importei de dançar com Andrew. Era um homem bonito, com cabelos castanhos e olhos cor de mel. Era alto, e, quando passou o braço pela minha cintura, senti sua força. Antes de termos chance de terminar nossa conversa, Connor se aproximou às minhas costas.

— Com licença, Andrew, mas ela está comigo.

Andrew olhou para Connor.

— Sr. Black, mil desculpas. Não sabia que ela era sua.

E se afastou, deixando que Connor tomasse seu lugar. Sua? Eu não era dele, nem de ninguém. Connor me encarou, envolvendo minha cintura e segurando minha mão.

— Eu te deixo sozinha por um minuto, e você já sai dançando com um estranho? É isso que chama de se comportar?

Franzi os olhos para ele.

—Você me deixou sozinha e desapareceu com aquela mulher que te deu um tapa no Club S.

Seus olhos se acenderam.

—Você viu isso?

— Acho que muita gente viu isso.

— Vamos ver se eu entendi. Você me viu antes de me encontrar bêbado diante da boate?

—Vi, estava sentada no bar. Por que pergunta?

Os cantos de sua boca sexy se curvaram.

— Interessante.

Inclinei a cabeça para ele.

— O que é interessante? — Então, me ocorreu. — Ah, já entendi. Você acha que eu estava de olho em você desde o começo.

Ele me deu um sorrisinho malicioso.

— Suas palavras, Srta. Lane, não minhas.

Revirei os olhos e me inclinei para ele, aspirando seu perfume delicioso enquanto sussurrava no seu ouvido:

— O senhor está delirando, Sr. Black. — Resolvi mudar de assunto. — Posso saber por que resolveu apoiar esta associação?

Ele olhou para mim, respirando fundo.

— E por que não?

Decidi não fazer perguntas sobre a mulher no corredor e aonde ele fora, mas isso eu fazia questão absoluta de saber.

— Mas por que esta especificamente?

Ele virou o rosto, olhando para os outros convidados.

— É uma associação beneficente com que minha empresa está envolvida. Por que é tão importante assim para você saber uma razão específica? — Suas palavras soaram frias, quase como se ele não confiasse em mim o bastante para me contar.

— Esquece que eu perguntei. — Continuei olhando para frente, evitando seus olhos.

—Você é doida — disse ele.

— Quando eu ficar doida, Sr. Black, o senhor vai saber — respondi.

A música terminou, e voltamos para a mesa, agora ocupada por associados da Black Enterprises. Connor deu a volta e me apresentou a alguns de seus funcionários. Dei uma olhada na mesa ao lado, e lá estava ela, a mulher linda e alta da boate. Seus cabelos negros caíam retos até pouco acima dos ombros, sua pele bronzeada reluzindo sob os lustres do salão. Ela estava luminosa em um longo prateado e sandálias de salto agulha combinando. Exibia um conjunto de brincos e colar de brilhantes, e não economizara na maquiagem. Era uma mulher deslumbrante, e não parava de olhar para mim — ou, para ser mais exata, de me fuzilar com os olhos.

O jantar consistia em filé mignon ou peixe. Connor tomou a liberdade de pedir filé mignon para mim, pois achava que eu precisava "criar carne em cima dos ossos", como observou com tanta gentileza. Durante o jantar, um homem se levantou para agradecer a todos por sua presença e à Black Enterprises por doar quinhentos mil dólares para a associação. Todos aplaudiram.

Pedi licença para ir ao banheiro, e ouvi alguém chamar meu nome. Quando me virei, fiquei paralisada ao ver o Dr. Taub saindo do banheiro dos homens.

— Ellery, que coincidência, encontrá-la logo aqui — disse ele.

— Dr. Taub, estou aqui como convidada de uma pessoa, e agradeceria se ele não nos visse conversando. — Fiquei morta de náusea, e meu coração acelerou.

— Você não retornou minhas ligações, nem marcou novas consultas. Precisa terminar suas sessões, Srta. Lane; é importante, e sabe disso.

— Dr. Taub — murmurei, olhando ao redor para ter certeza de que ninguém testemunhava nossa conversa, principalmente Connor —, eu vou fazer isso, me dê só um tempo, por favor.

— O tempo não está a seu favor, Ellery. É importante que marque suas consultas.

— Não posso falar sobre isso aqui, Dr. Taub, por favor.

Ele foi embora, balançando a cabeça.

Entrei no banheiro e observei meu cabelo e maquiagem. Passei gloss nos lábios e, quando abria a porta para sair, levei um susto ao dar com

Connor encostado à parede em frente, os braços cruzados. Ele me olhou com ar zangado quando falei:

— Hum... oi! Por que está parado aí desse jeito?

— Porque você estava demorando muito, então decidi vir ver se estava bem. Ia te dar mais cinco segundos, e então ia abrir a porta e começar a te procurar.

Dei as costas, me afastando.

— Uau, o *stalker* entrou em ação?

Ouvi-o suspirar.

— Pela última vez, não sou um *stalker*, só fiquei preocupado com a sua segurança.

Revirei os olhos. Ele tinha mania de segurança, e isso começava a me irritar.

Voltamos para a mesa e, quando passamos por *aquela pessoa*, Connor lançou um olhar para a beldade, que sorriu para ele.

— Pronta para ir embora?

— Estou, se você estiver.

Ele sorriu, e fomos ao encontro de Denny, que nos esperava. Connor parou e se virou para mim.

—Vou mandar Denny te levar para casa. Preciso terminar de resolver um assunto. — Segurou minha mão e a beijou. — Obrigado por me acompanhar ao evento. Espero que tenha se divertido. — Senti seus lábios quentes na minha pele, mas só conseguia pensar no fato de que ele não me levaria para casa.

Olhei nos seus olhos.

— Foi uma noite maravilhosa, Connor. Obrigada por me convidar.

Ele assentiu e abriu a porta da limusine. Sentei e acenei para ele, tentando não deixar a decepção transparecer.

— Boa noite, Srta. Lane — disse Denny, me observando pelo espelho retrovisor.

— Oi, Denny — respondi, olhando pela janela.

Capítulo 12

Fazia um calor excepcional para uma noite de setembro, e eu não estava nem um pouco a fim de voltar para um apartamento vazio.

— Denny, será que podia me levar à praia?

Ele me olhou pelo espelho retrovisor.

— Desculpe, Srta. Lane, mas recebi ordens de levá-la diretamente para casa.

Sorri, educada.

— Denny, ou você me leva à praia, ou eu vou chamar um táxi no instante em que me deixar em casa. O Sr. Black não é meu dono, nem tem o direito de me dizer o que fazer. Não me importo se ele lhe deu ordens de me levar para casa; estou dizendo o contrário. Agora, por favor, me leve à praia.

— Está bem, Srta. Lane, se prefere assim... — Suspirou.

— Prefiro, e se o Sr. Black criar algum problema, pode deixar que eu me entendo com ele.

Descalcei as sandálias com as mãos, e meus pés tocaram a areia quente e macia. O mar estava lindo à noite, o luar iluminando cada onda que rolava rumo à praia. Soltei as sandálias na areia e corri para a beira da água. Ri quando a espuma fria pinicou meus pés, me fazendo sentir viva e eufórica. O som tranquilo das ondas lambendo a areia e o cheiro delicioso de maresia foram o bastante para me permitir fugir para um mundo todo meu, um mundo que eu criara. Estava curtindo a serenidade desse mundo quando ouvi alguém dizer: "O que pensa que está fazendo?" Suspirei, pois conhecia muito bem essa voz. Virei a cabeça e vi Connor a alguns passos de mim.

— O que está fazendo aqui, Connor? Não tinha que terminar de resolver um assunto? — Considerei a possibilidade de o assunto envolver sexo e a beldade.

— Estou aqui porque você não voltou para casa, obrigando meu motorista a desobedecer minhas ordens. — Sua voz estava zangada.

— Bem, a noite está linda, e eu quis dar um pulo na praia; é o meu lugar favorito para visitar.

— Há um horário para se fazer isso, Ellery, e não estamos nele.

— Lamento que você pense assim, mas ainda não acabei, portanto não vou a parte alguma.

— Vamos embora agora, Ellery — ele levantou a voz.

Quem esse homem pensava que era?

— Não seja rabugento. Se quer que eu vá, então vai ter que me pegar. — Ri, começando a correr pela praia.

— Pelo amor de Deus, Elle, você está me irritando! — gritou ele, começando a correr atrás de mim.

Virei a cabeça para ver se ele estava perto, e juro que vi um sorriso em seus lábios. Ele era bom corredor, e tinha uma vantagem — não estava usando um vestido longo como eu. Comecei a ficar sem fôlego e diminuí o ritmo, enquanto ele chegava atrás de mim, me pegava e me punha sobre o ombro. Esperneei, gritando:

— Me põe no chão, Connor Black!

— Nem pensar! Você vai fugir de novo, e eu já estou cansado desses joguinhos.

Ofegante, respondi:

— Não vou, prometo. Até porque estou sem fôlego, caso não tenha percebido.

Ele me pôs de pé, e eu sentei na areia. Ele olhou para mim, balançando a cabeça. Estendi a mão, para que ele sentasse ao meu lado.

— Não vou sentar de smoking na areia.

— Vive um pouco, Connor, a vida é curta demais — respondi, olhando para o mar enluarado. Ele suspirou, sentando ao meu lado.

Ficamos em silêncio por um momento, e eu estava me sentindo um tanto emotiva — culpa do vinho — quando comecei a falar.

— No dia em que fiz dezesseis anos, recebi o diagnóstico de que tinha câncer. — Senti que ele me observava, mas apenas continuei olhando em frente, ouvindo os sussurros do mar. — Feliz aniversário de dezesseis anos! Adivinha só? Você tem câncer. — Senti os olhos começarem a arder de lágrimas.

Connor segurou minha mão, sussurrando:

— Você não tem que fazer isso.

Eu não queria me virar para ele, porque se olhasse para aqueles lindos olhos verdes, teria uma crise de choro. Por isso, apenas continuei a contar minha história.

— Não podia suportar a ideia de meu pai enfrentar novamente a tortura e a dor causadas pela perda de minha mãe, por isso decidi poupá-lo desse destino.

— Ah, Ellery... — sussurrou ele, inclinando-se em minha direção.

— Ele estava de saída para tomar uma de suas bebedeiras, e eu sabia que só voltaria de madrugada, se voltasse, portanto, era a minha oportunidade de pôr o plano em ação. Enchi a banheira de água quente, deitei e cortei os pulsos com uma gilete. — Ouvi Connor respirar depressa, alisando de leve minha cicatriz com o polegar. — Mas acredita que justamente nessa noite ele resolveu esquecer a carteira em casa e teve que voltar pouco depois? Coisa do destino, não? Ele me encontrou e ligou para o pronto-socorro. Escapei por um triz; tinha perdido muito sangue.

Connor não disse uma palavra, nem era preciso; pude ver o quanto estava comovido.

— Acho que Deus tinha outros planos para mim. Fiz um ano de quimioterapia e entrei em remissão. Recebi uma segunda chance de viver, e sou grata por isso. Como disse ontem, eu era jovem e insensata, e cometi um erro terrível.

Connor soltou minha mão, passou o braço pelo meu ombro e me puxou para si. Encostei a cabeça no seu ombro. Era firme, e foi bom me sentir abraçada.

— É por isso que você sente a necessidade compulsiva de ajudar os outros, não é? — perguntou ele, dando um beijo no alto da minha cabeça. — Você é uma boa pessoa, Ellery Lane — sussurrou no meu ouvido.

Sorri, fechando os olhos. Senti seus braços fortes me levantarem e carregarem pela areia até o carro, que não era a limusine, e sim um Range Rover. Ele me colocou com cuidado no banco da frente, e, quando me remexi, sussurrou:

— Dorme, meu anjo.

Ele dirigiu até meu prédio, abriu minha bolsa para pegar as chaves e então me levou até meu apartamento. Meus braços estavam entrelaçados em volta do seu pescoço. Ele enfiou a chave na fechadura e empurrou a porta de leve com o pé. Em seguida me levou para o quarto e me pôs com delicadeza na cama. Eu tinha uma vaga consciência do que ele fazia, mas estava exausta demais para me mexer.

Ele me cobriu com o edredom e acariciou meu rosto de leve com as costas da mão.

— Durma bem, meu anjo, e bons sonhos.

Capítulo 13

Eu tinha que trabalhar no dia seguinte, mas não precisava chegar antes do meio-dia. Consegui me arrastar da cama e tirei o vestido de festa. Dei graças a Deus por ele não ter me despido — quer dizer, talvez eu até desejasse isso, porque os momentos que tínhamos passado na praia eram algo de que jamais me esqueceria. Senti que alguma coisa mudara nele na noite anterior.

Entrei debaixo do jato de água quente e deixei que envolvesse meu corpo. Não conseguia parar de lembrar como Connor fora carinhoso e meigo comigo. Eu revelara meu maior segredo a ele, e agora começava a me arrepender. Não devia ter lhe mostrado esse lado meu; era muito perigoso. Vesti uma legging e uma túnica, prendi o cabelo de qualquer jeito num rabo de cavalo e me dirigi à cozinha para preparar o café. Não conseguia parar de me sentir estúpida por ter contado tudo a ele; às vezes, não sabia quando ficar de boca fechada.

Enquanto esperava que o café ficasse pronto, fui até minha bolsa e peguei o celular. Havia uma mensagem de Connor.

Oi, espero que tenha dormido bem. Só queria saber se já está acordada e como está se sentindo.

Esbocei um sorriso e respondi:

Bom dia, Connor. Dormi bem e estou me sentindo ótima, obrigada por seu interesse. Espero que tenha um dia maravilhoso, e não trabalhe demais!

Fico feliz que esteja se sentindo bem, e eu sempre trabalho demais; é por isso que sou tão bem-sucedido.

Acredito, e obrigada por cuidar de mim ontem à noite. Fico te devendo!

Considere como uma retribuição por ter me trazido para casa em segurança. Vou entrar numa reunião agora. Falo com você mais tarde!

Tchau, Connor.

Despejei um pouco de café numa caneca que exibia os dizeres "Não sou gay, mas meu ex-namorado é", um presente de Peyton. Fui até a mesa onde ficava meu notebook, abri a gaveta e tirei um pedaço de papel que costumava deixar em cima de uma revista. Dei uma olhada nele e, com uma caneta, anotei uma coisa e o recoloquei no mesmo lugar, onde ficaria até eu precisar fazer aquilo novamente.

Saí do prédio e comecei a caminhar pela rua. Ainda faltava uma hora para o meu expediente começar, por isso decidi caminhar os poucos quarteirões até o meu trabalho. Estava fazendo mais frio, pois o sol se escondera atrás das nuvens. Era uma cena diferente do que se vira nos últimos meses. As pessoas tinham corrido para o guarda-roupa e tirado aquelas roupas de *friozinho*. Calças, mangas compridas, cardigãs e casacos leves enfeitavam as ruas de Nova York, todos se preparando para a chegada do outono.

Passei pelo Starbucks a caminho do trabalho e, claro, tive que parar, pois precisava de mais cafeína. Entrei na fila, que se estendia por quase metade da loja. Tirei o celular da bolsa; prometera a Peyton que lhe ligaria para contar sobre a noite passada. Digitei seu número e esperei que atendesse; depois de alguns toques, caiu na caixa postal.

— Oi, Peyton, sou eu. Minha noite com Connor foi maravilhosa. Estou indo para o trabalho. Me liga mais tarde para a gente fofocar. Beijo.

Finalmente chegou a minha vez, e pedi um Caramelo Macchiato. Paguei ao atendente, saí com o café na mão e me dirigi ao trabalho.

Quando avançava pela rua cheia, notei uma limusine preta estacionada diante de um prédio alto. A porta da limusine se abriu e uma mulher que eu já conhecia saiu, seguida por Connor. Ele foi atrás dela, ajeitando a gravata. Senti uma náusea violenta e meu coração disparou, não por paixão, mas por nervosismo. Ele olhou na minha direção e me viu parada poucos metros adiante. Não podia deixar que percebesse a raiva e o ciúme que eu sentia naquele momento por vê-los juntos, por isso apenas sorri e acenei como qualquer amiga faria. Ele pareceu angustiado por me ver. Não retribuiu meu sorriso; só conseguiu dar um breve aceno. Os dois caminharam até o prédio alto e entraram. Quando passei, notei o nome da empresa nas amplas portas duplas, Black Enterprises. Nunca tinha me dado conta de que era a sede da empresa dele, embora passasse toda hora por ali.

Continuei caminhando, a dor por ter sido traída me correndo pelas veias. Mas não havia nenhuma razão para me sentir desse jeito. Connor e eu éramos amigos, só isso; não poderia haver mais nada entre nós. Lutei com minhas emoções por todo o caminho até o trabalho, tentando argumentar comigo mesma que ele não fizera nada de errado. Se iríamos continuar sendo amigos, eu teria que me acostumar a vê-lo com outras mulheres. Ele não era meu, nem eu dele. Fiquei repetindo isso até finalmente chegar ao trabalho.

Era um dia de pouco movimento na gravadora, o que foi uma droga, porque me deu mais tempo para pensar em Connor e na linda mulher que saíra da limusine. Eu não tinha o menor direito de pensar neles, mas, depois daquele momento juntos na praia, não podia deixar de me perguntar se ele não sentia alguma coisa por mim. Precisava refletir profundamente sobre o assunto, e o melhor lugar para fazer isso era a minha pizzaria favorita.

O expediente finalmente se encerrou. Peguei o celular e a bolsa e saí. Parei ao ver Denny recostado na limusine estacionada no meio-fio. Franzi os olhos para ele.

— Oi, Denny, o que está fazendo aqui? — perguntei, curiosa.

— Olá, Srta. Lane. O Sr. Black me mandou levá-la ao restaurante onde ele a encontrará em quinze minutos para jantarem juntos.

— Ah, é mesmo? — perguntei, pondo as mãos nos quadris. Ele olhou para mim com um sorrisinho, já sabendo o que viria em seguida. — Pois pode tratar de dizer ao Sr. Black que não estou livre agora à noite. Tenho outros planos.

Já começando a me afastar, virei a cabeça para ele e acrescentei:

— E diga a ele também que, se quiser jantar comigo, que pegue um telefone e me convide ele mesmo. — Acenei. — Tchau, Denny, tenha uma ótima noite.

A Pizzapopolous ficava dois quarteirões adiante, e a temperatura começava a cair. Sentei a uma mesa perto da vitrine e abri o menu. A pizzaria era pequena, com umas vinte mesas ocupando todo o espaço. As paredes brancas eram decoradas com fotos de todas as celebridades que haviam jantado lá. As mesas eram cobertas com toalhas xadrez em vermelho e branco e guardanapos brancos. O clima era descontraído e pitoresco, e a pizza era a melhor que eu já provara.

Estava procurando o celular na bolsa quando vi a sombra de alguém que se sentara à minha frente. Levantei o rosto e vi Connor olhando zangado para mim. Revirei os olhos.

— Então é aqui que você quer jantar? — perguntou ele.

Inclinei a cabeça, observando sua expressão furiosa.

— Sim, Connor, é aqui que eu vou jantar, e não creio que você esteja convidado.

Ele pôs a mão no coração.

— Ai. Essa doeu, Ellery. Convidei você para jantar, levei o maior fora, então resolvi vir até você.

— Como sabe se eu quero companhia?

Ele pôs as mãos sobre a mesa e as apertou.

— Não sei, mas, já que estou aqui, não faria nenhum mal se jantássemos juntos — respondeu, dando uma olhada no restaurante.

A razão de ser desse jantar era justamente me dar uma chance de refletir sobre ele, o que seria extremamente difícil com o dito cujo sentado diante de mim.

A garçonete se aproximou e começou a babar quando perguntou a Connor o que ele gostaria de pedir. Passando os olhos pelo menu, ele escolheu uma salada antipasto. Olhei para ele, tirando o menu de sua mão.

— Você não pode vir a uma pizzaria e comer só uma salada.

Olhei para a garçonete e pigarreei para desviar sua atenção de Connor.

— Vamos querer uma pizza grande com pepperoni, champignons e azeitonas pretas, e uma salada antipasto com grissinis.

Connor pousou um dedo sobre os lábios.

— Você acha mesmo que eu vou comer pizza?

— Eu não acho, tenho certeza absoluta. — Sorri.

Pus o celular na mesa e olhei para ele. Já que fizera a grosseria de interromper meu jantar, teria que responder a algumas perguntas.

— Quem é aquela mulher que está sempre com você? — As palavras saíram antes que eu pudesse pensar. Ele se remexeu na cadeira.

— É uma amiga, Ellery — respondeu em voz baixa. Sabia que estava mentindo. Talvez fosse uma amiga, mas o que eu queria saber era que tipo de amiga.

— Que tipo de amiga, Connor?

Seus olhos verdes ficaram sombrios, e ele cravou um olhar duro em mim.

— Ela não tem a menor importância, Ellery, é uma amiga, e é só isso que você precisa saber.

Levantei as sobrancelhas.

— Achei que, depois do que te contei ontem, você estaria disposto a me contar algumas coisas.

— Não tenho o hábito de discutir minha vida pessoal. Ela não é chamada de "pessoal" à toa, Ellery.

Ele não se deu conta disso, mas naquele momento, tomou uma decisão por mim. A garçonete trouxe nossa pizza e a pôs no meio da mesa, junto com a salada e os grissinis. Cortei uma fatia com a espátula e a coloquei no seu prato. Ele suspirou, pegando o garfo e a faca.

— Você só pode estar brincando! Põe esses talheres na mesa, Connor Black!

Ele pareceu se assustar.

— O quê? Que foi que eu fiz de errado?

Eu me inclinei sobre a mesa e tirei os talheres de sua mão.

— Você não vai comer pizza com garfo e faca.

— Mas então como é que você quer que eu coma?

Ele estava podre de atraente naquele momento. Peguei minha fatia e dei uma mordida. Mastigando, respondi:

— Assim. Pegando e mordendo.

— Isso é um nojo, e não fale de boca cheia.

— Se não quer fazer, faço eu. — Peguei a fatia no seu prato e a levei à sua boca. — Dá uma mordida — ordenei.

Ele levantou as sobrancelhas para mim.

— Você faz alguma ideia do quanto isso é sexy? — Piscou para mim.

Não pude deixar de rir, dando um tapa no seu braço. Ele revirou os olhos — o que era extremamente sexy —, abriu a boca e deu uma mordida na pizza. Sorri, colocando-a de volta no seu prato.

— Minha vez. — Ele sorriu.

— Sua vez de quê?

Ele pegou minha fatia e a levou à minha boca.

— Dá uma mordida — ordenou.

Fiz o que ordenara, e um largo sorriso se abriu no seu rosto perfeito. Acho que deve ter sido a primeira vez, desde que eu o conhecera, que o via sorrir assim. Era o mais lindo e simpático sorriso que eu jamais vira, e fez meu coração palpitar.

Comemos o resto da pizza, conversamos, comemos salada. A garçonete não parava de rondar nossa mesa, lançando sorrisos sedutores para Connor.

— Você não se cansa de ficar sendo paquerado pelas mulheres?

Ele riu.

— E você não se cansa de ficar sendo paquerada pelos homens?

Fiz uma careta, confusa.

— Não entendi.

— Entendeu sim, Ellery. Vejo isso acontecer toda vez que saio com você. A única diferença é que os homens são mais discretos do que as mulheres.

Eu nunca tinha notado homens me paquerando; teria que começar a prestar mais atenção. Enquanto ríamos e curtíamos nossa conversa, meu celular tocou; era o número de minha tia Patti. Olhei para Connor.

— Tenho que atender. — Ele concordou e tirou seu celular do bolso.

— Alô — falei. A voz do outro lado era de minha prima.

— Ellery, é Debbie. Queria te avisar que mamãe e papai... — Começou a soluçar. — Eles sofreram um acidente de carro, e morreram.

Seus soluços se tornaram mais intensos, e uma lágrima escorreu pelo meu rosto. Connor olhou para mim e segurou minha mão pousada na mesa.

— Debbie, eu sinto muito. Vou estar aí assim que puder.

— Obrigada, Elle. Eu te ligo para dar mais detalhes.

Desliguei e olhei para Connor, que me encarava com uma expressão preocupada.

— Ellery, o que aconteceu?

— Meus tios morreram num acidente de carro. Preciso ir embora, Connor.

Abri a bolsa e peguei uma nota. Connor a tirou da minha mão e tornou a guardá-la na bolsa.

— Eu pago.

Não podia chorar na frente dele; precisava me segurar, pelo menos até chegar em casa e ficar sozinha.

Ele colocou algumas notas na mesa e me acompanhou quando saí do restaurante. Minha cabeça estava fora do ar, e eu me sentia totalmente confusa. Olhei nas duas direções, esquecendo para onde devia ir. Ele passou o braço pelo meu ombro e me puxou para si, me levando até onde Denny estacionara a limusine. Cambaleei algumas vezes, mas a força de seus braços me sustentou. Ele abriu a porta e me ajudou a entrar. Deslizei até o fim do banco e ele sentou ao meu lado. Não disse uma palavra, apenas passou os braços pela minha cintura e me puxou para o peito. Sentindo o calor e a segurança de sua presença, agarrei sua camisa e comecei a chorar. Ele ficou alisando minhas costas, seu queixo encostado na minha cabeça. No momento, não me importava que me visse naquele estado. Só precisava estar com alguém, e ele estava mais do que disposto a ser esse alguém.

Capítulo 14

Entramos no meu apartamento. Connor fechou a porta. Joguei a bolsa na mesa e fui à cozinha pegar uma garrafa de vinho.

—Você está bem? — perguntou ele, vindo logo atrás de mim.

Cocei a cabeça.

— Estou. Aceita um vinho?

— Ah, não. Preciso ir andando. Tenho um encontro com uma pessoa.

Revirei os olhos, ainda de costas para ele, convicta de que seu encontro tinha a ver com sexo. Abri a garrafa, enchi um copo e me virei, pondo a mão no seu peito.

— Obrigada, Connor. Quero que saiba que me sinto profundamente grata pela força que está me dando.

Ele levou a mão ao meu rosto e secou com o polegar algumas lágrimas que haviam restado.

— Eu sei que se sente, e não foi nada.

Senti um fogo se acender no meu corpo, enchendo cada parte de desejo por ele. Esse era o seu lado carinhoso e gentil, um lado que eu queria conhecer melhor. Meu coração acelerou, o sobe e desce no estômago recomeçando toda vez que ele me tocava. Eu estava vulnerável naquele momento, e só podia pensar em beijá-lo apaixonadamente. Mas me contive, porque não queria estragar nossa amizade.

Dei um tapinha no seu peito.

— É melhor ir ao seu encontro, Sr. Black. É falta de educação deixar alguém esperando.

Ele deu um sorrisinho.

— Se precisar de alguma coisa, qualquer coisa, por favor, não hesite em me ligar — disse, pressionando os lábios na minha testa.

— Pode deixar. Agora, vai lá. Tenha uma boa noite.

Fechei a porta atrás dele e sentei com meu vinho. Para alguém da minha idade, eu já tivera mais contato com a morte do que deveria. Precisava ligar para Peyton e lhe avisar o que estava acontecendo. Levantei e já ia pegar o celular, quando bateram à porta. Olhei pelo olho mágico e vi Connor do outro lado.

— Ué, o que está fazendo aí?

Ele entrou.

— Arruma uma mala, porque você vai passar a noite comigo.

Olhei para ele, estupefata.

— Não vou, não. Vou ficar aqui.

Ele suspirou.

— Elle, uma vez na vida, por favor, faça o que estou dizendo.

— Não sou nenhuma criança, Connor, e, francamente, você não pode ficar me dando ordens desse jeito. Achei que já tínhamos conversado sobre isso.

Ele se dirigiu ao canto da sala, onde ficava o cavalete, e olhou para o quadro inacabado que ainda estava lá. Seu tom mudou.

— Não acho que você deva passar a noite aqui sozinha depois da notícia que recebeu, e meu apartamento tem um quarto de hóspedes. Eu me sentiria melhor sabendo que você não está sozinha.

Vi que tivera que fazer um esforço enorme para pronunciar cada palavra; agora me dava conta de que ele tinha dificuldade para lidar com emoções.

— Tudo bem, Connor, me dá um minuto.

Ele assentiu, sem tirar os olhos da pintura.

Coloquei algumas coisas numa mala e voltei até ele, que ainda estava parado diante do cavalete.

— Era isso que você estava desenhando no Central Park, não era? O casal de noivos diante do chafariz?

— Era. Comecei a pintar o quadro ontem à noite.

— Pelo que posso ver, você é uma artista muito talentosa.

— Obrigada, Sr. Black. Agora, vamos lá.

Ele sorriu e tirou a mala da minha mão; estava cheio de surpresas aquele dia.

Sua cobertura era deslumbrante, do piso de mármore no corredor às paredes brancas e janelas com dois andares de altura. O salão abrigava um lindo sofá cinza-escuro, uma ampla mesa quadrada de madeira no centro e duas poltronas de couro num tecido cinza-claro. Longas cortinas pendiam das janelas até o chão, e a lareira de mármore era o ponto de destaque do aposento. Havia fotografias em preto e branco penduradas nas paredes em grupos de três, mostrando várias cenas urbanas do mundo inteiro. Ele chegou por trás de mim enquanto eu as observava.

— Gosta delas?

— Sim, são lindas. — Sorri. — Onde as comprou?

— Fui eu mesmo que as tirei.

Virei a cabeça depressa, e ele deve ter achado graça do meu olhar, porque começou a rir.

— Você tirou essas fotos? — Enfatizei cada palavra.

— Por que a surpresa, Ellery? A fotografia é um hobby meu.

— E como eu poderia saber disso, Connor, se você se recusa a me contar qualquer coisa a seu respeito?

Continuei estudando as fotografias. Sorri, porque, naquele momento, percebi que tínhamos algo em comum: éramos artistas. Eu pintava retratos, ele os tirava.

— Sua casa é linda. Foi você mesmo quem fez a decoração?

— Não, foi minha irmã.

Olhei para ele, confusa.

—Você tem uma irmã?

— Tenho, ela é decoradora. O projeto do meu escritório também é dela.

Balancei a cabeça.

— Pelo visto, o talento é de família.

Ele riu, caminhando até o bar.

— Bebe alguma coisa? — perguntou.

— Uma dose de Jack, por favor.

— Tem certeza? — Seus olhos se arregalaram.

— Isso te surpreende?

Ele pegou um copo de uísque.

— Não, quer dizer, talvez... não conheço nenhuma mulher que tome uma dose de Jack Daniels pura.

Ele me entregou o copo, e eu o levantei.

— Agora conhece.

Virei a dose de um gole só e queimou feito fogo, mas foi bom.

— Achei que não permitia que mulheres dormissem aqui, Sr. Black.

Ele olhou para mim, com um largo sorriso.

— E não permito, Srta. Lane. Jamais permiti, mas achei que podia abrir uma exceção para uma *amiga* — enfatizou a palavra —, porque senti que ela não devia ficar sozinha.

Serviu outra dose e levantou o copo.

— Mais umazinha?

— Está tentando me embebedar?

Ele me deu um daqueles olhares sensuais que enchiam meu corpo de desejo.

— Deveria?

Esvaziei o copo e fui me sentar no sofá. Connor se aproximou com seu uísque e sentou ao meu lado.

—Você está bem? — perguntou.

Olhei para ele, suspirando.

— Estou pensando em visitar o túmulo de meus pais quando estiver em Michigan.

— Quando foi a última vez que os visitou?

— Há pouco mais de um ano. Dei um pulo no cemitério para visitá-los no dia em que Kyle e eu viemos para Nova York.

Olhei para ele, meus olhos azuis observando o verde dos seus, e disse com a maior seriedade:

— Quando eu morrer, não quero um enterro. Não quero gente olhando para o meu corpo e chorando por mim. Quero ser cremada e ter minhas cinzas espalhadas em Paris.

Connor me deu um olhar irritado.

— Pare de falar desse jeito. Você ainda tem muitos anos pela frente para decidir o que quer.

— Connor, estou falando sério. Quero que as pessoas comemorem e bebam à minha memória. Quero que se lembrem dos bons momentos, não que lamentem a minha morte.

— OK, pode parar. Você está falando como se fosse morrer amanhã.

— Nunca se sabe o que cada dia vai trazer, e é por isso que acredito que nada dura para sempre.

— Certo. Acho que o Sr. Jack Daniels subiu à sua cabeça. Vamos dormir um pouco, tenho que trabalhar amanhã.

Fomos para o segundo andar, e ele me mostrou meu quarto.

— Boa noite, Elle, durma bem — disse, saindo para se dirigir ao próprio quarto.

— Boa noite, Connor.

Vesti a camisola e deitei na cama enorme e superconfortável que ocupava o quarto. Fiquei apreciando a sensação luxuosa dos lençóis de cetim, enquanto observava a decoração clássica do aposento. As paredes cinza com sancas entalhadas eram lindas. Havia uma cômoda bege com um espelho redondo e mesas de cabeceira combinando em cada lado da cama. A janela tinha estantes embutidas dos lados, com um assento estofado no mesmo tecido da colcha. Eu podia passar o resto da vida enroscada ali, aninhada em sua beleza e conforto.

Já era muito tarde para ligar para Peyton, por isso decidi mandar uma mensagem e avisar o que estava acontecendo.

Recebi uma notícia horrível horas atrás. Minha prima me ligou para dizer que meus tios morreram num acidente de carro. Vou voltar a Michigan daqui a dois dias para o enterro. Queria que você soubesse, para não se preocupar.

Ah, meu Deus, Elle, sinto muito. Quer que eu vá para aí? Você não devia ficar sozinha.

Estou bem, vim passar a noite no apartamento de Connor. Ele estava comigo quando recebi a ligação.

Sério, Elle? O que é que está rolando entre vocês? Dormiu com ele?

NÃO! Somos apenas amigos, e estou no quarto de hóspedes.

Não diz besteira, mulher. Vai para a cama do cara já, e deixa que ele te faça esquecer todas as coisas ruins — pelo menos por uma noite.

Rsrsrsrs! Boa noite, Peyton. A gente se fala outra hora.

Aproveita, Elle! Já ouviu falar em foda amiga? Boa noite.

Ela tinha razão. Quando eu estava com Connor, ele me fazia esquecer todas as coisas negativas na minha vida, mas a ironia disso é que a mais negativa de todas era ele próprio. Um de nós seria magoado pelo outro, e eu não tinha condições de enfrentar algo assim no momento.

Capítulo 15

Virei de costas e abri os olhos, a luz do sol atravessando o tecido fino das cortinas de caimento perfeito que emolduravam as janelas. Vesti uma legging e uma camiseta e segui o aroma que me levou direto à cozinha. Connor estava sentado à mesa, digitando no seu notebook.

— Bom dia, Ellery. Espero que tenha dormido bem.

Sorri, indo pegar uma caneca no armário.

— Bom dia. Dormi muito bem naquela cama gigantesca.

Ele deu um risinho. Enchi a caneca e sentei à sua frente.

— Tem bagels ali. Come um.

— Obrigada, mas não estou com fome.

Ele fixou seus olhos verdes em mim.

— Você precisa comer, Ellery.

Suspirei.

— Não tenho o hábito de comer nada quando acordo, mas não se preocupe, papai, vou comer daqui a pouquinho.

Um sorriso levemente irritado apareceu em seu rosto.

— Até de manhã cedo você tem uma língua afiada.

Levantei a caneca, sorrindo.

— O que está fazendo? — perguntei, apontando para o notebook.

— Enviando e-mails e remarcando reuniões.

— Tinha marcado muitas?

Ele olhou para mim, inclinando a cabeça.

— Você quer saber tudo, não é?

Olhei para o teto.

— Acho que sim. — Sorri.

Fiquei observando-o, enquanto ele olhava para a tela do notebook. Tinha acabado de tomar banho, e seu cabelo ainda estava úmido e supersexy.

— Quais são seus planos para hoje? — perguntou, curioso. Coloquei a caneca na mesa e a envolvi entre as mãos.

— Tenho que ligar para o meu emprego e avisar ao meu chefe que não vou trabalhar por causa do enterro. Depois, acho que vou dar um pulo no restaurante e cozinhar um pouco hoje à tarde.

Connor ergueu os olhos do notebook.

— Você gosta de trabalhar lá, não gosta?

— Adoro. A despeito de serem sem-teto e dos problemas que têm, são seres humanos que precisam de ajuda.

Ele olhou para mim por um segundo e então continuou a digitar no notebook. Dei um gole no café e olhei pela enorme janela para a vista de Nova York.

— Eu remarquei minhas reuniões porque vou levar você para Michigan.

— O quê?!

Ele se levantou da mesa e pôs a caneca na bancada.

— Não adianta discutir, Elle. Vamos sair amanhã de manhã, e vamos de carro.

— De carro? São dez horas de viagem, Connor!

Ele se virou para mim.

— Eu sei quanto tempo leva. Considere como um mochilão de alto nível.

Suspirei.

— Um mochilão de alto nível? De avião estaríamos lá em uma hora e meia.

— Algum problema em passar dez horas comigo num carro? — perguntou ele, em tom natural.

— Não, mas...

Ele se aproximou e ficou parado à minha frente como se quisesse me tocar ou beijar, mas não fez isso. Apenas disse:

— Sem mas, nem meio mas. Vamos de carro.

— Não acho que Denny vá querer nos levar até Michigan.

Ele riu, afastando-se.

— Não é Denny quem vai dirigir, sou eu.

Revirei os olhos, soltando um longo suspiro. Por que ele tinha resolvido ir? Eu era perfeitamente capaz de ir a Michigan sozinha, e era o que preferia fazer. Bem, talvez não; a ideia de passar dez horas num carro com ele era excitante. Sorri e levantei da mesa.

Peguei minha mala e entrei no elevador. Denny já esperava por mim diante da limusine.

— Bom dia, Denny. Onde está Connor? — perguntei ao ver a limusine vazia.

— Bom dia, Srta. Lane. O Sr. Black foi para o trabalho com o Range Rover.

— Posso te fazer uma pergunta, Denny?

— Claro, Srta. Lane — respondeu ele, olhando para mim pelo espelho retrovisor.

— O Sr. Black disse por que resolveu me levar de carro para Michigan?

— Não, Srta. Lane, não disse. Ele só me falou para tirar os próximos dias de folga, porque estava planejando fazer uma viagem de carro. Srta. Lane, posso contar uma coisa?

Olhei para ele, curiosa.

— O que é?

— Trabalho para a família Black há dez anos. Também fui motorista do pai dele. Nunca vi o Sr. Black se comportar do jeito como vem se comportando desde que conheceu a senhorita. Talvez eu não devesse estar lhe contando isso.

Sorri.

— Não, tudo bem, Denny, nós somos amigos, e talvez Connor precise mesmo de uma boa amizade. — Fiquei triste ao pensar que era só o que poderíamos ter.

Entrei em casa e me dirigi ao banheiro para tomar um bom banho de imersão. Precisava pensar em tudo antes de ir para Michigan. Entrei na banheira cheia de espuma e fechei os olhos, absorvendo o perfume de lavanda. Meu telefone tocou no instante em que eu começava a relaxar.

— Oi, Peyton — atendi. Ouvi gritinhos do outro lado.

— Elle, tenho uma notícia maravilhosa!

Embora não pudesse vê-la, sabia que estava dando pulos.

— Elle, seus três quadros foram vendidos!

Sentei na banheira.

— O quê? Está brincando?

— Não, eu nunca brincaria com uma coisa dessas. E o melhor é que foi a mesma pessoa que comprou os três, e pagou o triplo do valor. Disse que seus quadros eram a coisa mais linda que já tinha visto. Sal quer conversar com você sobre a possibilidade de se tornar uma artista fixa da galeria, e te contratar para fazer mais quadros. Só com o dinheiro que você ganhou com esses três, pode parar de trabalhar e passar a pintar em tempo integral!

— Quem foi o comprador? — perguntei.

— Não sei. Sal disse que foi uma mulher. Já estou com o seu cheque pronto. Pode vir se encontrar comigo mais tarde para a gente ir almoçar?

— Combinado. Vou trabalhar no restaurante por umas duas horinhas, e depois a gente se encontra. Eu te mando uma mensagem.

Desliguei o telefone e me recostei na banheira, curtindo a notícia maravilhosa. Nunca sonhara que um de meus quadros seria vendido, que dirá os três. Mal podia esperar para dar a notícia a Connor. Queria mandar uma mensagem para ele, mas provavelmente estava ocupado trabalhando, por isso imaginei que não devia incomodá-lo. Saí da banheira, a pele toda enrugada, e vesti um jeans justinho e um suéter comprido. Estava atravessando o corredor quando tive uma vertigem. De repente, tudo ficou escuro.

Quando voltei a mim, estava deitada no chão, com a cabeça doendo. Não me mexi, atordoada e confusa, tentando me concentrar e lembrar o que acontecera. Tive certeza de que desmaiara. Sentei, sentindo algo escorrer pelo rosto. Levei os dedos ao local e fiquei horrorizada ao vê-los cobertos de sangue. Respirei fundo e levantei para ir me olhar no espelho. Estava com um corte profundo no supercílio, e sangrava muito. Abri o armário embutido, peguei uma gaze e fiz pressão sobre o corte. Implorei a Deus que estancasse o sangramento, para não ter que levar pontos. Em seguida, tirei do armário uma caixa de Band-Aids em forma de borboleta que tinham sobrado da ocasião em que Kyle cortara o dedo com uma faca. Apliquei o Band-Aid e torci para que bastasse. Por que isso tinha que acontecer logo agora? Uma hora antes, eu estava curtindo a venda dos meus quadros, e agora estava diante do espelho com um corte no supercílio que talvez precisasse levar pontos.

Fui até o armário e peguei um vidro de xarope analgésico, tomei duas doses e me dirigi à gravadora para dar o aviso-prévio. Peyton tinha razão; se Sal me contratasse, eu teria que me dedicar à pintura em tempo integral. Só esperava ganhar o bastante para me sustentar.

Capítulo 16

Estava andando pela rua, sentindo o sangue encharcar o Band-Aid. Merda, sabia que precisaria de pontos. Peguei o celular na bolsa e liguei para Peyton.

— Peyton, eu caí e dei um corte no supercílio. Não para de sangrar, por isso estou indo ao hospital para dar uma olhada.

— Elle, você está bem? Eu te encontro lá, não se preocupe.

Antes que pudesse lhe dizer para não ir, ela desligou. Eu estava longe do hospital, por isso tentei pegar um táxi. Claro, quando a gente precisa desesperadamente de um, eles não param. Quando estava no meio-fio com a mão na cabeça, uma limusine parou e o motorista abaixou o vidro do lado do carona.

— A senhorita está bem, Srta. Lane? — perguntou Denny, preocupado. Mal pude acreditar que estivesse ali.

— Denny, graças a Deus. Será que pode me levar ao hospital? Dei um pequeno corte, e preciso que um médico o examine.

— Claro! Senta aqui na frente, para eu dar uma olhada.

Abri a porta e sentei ao seu lado. Denny retirou minha mão, e seus olhos se arregalaram. Ele abriu o porta-luvas, tirou uma toalhinha branca e a dobrou.

— Toma aqui. Segura em cima do corte, fazendo pressão — instruiu, voltando para o trânsito a fim de me levar ao hospital.

Quando chegamos, ele me ajudou a sair do carro. Agradeci e vi Peyton esperando por mim na recepção. Ele me acompanhou à Emergência e eu o apresentei à minha amiga.

— Obrigada por sua ajuda, Denny.

— Não foi nada, Srta. Lane. — Ele sorriu. — Cuide bem disso, e melhoras.

Dei um breve abraço nele antes de sair pelas portas automáticas.

Uma enfermeira chamada Carla me fez sentar numa cadeira de rodas e me empurrou pelo corredor até uma sala. Ela me ajudou a passar da cadeira para uma cama, onde me fez deitar, para que eu não sofresse outros ferimentos. Peyton sentou na cadeira ao lado e me deu uma bronca por não ter vindo para o hospital antes. Eu odiava hospitais; já tinha estado neles o bastante para odiá-los até o último dia da minha vida.

Carla era uma mulher corpulenta e, pelo seu jeito, não era do tipo que leva desaforo para casa. Era muito engraçada também. Seus comentários sobre as enfermeiras e alguns médicos fizeram com que Peyton e eu chorássemos de rir.

Não muito depois de ela checar meus sinais vitais, o Dr. Beckett entrou. Peyton estava no meio de uma frase e, quando pôs os olhos nele, ficou muda. Era um residente jovem, lindo de morrer, com cabelos pretos curtos, olhos azul-claros e pele bronzeada.

— Oi, sou o Dr. Beckett. — Ele sorriu, estendendo a mão.

Peyton saltou da cadeira e apertou a mão dele.

— Oi, sou Peyton Bennett. — Deu um sorriso sedutor para ele.

Revirei os olhos, o que doeu, por causa do corte.

— Então, Ellery, me conte como isso aconteceu — pediu o Dr. Beckett, examinando o ferimento.

— Não sei ao certo. Eu tomei banho e me vesti. Estava andando pelo corredor quando me senti um pouco tonta, e acho que desmaiei. Devo ter batido com o rosto na aresta da parede, ou algo assim.

—Você costuma ter essas vertigens súbitas?

Encarei seus olhos azul-claros e respondi:

— Não.

— Certo. Bem, vou pegar meu kit de sutura, dar uns pontinhos aí, e você pode ir embora.

Sorri, concordando, enquanto Peyton babava no decote.

— Minha nossa, o cara é um deus! Não saio daqui sem o telefone dele. Viu alguma aliança no dedo dele? Hein, Elle, viu?

Quando eu já ia responder, a cortina se abriu e lá estava Connor, parecendo tão sexy como eu o vira horas atrás. Os olhos de Peyton se arregalaram.

— Ah, meu Deus, mais um. Acho que morri e fui para o Céu.

Franzi o cenho e dei um tapa no seu braço. Connor continuava lá, segurando a cortina.

— Elle, por Deus, o que aconteceu? — Aproximou-se e pôs a mão na minha cabeça. —Você está bem?

Olhei para o seu rosto; ele parecia sinceramente preocupado. Uma expressão que eu jamais tinha visto.

— Connor — pus a mão no seu braço —, estou bem.

— Então você é Connor Black? — perguntou Peyton, inclinando a cabeça.

— Desculpe, Connor, essa é Peyton. Peyton, esse é Connor.

— Prazer em finalmente conhecê-la, Peyton. Já ouvi falar muito de você.

Peyton sorriu.

—Também já ouvi falar muito de você.

Meu rosto corou vinte tons de vermelho quando ele respondeu:

— É mesmo?

Antes que Peyton pudesse me envergonhar mais ainda, o Dr. Beckett voltou, segurando uma pequena bandeja de metal.

—Vamos suturar esse corte feio. Prometo suturá-lo tão bem que a cicatriz vai ficar imperceptível, se ficar uma cicatriz.

Connor segurou minha mão e ficou alisando-a com o polegar. Dr. Beckett fez a sua mágica e deu quatro pontos perfeitos no meu supercílio.

Tudo que senti foi o calor da mão de Connor e as batidas rápidas do meu coração, enquanto ele afagava minha mão com carinho.

— Muito bem, tudo pronto, Ellery. Você mora com alguém?

— Não, moro sozinha. Por quê?

Ele pigarreou.

— Vai ter que encontrar alguém que passe a noite com você. Precisa ser observada, por causa do risco de concussão. Às vezes, quando se sofre um ferimento na cabeça, mesmo um pequeno corte, uma concussão pode se instalar depois que o trauma passa. Vou receitar um analgésico, mas só tome se sentir necessidade. — Deu uma olhada em Peyton e sorriu enquanto falava comigo. — Cuide-se, Ellery, e me ligue se tiver alguma dúvida.

Achei que Peyton iria morrer quando ele saiu da sala.

— Eu passo a noite com você — disse ela, levantando-se.

Connor olhou para ela.

— Ellery vai passar a noite comigo, Peyton.

Ela fez um de seus beicinhos.

— Vai mesmo, Elle? A gente não pode fazer uma farrinha hoje à noite?

Olhei para Connor e de novo para Peyton, sem poder acreditar que os dois estivessem disputando para ver com quem eu iria ficar. Segurei a mão de Peyton.

— Olha só. Você é minha melhor amiga e eu te adoro, mas acho que é mesmo melhor eu passar a noite na casa do Connor, porque amanhã vamos para Michigan.

O queixo dela despencou.

— O quê? Vocês vão juntos para Michigan? Por quê?

— Vamos pegar a estrada. — Olhei para Connor e pisquei.

— Tudo bem, mas assim que voltar, vamos fazer a nossa farrinha.

Sorri, abraçando-a.

— Combinado. Agora, vai lá falar com o Dr. Beckett. Não vi nenhuma aliança no dedo dele, e deu para ver que ele gostou de você.

Um sorriso gigantesco se abriu no rosto dela.

— Acha mesmo?

— Tenho certeza. Vai nessa!

Peyton já ia saindo da sala, mas se virou e olhou para Connor.

— Trate de cuidar muito bem dela, ouviu? Ela é como uma irmã para mim.

Ele sorriu para Peyton.

— Como foi que você desmaiou desse jeito? Está com algum problema de saúde? — perguntou, enquanto me ajudava a levantar da cama.

— É que a água do meu banho estava quente demais. — Peguei minha bolsa.

— Você precisa tomar mais cuidado. — Ele segurou meu braço com delicadeza enquanto seguíamos pelo corredor. Meus olhos se arregalaram quando vi o Dr. Taub caminhando na nossa direção. Meu coração disparou. Não queria falar com ele, muito menos na frente de Connor.

— Srta. Lane? — disse ele, olhando para o curativo no meu supercílio.

— Dr. Taub, que prazer vê-lo de novo. — Fingi um sorriso.

— Srta. Lane, o que aconteceu?

— Ah, eu caí e bati com a cabeça. Um tropeção no corredor.

Ele olhou para mim, curioso.

— Como tem se sentido?

— Tenho me sentido ótima, Dr. Taub. Agora, se me dá licença, tenho que ir comprar o analgésico que me receitaram.

— Ah, claro — disse ele, olhando diretamente para Connor.

— Tenha um bom dia, Dr. Taub. — Sorri, me afastando dele o mais depressa possível.

— De onde você o conhece, Ellery?

Sabia que esse breve encontro daria margem a perguntas. Olhei em frente para as portas automáticas.

— Ele é meu médico de família. Tive uma ou outra consulta com ele desde que vim morar aqui.

— Uma ou outra consulta, e ele te conhece tão bem assim? Por que perguntaria como você está se sentindo?

Merda, por que ele tinha que fazer tantas perguntas? Quando era eu que perguntava alguma coisa, ele não me explicava nada.

— Eu me consultei com ele uns meses atrás quando tive uma gripe. Ele é um bom médico e se preocupa sinceramente com seus pacientes.

— Passamos pelas portas e o ar frio me envolveu, refrescando a ardência em meu corpo.

Entramos na limusine, e Denny olhou para mim.

— É bom ver que a senhorita está melhor, Srta. Lane.

Dei um sorriso carinhoso para ele.

— Obrigada, Denny, de coração.

Connor olhou para mim, sorrindo.

— Denny quase foi despedido hoje.

Olhei para ele, chocada.

— Como? Por quê?

— Ele não me apanhou para ir a uma reunião. Só apareceu depois de me ligar para dizer que tinha levado você ao hospital porque tinha cortado o supercílio.

Olhei para ele, com uma expressão confusa.

— Mas você não tinha ido de carro para o trabalho?

— Tinha — respondeu ele. — Tinha, sim.

Passei a língua pelos lábios para umedecê-los.

— Então por que não pegou o carro e foi para a reunião, ainda mais se estava tão atrasado? — Ouvi Denny dar um risinho no banco da frente, e acho que Connor também, pela expressão irritada no seu rosto.

— Bem, eu até podia ter feito isso, mas...

Inclinei a cabeça.

— Nem mas, nem meio mas. Você ia despedir Denny por não ir buscar você, quando estava de carro? Desculpe por ele não ter podido te ligar, mas ele ficou preocupado comigo, Connor Black, e você devia ficar agradecido. Eu podia ter sangrado até a morte nas ruas de Nova York. — Estava rindo por dentro.

Ele olhou para mim, revirando os olhos.

— Agora você está fazendo um dramalhão.

Soltei o riso que estava prendendo.

— Eu sei, e sou muito boa nisso.

Connor riu, segurando minha mão e dando uma apertadinha nela. Encostei a cabeça no seu ombro, sentindo meu corpo se aquecer com seu toque e o coração começar a bater mais depressa.

Capítulo 17

Entrei no meu apartamento frio e fui direto para o quarto fazer minha mala.

— Pega o que quiser na cozinha! Não tem muita coisa, mas se encontrar alguma que queira, é toda sua! — gritei para Connor. Peguei as roupas de que precisava no armário e nas gavetas, dobrei-as e guardei-as com cuidado na mala. Levantei o rosto e vi Connor parado na porta, o braço encostado no batente.

— Por que mentiu para o médico e disse que tinha tropeçado no corredor?

Ah, que merda, ele não ia largar o osso. Abaixei o rosto e continuei a guardar minhas roupas.

— Sei lá. Não ia dizer a ele que tinha desmaiado. Ele ia fazer o maior drama e me pedir mil exames. É isso que os médicos fazem.

— Você disse que a água do banho estava muito quente.

Parei e olhei para ele, agora seriamente irritada.

— E estava, Connor. Agora, deixa esse assunto de lado, por favor. Você reclama que eu faço bilhões de perguntas, mas com você é diferente, por acaso? — Minha voz ficou mais alta.

Ele se aproximou e pôs as mãos nos meus ombros.

— Desculpe. Não quis te aborrecer.

Meu primeiro erro foi olhar nos seus lindos olhos verdes, porque, quando dei por mim, estava segurando seu rosto entre as mãos, louca de vontade de beijá-lo, sentir seu gosto, seu toque. Estava vulnerável no momento e, por um segundo, não me importei — só sabia que precisava dele do jeito como toda mulher precisa de um homem. Mas, então, caí na real.

— Desculpe por ter levantado a voz com você. Estou só cansada.

Soltei seu rosto e me virei para puxar o zíper da mala. Ele segurou meu braço, me virou para si e me abraçou com força. Era o primeiro abraço de verdade que compartilhávamos. Seus braços eram fortes, e ele me fazia sentir segura. Fechei os olhos, sentindo seu cheiro que me deixava fraca, mas excitada. Ele não disse uma palavra, e tive a sensação de ficarmos nos braços um do outro por uma eternidade. Então ele se afastou, ficando de costas, como se tivesse feito algo errado.

— É melhor irmos andando.

De repente, me ocorreu que eu não chegara a ir ao trabalho para dar o aviso-prévio. Balancei a cabeça, suspirando.

— Que foi? — perguntou Connor.

— Eu estava indo à gravadora para dar o aviso-prévio, e acabei de me lembrar que não cheguei a ir.

— Dar o aviso-prévio? Por que quer se demitir? — Connor pegou minha mala, e fomos para a sala. Meu rosto se alegrou ante a ideia de lhe dar a boa notícia.

— Esqueci completamente de te contar. Meus quadros foram vendidos, todos os três — disse, entusiasmada. — Agora o dono da galeria quer me contratar para pintar outros, e isso é um trabalho em tempo integral.

Ele sorriu para mim.

— É uma notícia maravilhosa, Elle. Parabéns.

Quando eu pegava as últimas coisas, o celular tocou. Era minha prima Debbie. Pedi a Connor para pegar um papel e uma caneta na gaveta da escrivaninha para eu escrever o nome e o endereço da funerária. Anotei as informações e desliguei. Quando me virei, vi que Connor observava a lista que eu guardava na gaveta.

— O que é isso? — perguntou ele, como quem não quer nada.

Fui até ele e tirei a lista de sua mão.

— É só uma lista de coisas que gostaria de fazer antes de morrer. Eu a fiz quando Kyle foi embora, para marcar o começo de uma nova vida.

Ele olhou para mim de um jeito todo seu, dizendo:

— Tudo bem. Está pronta para ir?

Tranquei o apartamento e me dirigi à limusine. Liguei para meu chefe na gravadora e expliquei o que acontecera quando estava indo lhe dar o aviso-prévio. Disse o quanto tinha gostado de trabalhar lá, mas agora minha pintura iria se tornar uma ocupação em tempo integral. Ele me deu os parabéns e disse que, se algum dia eu precisasse de um emprego, ele me aceitaria de volta.

Chegamos à cobertura de Connor, e ele levou minha mala para o andar de cima. Segui-o e me joguei na cama enorme e confortável. Ele olhou para mim.

— Gosta dessa cama?

— Gosto, é a mais confortável em que eu já dormi. — Abri um sorriso.

Ele estendeu a mão para mim.

— Está a fim de jantar comida chinesa?

Sorri, e meu estômago roncou.

— Parece uma ideia maravilhosa.

Descemos até a cozinha e Connor abriu uma gaveta, tirou um menu e sentou num banquinho do bar ao meu lado.

— Do que você gosta?

Eu me inclinei para ele, seu cheiro me enchendo de excitação. Tive vontade de responder: *De você*, mas não seria uma boa ideia.

— De quase tudo. Me faz uma surpresa.

Ele olhou para mim.

— Lombinho agridoce, arroz frito com frango, Mongolian beef e enroladinhos de ovo?

— Isso é comida que não acaba mais, Sr. Black. Vamos ter convidados?

— Não, só quero ter certeza de que você vai comer.

Revirei os olhos, e logo em seguida passei a mão sobre o corte.

— Ai.

Ele sorriu, olhando para mim.

— Para de revirar os olhos para mim, e assim não vai doer.

— Então, não me faz revirar os olhos para você, e eu paro.

Ele riu e pegou o celular para fazer o pedido. Serviu dois copos de vinho e me levou à sala, onde sentamos no sofá. A lareira estava acesa, criando um calor agradável no aposento. Sentei com uma perna dobrada por baixo da coxa, de frente para ele.

— Quero saber mais sobre você, Connor Black.

Ele pareceu surpreso.

— O que há para contar?

Respirei fundo.

— Somos amigos, certo?

Ele concordou.

— É claro que somos.

— Amigos sabem coisas um sobre o outro. Não precisa ser nada íntimo ou profundamente pessoal, mas quero saber de onde você vem, sobre a sua família, de repente sobre a sua empresa. Durante todo esse tempo que passamos juntos, você nunca me contou nada sobre a sua família, além do fato de ter uma irmã que é decoradora. Você sabe muito sobre mim, e eu não sei nada sobre você. Isso me deixa com a sensação de que nossa amizade é unilateral, Connor.

Ele me encarou enquanto bebia seu vinho, parecendo refletir cuidadosamente sobre o que ia me dizer. Passou a mão pelo cabelo.

— Tem razão, e peço desculpas. Não gosto de falar da minha vida com ninguém. Não que seja uma vida infeliz, apenas sou uma pessoa muito reservada, e prefiro assim.

Abaixei os olhos, decepcionada, e ele levantou meu queixo com a mão para que eu olhasse nos seus olhos.

— Me dá um tempinho. Essa amizade é nova para mim. Você precisa compreender que eu nunca fui amigo de uma mulher antes.

A lembrança daquela mulher linda e alta me assaltou quando ele disse isso, e, como não sei ficar calada, argumentei:

— Mas você disse que aquela mulher que está sempre com você é só uma amiga, portanto você tem outras amigas mulheres, certo?

Ele me olhou fixamente.

— É diferente com Ashlyn, e prefiro não discutir isso agora.

A campainha tocou, e ele se levantou para atender. Continuei sentada, imaginando que diabos eu estava fazendo. Jogando? Será que eu era seu jogo? Será que ele estava me usando para provar alguma coisa? Ele voltou com as embalagens de comida chinesa, pratos e talheres.

— Pode me dar o hashi, por favor? — pedi. Ele procurou na sacola e me entregou. — O que está fazendo? — perguntei, quando ele começou a servir nossos pratos.

— Hum... servindo o jantar? — Ele me deu um olhar do tipo *Você é burra?* Fiz que não com o dedo.

— Com licença — pedi, pegando as embalagens. — Usa o seu hashi.

— Não sei comer com pauzinhos. Nunca acerto com esses troços.

— Eu te ensino.

— Ellery, vamos comer de uma vez.

— Nós vamos comer, mas do meu jeito. — Sorri.

Ele suspirou e tirou o hashi da sacola. Peguei a embalagem do lombinho agridoce, e tirei um pedaço.

— Está vendo? É fácil.

Ele me deu um olhar fulminante. Tirei o hashi de sua mão e o coloquei do modo correto entre seus dedos. O toque de sua pele macia me deixou toda arrepiada. Guiei sua mão com o hashi para a caixa e o ajudei a tirar um pedaço de lombinho. Ele olhou para mim, sorrindo.

— Viu só? Não é tão difícil assim quando você aprende a fazer direito.

Tirei um pedaço de Mongolian beef e o levei à sua boca. Ele o mordeu e sorriu. Estava curtindo essa nova maneira de comer comida chinesa, embora nunca fosse admitir. Ainda tinha certa dificuldade, mas conseguiu tirar um pedaço do seu lombinho e levá-lo à minha boca. Ele riu quando prendi o hashi entre os dentes, recusando-me a soltá-lo. Esse momento que curtíamos pareceu tão bom e natural, que fiquei morta de medo.

Quando terminamos de comer, ele fez um leve carinho com o polegar na área acima do meu corte.

— Está doendo? — perguntou, carinhoso.

— Não mais — respondi, abaixando os olhos. Seus toques estavam me matando. Acendiam um desejo em mim que eu nem sabia que existia. Kyle nunca tinha me feito sentir assim. Connor fazia, e isso me perturbava. Não devia ter esses sentimentos por ele; éramos amigos, e era só o que poderíamos ser. Acreditava que havíamos nos encontrado por uma razão, mas ainda precisava descobrir qual fosse.

— No que está pensando? — perguntou ele em voz baixa.

Segurei sua mão e a afastei do corte em minha cabeça, levando-a aos lábios e dando um beijo nela. Senti que ele se retesou e sua respiração ficou mais forte, mas não o soltei, nem queria soltar.

— Que tenho sorte por ter encontrado um amigo como você. — Sorri.

Ele retribuiu meu sorriso, afastando a mão.

— Temos que sair bem cedo amanhã. Devíamos dormir um pouco.

Levantei e me dirigi à escada.

— Quer um analgésico? — gritou ele da cozinha.

— Não, estou bem — respondi. Vesti a camisola e me deitei sob o edredom, que era quente feito um forno.

Estava olhando para o celular, quando Connor bateu à porta.

— Entra!

Ele entrou no quarto, usando uma calça de pijama em seda cinza-escuro, baixa nos quadris. Sua musculatura me encarava, fazendo o sobe e desce no meu estômago voltar e o sangue começar a ferver. Ele sentou numa poltrona e se reclinou.

— O que está fazendo? — perguntei.

— Descansando.

— Aqui?

— Sim, algum problema?

Meu único problema era tentar manter as mãos longe dele e conseguir dobrá-lo.

— Para ser franca, sim, Sr. Black.

Ele se empertigou, olhando para mim.

— Por quê? O médico disse que você precisa ser observada por causa do risco de concussão. Como posso fazer isso do meu quarto, que fica no fim do corredor?

— Eu estou bem, e, de mais a mais, você não pode dormir a noite inteira nessa poltrona. Vai acordar todo dolorido, e nós temos que enfrentar uma viagem de dez horas até Michigan.

— Estou seguindo ordens médicas, Srta. Lane, portanto, paciência. Não vai conseguir me dobrar dessa vez.

— Agora você está me deixando sem graça. — Respirei fundo e tive vontade de me crucificar pelo que estava prestes a dizer. — Pelo menos, vem dormir na cama.

Ele arregalou os olhos.

— Não acho que seja uma boa ideia, Ellery.

— Por que não? Somos amigos. Peyton e eu dormimos na mesma cama quando passamos a noite na casa uma da outra, e a minha cama é minúscula comparada com essa. Você tem o seu próprio lado — apontei. — Se não aceitar, vou embora, e você sabe que vou mesmo.

— Você não vai a parte alguma, e nem eu vou dormir nessa cama.

Empurrei as cobertas para trás, levantei da cama e comecei a vestir minha legging. Connor saltou da poltrona e segurou meu braço.

— Para com isso, Ellery, você precisa descansar. — Sua voz estava zangada, o rosto, irritado.

Por fim, ele soltou um longo suspiro.

— Tudo bem, eu durmo na cama, mas, por favor, volta a se deitar, e não tira a legging. — Sorri, voltando para a cama. Ele foi até o outro lado e se deitou de costas para mim. — Você é a mulher mais teimosa e rebelde que já conheci na vida, Ellery Lane.

Sorri, fechando os olhos.

— Já me disseram isso, Sr. Black. Boa noite.

Embora não pudesse vê-lo, senti que sorriu.

— Boa noite, Ellery.

Capítulo 18

Acordei na manhã seguinte e vi que estava sozinha. Levantei e me dirigi ao banheiro, quando ouvi gritos vindos do andar de baixo. Cheguei um pouco mais perto da escada ao ouvir a voz alta de Connor.

— É uma pena, Ashlyn, mas vou ter que me ausentar a trabalho por alguns dias. Não, não pode, não tenho tempo. Não se atreva a vir até aqui, já estou de saída. Eu te ligo assim que voltar. Eu sei que já faz algum tempo, mas não tive escolha, andei muito ocupado. Não, ela não tem nada a ver com isso. Tenho trabalhado, Ashlyn, e prometo que nos veremos assim que eu voltar. Vou mandar um envelope por Denny. Falo com você em breve.

Senti uma náusea violenta e um aperto no coração depois de ouvir essa conversa. Encostei a cabeça na parede, sentindo os olhos arderem de lágrimas. Minha voz interior começou a gritar: *Para com isso, Elle, ele é seu amigo. Você sabia desde o começo que nunca poderia ser mais do que amizade.*

Sabia no que estava se metendo, porque eu te avisei. Fixei os olhos no teto, para impedir que as lágrimas escorressem.

Quando ouvi passos subindo a escada, corri para o banheiro e abri a torneira do chuveiro. Bateram à porta.

— Elle, cuidado para não tomar um banho quente demais.

— Não se preocupe, não está.

Fiquei parada no chuveiro, deixando que a água morna escorresse sobre mim. Teria que dar um fim ou uma esfriada nessa amizade quando voltasse de Michigan. Chorei em silêncio, escondendo o rosto na água, afogando as mágoas. Fechei a torneira e saí. Enrolei uma toalha no corpo e notei que não pegara uma roupa — só tinha a camisola que deixara no chão, toda molhada. Abri a porta e levei um susto ao ver Connor encostado na parede em frente.

— Merda, Connor, você me assustou! — Para não falar no fato de que eu estava seminua, na frente dele, e a toalha mal cobria o meu traseiro.

Ele olhou para mim com uma fome nos olhos que me fez corar.

— Desculpe. Só queria me certificar de que você não tinha tomado um banho quente demais. Estava com medo de que tivesse uma vertigem e desmaiasse de novo. Você tem o hábito de não ouvir ninguém.

Revirei os olhos, indo para o banheiro.

— Ai.

— Está vendo? Eu te disse para não revirar os olhos para mim, e você não me ouviu!

Sorri, fechando a porta, e me vesti. Quando saí, ele estava no andar de baixo, na cozinha. Colocou uma caneca de café e um prato com ovos mexidos, bacon, torradas e batatas sobre a bancada.

— Você fez tudo isso?

— Fiz, mas você parece surpresa.

Levei uma garfada de ovos à boca.

— Para ser franca, estou mesmo. Não achava que você soubesse cozinhar.

Ele sentou ao meu lado diante da bancada e começou a comer.

— Quem não sabe fazer um ovo mexido? Além disso, sei cozinhar um pouco. — Sorriu.

Eu queria mencionar a conversa que tinha ouvido, mas iríamos sair pouco depois, por isso achei melhor não aborrecê-lo.

— E aí, eu te molestei sexualmente de madrugada? — perguntei.

Ele olhou para mim e franziu o cenho.

— Não, você só me abraçou, começou a esfregar o meu peito e a me chamar de Peyton. Fiquei superexcitado.

Meu queixo despencou, até ele sorrir e eu entender que estava brincando. Tentei bater nele, que riu e segurou meus pulsos, alisando as cicatrizes e olhando nos meus olhos. O clima deixou de ser de brincadeira e ficou sério.

— Minhas cicatrizes te incomodam, não é?

Ele soltou minhas mãos e se levantou, levando o prato para a lava-louças.

— Elas me entristecem, só isso.

— Por que, Connor? Eu nem te conhecia quando isso aconteceu. Por que minhas cicatrizes te entristecem tanto?

Ele continuou de costas para mim.

— Me entristece que alguém possa dar tão pouco valor à própria vida a ponto de querer fazer uma coisa dessas.

O comentário me magoou profundamente, e tive vontade de chorar. Ele se levantou, olhando pela janela, com as mãos na bancada.

— Já expliquei a você por que fiz o que fiz, e não foi por dar pouco valor à minha vida. Foi para diminuir o sofrimento do meu pai. Como se atreve, Connor Black?

Era tarde demais; as lágrimas começaram a escorrer, e saí da cozinha. Ele veio atrás de mim e me abraçou.

— Desculpe. Não tive intenção, juro. Só fico triste quando vejo essas cicatrizes porque me lembram de tudo por que você passou. — Sua voz foi sincera, e percebi que se arrependia do que dissera.

Olhei para ele.

— Tudo bem. Vamos esquecer isso e cair na estrada.

Ele secou minhas lágrimas e encostou a testa na minha.

— Eu sou um idiota insensível. — Pareceu magoado e infeliz. Essas palavras eram de dor, e eu me perguntei o que acontecera em sua vida para deixá-lo desse jeito.

Pus a mão no seu peito firme.

—Você tem sorte, porque adoro idiotas insensíveis.

Ele sorriu, dando um beijo na minha testa.

—Vamos lá.

Descemos até a garagem e demos início à nossa viagem de carro para Michigan.

O Range Rover era confortável, e eu me acomodei no banco, segurando meu iPod. Olhei para Connor, cujo banco estava ligeiramente reclinado para trás. Ele mantinha uma das mãos no volante, o outro braço pousado no console entre nós. Seu jeito de dirigir era sexy, e não pude deixar de ficar observando-o. Tudo que esse homem fazia era sexy, até sua mania de tentar me controlar.

Ele se virou para mim.

— Por que está me olhando?

— Estava me perguntando quem é Connor Black, só isso.

Ele suspirou e voltou a olhar para a estrada. Olhei pela janela e coloquei os headphones. Apertei o play e comecei a cantar, enquanto pegávamos a Route 1-9. Connor bateu de leve no meu braço. Tirei os headphones e olhei para ele.

—Vai me ignorar durante a viagem inteira? — perguntou.

—Vai me contar um pouco mais sobre Connor Black? — Sorri de um jeito atrevido.

Ele suspirou, balançando a cabeça. Notei que o estava irritando, por isso voltei a colocar os headphones. Ele os arrancou dos meus ouvidos.

— O que é isso, Connor!

Ele riu.

—Tira esses troços, sua teimosa, e eu falo.

Sabia que ia vencer; sempre vencia, mas, se fosse demais para ele, eu pediria que parasse.

— O nome da minha irmã é Cassidy, e eu tive um irmão gêmeo, Collin.

Soltei uma exclamação, arregalando os olhos.

— Como você pode não ter me dito que tinha um gêmeo?

Ele suspirou, segurando minha mão.

—Vai fazer um milhão de perguntas ou vai me deixar terminar?

Contraí o rosto, pensando no que dizer.

— Tudo bem, prometo não fazer mais perguntas. Continua.

— Tem certeza? — perguntou ele, sério.

Assenti, fazendo o gesto de quem puxa um zíper sobre a boca. Ele sorriu e continuou:

— Collin morreu quando tinha sete anos de idade, de um vírus que atacou seu coração.

Engoli em seco. Queria abraçá-lo e confortá-lo, porque sabia como devia ter sido difícil contar isso.

— Meus pais ficaram muito abalados com a morte dele, e seu jeito de superar a situação foi tendo minha irmã. Quando Cassidy estava com dezoito anos, ela engravidou de um cara que lhe deu um fora quando descobriu. Você me perguntou por que minha empresa está envolvida com a associação de autismo. É por causa do filho de cinco anos da minha irmã. Meu sobrinho é autista.

Pus a mão na sua perna.

— Sinto muito, Connor. Não precisa dizer mais nada.

Senti uma profunda simpatia por ele, morta de vergonha por ter me comportado daquele jeito, forçando-o a me contar sobre a sua família.

Ele pousou a mão sobre a minha e me deu um breve olhar.

— Tudo bem. Eu quero te contar. Meu pai criou a Black Enterprises do zero, e começou a me treinar quando eu tinha treze anos. Trabalhei duro, aprendi depressa, fui para Harvard e, dois anos atrás, ele se aposentou. Passou a presidência para mim, e nesses dois anos dobrei os lucros da empresa. Agora você já sabe sobre a minha família.

— E seus relacionamentos?

Sabia que estava indo longe demais, mas esperei que ele se sentisse à vontade o bastante para me contar, já que tinha contado sobre a família.

Ele apertou os lábios e respirou fundo.

— Não falo sobre meus relacionamentos. Não faz sentido, e para que reviver o passado? Não tenho namorada, nem quero ter.

Seu comentário doeu fundo; só ouvi-lo dizer que não queria uma namorada foi devastador. Mas era melhor assim, pois eu jamais poderia ser sua namorada, nem ele meu namorado. Pensei que, se ficasse repetindo isso para mim mesma, acabaria por me convencer.

— Por que não? Mesmo que já tenha sido magoado, você tem que colar os cacos e seguir em frente. Todo mundo já foi magoado pelo menos uma vez na vida, alguns mais do que outros, mas você tem que escolher o que fazer com a dor. — Disse isso de um jeito casual demais, e quem era eu para falar?

— Não é tão simples assim, Ellery, pode acreditar.

— Então você nunca vai querer se casar e ter filhos, todo aquele lance da família perfeita?

Ele me olhou com uma expressão tão séria que chegou a me assustar.

— Não, não quero nada disso e, como você mesma costuma dizer, nada dura para sempre.

Tive vontade de me dar um soco por ter dito aquilo para ele. Era verdade, mas eu não tinha a menor intenção de passar a vida inteira sozinha e infeliz.

— Você precisa parar de repetir o que eu disse, Connor. Acho que não soube interpretar o sentido da frase.

— Não importa como eu a tenha interpretado, já disse que não entro em relacionamentos, e estava falando sério.

Olhei pela janela.

— Eu sei.

Estava começando a me arrepender por ter pedido a ele para falar de si. Acho que teria sido melhor se eu não soubesse; talvez não estivesse sofrendo tanto.

Capítulo 19

Fazia quatro horas que vínhamos dirigindo, quando Connor saiu da rodovia e parou num posto de gasolina.

— Vou encher o tanque e depois a gente dá uma paradinha para comer alguma coisa — disse, saindo do carro. Desci e dei a volta, espreguiçando as costas e as pernas. Fui até a bomba de gasolina, onde Connor enchia o tanque, e dei um beijo no seu rosto.

— Por que isso? — perguntou ele.

— É só um agradecimento por me contar sobre a sua família. — Ele me deu um daqueles seus sorrisos de derreter o coração. — Vou dar um pulo naquela loja para comprar umas coisinhas.

Entrei na loja e fui direto para a seção de doces. Fiquei olhando as prateleiras, tentando decidir o que eu queria, quando Connor apareceu, às minhas costas.

— Vai entupir seu corpo com esse lixo? — perguntou.

Quando me virei depressa para ele, tive uma vertigem e quase caí em cima dele, que me segurou.

— Ellery, você está bem?

Segurei a cabeça.

— Estou ótima, só me senti um pouco tonta.

Ele ficou me abraçando até passar.

— Sabia que devíamos ter esperado mais um dia. Você ainda não estava pronta para viajar. Precisava de mais tempo para se recuperar da queda.

Eu já me sentia melhor e até podia levantar a cabeça do seu peito, mas estava gostando da posição.

— Deixe de ser superprotetor, Connor. Estou bem. Deve ter sido o analgésico que tomei — menti. Não chegara a tomar nada, mas não queria que ele se preocupasse comigo.

— Bem, vou arranjar um hotel para a gente, e não vamos mais viajar por hoje. Continuamos amanhã bem cedo. Dá para chegar a Michigan muito antes do enterro.

— Tá, mas vamos comer alguma coisa e dirigir mais algumas horas antes de pararmos para dormir. Pega uma daquelas cestinhas ali — pedi a ele, apontando para uma pilha próxima à porta.

— Você não vai comprar esses troços, vai?

— Tudo bem, Sr. Black, se faz tanta questão de saber a verdade, estou com TPM.

Ele deu um passo atrás e levantou as mãos.

— Opa, não precisa dizer mais nada.

Abri um sorriso e peguei um saco de Fritos, um de Cheetos, uma barra da Hershey's (a maior de todas), uma barra de Twix, um saquinho de rosquinhas de chocolate, três latas de Coca, um saco de minipretzels e um pote de Nutella. Connor deu uma espiada na cesta e olhou para mim, com uma expressão horrorizada.

— Foi você quem quis fazer essa viagem comigo! Só estou tentando manter a sanidade, porque, sem esses doces, qualquer mulher, nessa época do mês... — Fiz um gesto. — Nem queira saber.

Coloquei a cesta no balcão. A caixa ouviu nossa conversa e, olhando para Connor, disse:

— Confia nela. Nós, mulheres, ficamos a um passo de nos tornarmos psicopatas durante aqueles dias.

Ele ficou olhando para nós duas, mudo, enquanto ela digitava os preços. Por fim, anunciou o total, e olhei para Connor, que retribuiu meu olhar, confuso.

— Sério? Quer mesmo que eu pague por esse lixo?

A caixa se inclinou sobre o balcão.

— Lembre-se, ficamos a um passo de nos tornarmos psicopatas.

Ele tirou a carteira e pagou, resmungando baixinho. Pegou a sacola e saiu da loja. Olhei para a caixa e dei um toca aqui na sua mão.

— Obrigada.

— Nós, mulheres, precisamos nos unir — disse ela. Saí da loja, sorrindo, enquanto Connor esperava por mim no carro.

Voltamos para a interestadual, e ele olhou para mim.

— Que foi? — Sorri.

—Você é doida. Só queria que soubesse disso.

Comecei a rir.

— Ah, meu amor, eu sei, mas prometo que é só por alguns dias.

Ele balançou a cabeça, e vi que estava se esforçando para não sorrir. Vimos várias placas na interestadual anunciando restaurantes. Eu ia ser educada e deixar que ele escolhesse onde queria jantar. Ele pegou o próximo desvio, e entramos na zona dos restaurantes.

— Pode escolher, Sr. Black, é sua vez — disse, apontando para os restaurantes.

— Não faz diferença para você aonde vamos jantar?

Olhei para ele, inclinando a cabeça.

— Não, escolhe o que preferir. Gosto de quase tudo.

—Tudo bem, então.— Sorriu.—Tem um de frutos do mar logo ali.

Apertei os lábios, e não disse nada. Não gostava de frutos do mar, mas tinha dito que era sua vez de escolher e, se era o que ele queria, então era o que jantaríamos. Eles deviam servir outros pratos também. Saímos do carro, ele me deu o braço e entramos no restaurante.

— Nossa — exclamei, olhando para os tubarões e peixes-espada que enfeitavam as paredes. Uma lourinha bonita se aproximou e disse que teríamos que esperar por meia hora; era minha chance de dar o fora dali. Não gostei nada de ficar olhando para aquelas criaturas na parede; eram sinistras.

— Meia hora é muito tempo, Connor. Talvez a gente devesse ir a outro lugar.

Ele olhou para mim com um sorriso.

— Meia hora não é nada, o tempo vai passar voando. Vai dar uma olhada ali nas lagostas.

Estremeci, porque tinha horror a vê-las naqueles tanques de vidro, andando de um lado para outro, sem saber que seriam as próximas a serem jogadas numa panela de água fervendo. Ele segurou minha mão e me levou para o bar.

— Vamos sentar ali e beber alguma coisa até nos chamarem.

Sentei no banquinho, e a bartender se aproximou. Era uma mulher bonita, com uma longa cabeleira de cachos castanhos e um par de peitos empinados, e só olhou para Connor. Inclinando-se sobre o balcão, ignorou o fato de eu estar sentada bem ao lado dele, e, com o busto quase saltando para fora do decote cavado, perguntou:

— O que vai querer, bonitão?

Ele deu um sorriso sedutor para ela e se inclinou em sua direção.

— Vou querer um Sexo com a Bartender.

Soltei uma exclamação e olhei para ele, com uma expressão horrorizada.

— Um Sexo com a Bartender. É pra já, garanhão. — Ela piscou um olho.

Ele olhou para mim, que trincava os dentes e respirava fundo. Não podia acreditar que ele acabara de fazer isso na minha frente. Mordi a bochecha, pensando.

— Hum, querida, quando trouxer o drinque dele, não se esqueça de inclinar esses peitos deslumbrantes na minha direção também. — Sorri. Connor fez uma expressão impagável ao ouvir o que eu dissera.

— Ellery, que diabos está fazendo? — cochichou.

— Que foi? Envergonhei o Sr. "Sexo com a Bartender"?

Ela voltou, entregou o drinque a ele, olhou para mim e, num tom irritado, perguntou o que eu queria. Olhei para ela, fazendo beicinho.

— Não acha que tenho o direito de receber o mesmo atendimento que ele? Porque só ele tem o direito de ver os seus airbags?

Connor jogou uma nota no bar e se levantou.

—Vamos, querida, acho que nossa mesa já está pronta.

Sorri, piscando para a bartender, que me fuzilou com os olhos, e dei as costas. Connor se inclinou para mim, sussurrando no meu ouvido:

— Já entendi, sua *malvada*.

— O senhor adora, Sr. Black, e sabe disso.

Ele sorriu enquanto a garçonete nos mostrava nossa mesa.

Abri o menu, e adivinha? Só frutos do mar. *Merda*, pensei com meus botões. O que iria pedir? Bem, tinha um carro cheio de gordices, se a fome apertasse.

— O que vai pedir, Ellery?

Levantei o rosto do menu e lhe dei um olhar azedo.

— Não sei. Estou em dúvida.

A garçonete se aproximou e perguntou o que iríamos beber. Connor tomou a palavra antes que eu pudesse dizer que queria um Cosmopolitan:

— Eu já fui servido, e ela vai tomar uma Coca.

Eu queria um Cosmo, Connor. — Fechei a cara.

— Não depois daquela vertigem, e quem sabe o que a bartender poria na sua bebida?

Ri, continuando a estudar o menu. Assim que a garçonete trouxe minha Coca, perguntou se já tínhamos decidido o que pedir. Connor fechou o menu e olhou para mim. Dei uma olhada na garçonete, mordendo o lábio. Connor se virou para ela.

— Dá um minutinho para a gente, por favor.

Olhei para ele; senti que tinha percebido que eu não gostava de frutos do mar.

—Você não gosta de frutos do mar, não é?

Continuei olhando para ele, mordendo o lábio.

— Por que não disse nada? — perguntou, passando as mãos pelos cabelos.

— Bem, eu queria que você comesse o que sentisse vontade.

Ele olhou para mim com aqueles lindos olhos verdes e, de repente, eles se tornaram cruéis. Ele não disse uma palavra, mas me chocou ao acenar para a garçonete.

—Vou pedir por nós dois — anunciou. Opa. Agora eu estava encrencada. —Vamos começar com duas porções de calamares, patas de caranguejo e uma cauda de lagosta para cada um. E, por favor, inclui também uma porção de mariscos grelhados.

A garçonete olhou para mim, e consegui dar um sorrisinho amarelo. Connor apertou as mãos, cotovelos sobre a mesa.

— Lembra as vezes em que você me fez comer pizza e cachorro-quente, para não falar naquela noite em que me obrigou a comer com pauzinhos?

Continuei encarando-o. Podia ser tão durona quanto ele.

— Lembro, e não me importo de comer nada que você pediu.

—Vejamos. — Ele deu um sorrisinho presunçoso.

Eu me inclinei sobre a mesa.

—Você é um homem cruel, Connor Black.

Ele se inclinou também, até ficarmos cara a cara.

— Não tanto quanto você, querida.

Recostei na cadeira e sorri, adorando que tivesse me chamado de *querida*.

A garçonete voltou e colocou os calamares no centro da mesa. Olhei para o prato, e então para Connor. Peguei o celular e pesquisei "calamar" no Google; meus olhos se arregalaram quando a palavra "lula" apareceu. Olhei para Connor, que estava rindo de mim.

—Você pesquisou "calamar" no Google, não foi?

Assenti e dei um gole na minha Coca. Ele parou de rir, olhando para mim com uma expressão séria.

—Você não precisa comer. Desculpe.

Respirei fundo.

— Não, tudo bem, vou experimentar. É o mínimo que posso fazer, depois de tudo que você fez por mim.

Ele deu um leve sorriso. Tirei um pedacinho de calamar do prato e o inspecionei.

— Sério, Elle, não precisa. Eu sei que você não quer.

Dei uma mordidinha e comecei a mastigar; seus olhos me observavam atentamente enquanto eu comia o bendito calamar e fazia mil caretas. Ele pegou o celular e começou a tirar fotos.

— Essa é clássica. — Riu.

Mas os calamares não eram tão horríveis quanto eu tinha pensado.

— OK, vilão, vamos ao próximo desafio.

Connor jogou a cabeça para trás e riu às gargalhadas, enquanto a garçonete trazia os mariscos e as caudas de lagosta. Finquei o garfo num troço esquisito e o levei à boca, e Connor sorriu, tirando uma foto. Comi e, para minha surpresa, gostei. Levantei a cauda da lagosta e fiz beicinho para ela, enquanto ele tirava outra foto. Rimos e conversamos durante o jantar. Confesso que gostei de tudo; essa nova experiência com frutos do mar me caíra muito bem. Terminamos e saímos do restaurante. Connor passou o braço pelos meus ombros e me puxou para si. Pousei a mão no seu peito e encostei a cabeça no seu ombro, enquanto caminhávamos para o Range Rover.

Dirigimos até encontrarmos um hotel. Passamos por bilhões deles, mas o Sr. Sofisticado só se contentava com o melhor, por isso demos uma volta enorme até o Ritz Carlton.

Capítulo 20

Chegamos, e ele deixou que o manobrista estacionasse o Range Rover. Foi até a recepção e disse seu sobrenome. Fiquei vendo as mulheres atrás do balcão aos risinhos, devorando-o com os olhos. Ele deve ter notado também, porque abriu seu sorriso sedutor para elas. Revirei os olhos.

O carregador pegou nossas malas e nos conduziu ao elevador.

— Boa noite, Sr. e Sra. Black. Bem-vindos ao Ritz Carlton.

Olhei para Connor, que já ia dizendo:

— Ah, nós não...

Fui logo interrompendo:

— Muito obrigada. O que meu marido ia dizer é que não vamos ficar muito tempo.

Connor me lançou um olhar perplexo.

O elevador nos conduziu até a suíte presidencial. A porta se abriu, e olhei de soslaio para Connor.

— Precisava alugar a suíte presidencial para passar só uma noite?

— Não me contentaria com nada menos do que o melhor para a minha linda esposa. A minha esposa não é linda? — perguntou ao carregador, com um largo sorriso.

— É, sim senhor, lindíssima.

Fuzilei Connor com os olhos e sorri para o carregador.

— Querido, não deixe de dar uma boa gorjeta para o rapaz.

Connor tirou um maço de notas do bolso e começou a passar o dedo por elas. Fui até ele, tirei uma nota de cem e a entreguei ao carregador.

— Você tem uma esposa ou namorada? — perguntei.

— Sim, senhora, obrigado, madame, e obrigado por sua generosidade.

— Compre alguma coisa bonita para ela, de repente um belo colar.

Connor olhou para mim, trincando os dentes.

— Obrigado, senhora, senhor, obrigado — disse o rapaz, exultante, saindo do quarto e fechando a porta.

— Francamente, uma gorjeta de cem dólares?

— Ora, foi a mesma quantia que você deu para o motorista de táxi.

— Motorista de táxi? Do que está falando?

— Na noite em que levei você para casa, tive que pagar o motorista, mas não estava com muito dinheiro, por isso peguei sua carteira e dei uma nota de cem para ele. Isso foi antes de você dizer que ia me dar uma trepada colossal.

O queixo dele despencou.

— Eu disse isso para você?

— Disse, mas estava bêbado, por isso eu te perdoei. — Sorri.

Ele caminhou em minha direção.

— Uma gorjeta de cem dólares, Ellery? — não parava de repetir, sorrindo, com um olhar brincalhão.

— Calma, Connor, é só dinheiro, e você mesmo disse que tem muito.

Ele continuava avançando para mim. Gritei e me escondi atrás de uma poltrona. Ele começou a me perseguir por toda a suíte, repetindo:

— Cem dólares?

Por fim, ele me apanhou quando corri para o quarto, e me jogou na cama. Montou sobre as minhas pernas e prendeu meus braços acima da cabeça. Estávamos ofegantes, e ele com os olhos fixos nos meus. Parei de lutar e o encarei, meu coração disparado, a pele pegando fogo. Meu corpo ansiava por ele, meus lábios imploravam para que me beijasse. Ele continuou prendendo meus pulsos e abaixou a cabeça até seus lábios roçarem os meus. Olhou novamente para mim e soltou meus pulsos. Acariciou de leve meu rosto com as costas da mão, observando meus olhos, enquanto eu passava as mãos pelos seus cabelos. Ele engoliu em seco, e pude ouvir as batidas rápidas do seu coração; ele se sentia exatamente como eu. Ele me observou como se estudasse minha alma; então seus lábios tocaram os meus e nos beijamos. Ele afundou em cima de mim quando nossas línguas se encontraram pela primeira vez. Era nosso primeiro beijo, cheio de paixão e emoção. Ele foi gentil e nem um pouco agressivo. Explorou minha boca sem a menor pressa, de um jeito que me fez sentir amada. De repente, interrompeu o beijo e se afastou, sentando-se na beira da cama.

— Desculpe, Elle, mas não posso.

Não podia? Ele praticamente estuprara minha boca, e de repente sentava na cama e dizia que não podia? Senti uma mágoa e uma rejeição enormes.

— Por que não, Connor? Porque não sou uma das suas putas? — As palavras me saíram da boca antes que pudesse contê-las.

Ele se levantou, recusando-se a olhar para mim.

— Você não é uma puta, Ellery, e eu simplesmente não posso.

Sentei, implorando:

— Por favor, só me diz o que está errado e por que você não me quer.

— Mas eu te quero sim, Ellery, esse é que é o problema. Eu te quero demais.

— E de que modo isso é um problema? — gritei.

Ele se virou e me encarou com um olhar furioso.

— Não queira conhecer quem eu realmente sou. Não sou uma boa pessoa. Uso mulheres como objetos sexuais. Não posso ter relacionamentos reais. Não quero.

— Nós não precisamos ter um relacionamento. Podemos ter uma amizade colorida.

Pois é, o que eu mais temia tinha acontecido: eu gritara com o homem por quem estava me apaixonando. Ele continuou onde estava, passando as mãos pelos cabelos. Fui para perto dele.

— Connor, por favor, eu preciso de você. — Uma lágrima me escorreu do olho.

— Não, Elle, não faça isso comigo, com nós dois. Não posso dormir com você.

Minha raiva aumentou. Ele se recusava a me dar uma resposta direta ou uma explicação, por isso fiz aquilo em que sou exímia.

— Foda-se, Connor Black! — Dei as costas e saí do quarto, peguei a bolsa e me dirigi para a porta. Connor me seguiu.

— Não se atreva a sair deste quarto, Ellery! — gritou ele.

Pus a mão na maçaneta e a mantive ali por um segundo, respirando fundo. Já começava a abrir a porta, quando Connor chegou por trás de mim e a fechou. Então, me virou e me empurrou contra a porta.

— Eu transo com mulheres por prazer, só isso. Não sinto qualquer emoção quando transo, nunca senti!

Mais lágrimas me escorreram pelo rosto.

— Eu as seduzo, eu as uso, transo com elas e vou embora. É isso que você quer? É assim que quer que eu te trate? — gritou. — Você é diferente, Ellery, e me assusta. Você me fez sentir coisas que eu nunca senti. Você é tudo em que penso, dia e noite. Eu me sinto vazio por dentro quando você não está. Será que não entende? Não devia ser assim, e se eu dormir com você, tudo isso vai se perder.

— O que aconteceu com você para te deixar assim? — sussurrei.

Ele abaixou os olhos, embora ainda prendesse meu corpo à porta.

— Tive uma namorada quando estava com dezoito anos. Ela começou a se tornar obsessiva, queria passar cada minuto do dia comigo. Ficou impossível tentar fazê-la feliz, comecei a me sentir sufocado e terminei com ela. — Ele fez uma pausa, apenas me encarando, seus olhos começando a se encher de lágrimas. — Ela se suicidou dois dias depois. Deixou um bilhete, explicando que, se não podia ficar comigo, não queria mais viver, e disse a todos que me culpassem pelo seu suicídio. — Segurou meus pulsos e os virou para cima. — É por isso que me sinto triste quando vejo essas cicatrizes. São um lembrete do que fiz, de como a matei.

Soltei uma exclamação ao ouvir isso e me soltei para segurar seu rosto entre as mãos.

— Você não fez nada de errado, Connor. Não foi por sua culpa que ela se suicidou. Foi por causa da fraqueza dela, por não conseguir superar a separação. Você não pode se culpar.

— Jurei que nunca mais me apaixonaria ou me envolveria emocionalmente com outra mulher, mas com você é tarde demais. Já estou emocionalmente envolvido e fazendo tudo que posso para me conter, mas não consigo. — Ele deu as costas, a respiração rápida.

Fui até ele e passei os braços pela sua cintura.

— Também estou emocionalmente envolvida e, embora tivesse todos os motivos para me manter a distância, vejo um lado seu que acho que você não deixa ninguém mais ver: um homem doce, meigo e carinhoso que daria o mundo por alguém que ele ama.

Ele me virou e olhou para mim. De repente, seus lábios estavam nos meus, me beijando apaixonadamente. Nossas línguas dançavam uma com a outra e ele me pegou no colo e me levou para o quarto. Meu coração estava tão acelerado quanto o dele, meu corpo implorando pelas suas carícias. Ele me pôs na cama, levantou minha blusa e a tirou. Em seguida, despiu a camisa e desabotoou a calça, sem em nenhum momento tirar os olhos de mim. Levantei, tirei meu jeans e o joguei no chão. Voltei a deitar na cama, só de calcinha e sutiã, e ele examinou meu corpo seminu.

— Você é linda demais — sussurrou, passando a mão pela minha barriga. Subiu em cima de mim, e passei os braços pelo seu pescoço. Seus lábios encontraram os meus por um breve segundo, até que sua língua começou a explorar meu pescoço. Gemi e inclinei a cabeça para lhe dar pleno acesso. Arqueei as costas e ele abaixou as alças do meu sutiã, expondo meus seios. Gemeu, chupando de leve cada mamilo e passando a língua em círculos pelo meu estômago. Pressionei os quadris nos dele e senti sua ereção, o que me fez desejá-lo ainda mais.

Levei a mão à frente da sua calça, pressionando-a, e ele gemeu. Passou o dedo pela beira da minha calcinha, sua mão se dirigindo ao ponto que mais precisava dela. Seus dedos traçaram círculos antes de afundarem dentro de mim.

— Você está toda molhada, Ellery. Como eu te quero — gemeu, levando os lábios aos meus. Moveu os dedos dentro de mim num suave vaivém. — Prometo que vou ser gentil com você. Se pegar muito pesado, por favor, me prometa que vai me interromper.

Concordei, ajudando-o a tirar o jeans e a cueca samba-canção. Ele pegou o membro e o colocou dentro de mim, com os olhos fixos nos meus a cada golpe lento e regular. Quando entrou totalmente, os movimentos se tornaram mais rápidos. Gritei de prazer. Ele estava tão rígido e me enchia de tanto prazer... algo que eu jamais experimentara. Minhas mãos desceram até seu traseiro enquanto ele avançava e recuava dentro de mim, regularizando seus movimentos. Levou a boca aos meus seios, chupando e mordiscando cada mamilo. Era disso que eu precisava. Era isso que quisera desde o momento em que o vira na cozinha da sua casa. Minhas mãos iam e vinham pelas suas costas, e comecei a sentir que o clímax se aproximava; ele também, seus gemidos se tornando mais altos e os golpes mais fortes. Ele pegou minha perna e a encaixou ao redor da cintura, tornando a penetração mais funda e intensa.

— Goza, Ellery, goza, meu amor — sussurrou no meu ouvido. Meu prazer foi tão intenso que comecei a gritar, prestes a explodir. Mais um golpe e foi o bastante, gritei o nome de Connor, meu corpo inteiro tremendo de prazer, e ele me levou a um lugar onde eu nunca estivera.

— Você é uma delícia, Ellery...

Seus gemidos cresceram e ele gritou meu nome, enchendo meu corpo com sua liberação. Olhou para mim, ofegante, e acariciei seu rosto e o puxei para mim. Ele passou as mãos por trás de minha cabeça e enterrou o rosto no meu pescoço. As batidas rápidas de nossos corações começaram a se normalizar, e nossa respiração também. Eu estava exausta. Não havia mais volta, e tive medo de estar marchando direto para a mágoa e a desilusão.

Ele se levantou um pouco, saindo de mim, e se deitou de lado, me olhando. Deitei de lado também, virada para ele, que afastou os cabelos do meu rosto.

— Você é incrível. — Sorriu.

Corei.

— Não, você é que é incrível. Nunca senti nada assim antes.

Ele deu um beijo no meu nariz.

— Posso ser franco com você?

Ah, meu Deus, que será que eu tinha feito de errado?

— É claro que sim. Você pode me dizer qualquer coisa.

Ele passou os dedos pelo contorno do meu queixo, e depois pelos meus lábios.

— Você disse que nunca tinha sentido nada assim. Nem eu. Foi como se tivesse transado pela primeira vez.

Peguei sua mão e a beijei.

— Foi porque fizemos amor, Connor. Não foi sexo puro, foi sexo com sentimento e emoção.

Ele me puxou para si e roçou os lábios nos meus com tanta delicadeza, que quase gozei de novo. Nem preciso dizer que isso levou ao segundo round!

Capítulo 21

Acordei na manhã seguinte aconchegada nos braços de Connor. Ele me envolvia com força, minha cabeça pousada no seu peito. Abri os olhos e, pela primeira vez na vida, senti paz e serenidade. Ele me fazia sentir inteira e segura como eu nunca me sentira. Tínhamos feito amor três vezes de madrugada, e fora a experiência mais linda que eu já tivera, totalmente diferente de quando estava com Kyle. Com Connor, eu sentia paixão e amor; era como se não nos cansássemos um do outro.

Finalmente havíamos tido nosso momento e, agora, eu enfrentava um novo problema. Tinha um segredo que poderia destruir esse homem que finalmente se entregara a mim.

— Bom dia, amor — disse Connor, dando um beijo na minha cabeça.

Olhei para ele, sorrindo.

— Bom dia. Dormiu bem?

— Maravilhosamente bem. E você? — perguntou.

Passei o dedo de leve pelo seu peito musculoso.

— Dormi, mas alguém me deixou exausta. — Ele sorriu e me aproximei mais do seu rosto, tapando minha boca. — Tenho mau hálito quando acordo.

Ele riu e, quando dei por mim, estava deitada de costas e ele em cima de mim.

— Não me importo. Não me incomoda nem um pouco.

Dei uma olhada no relógio.

— Olha só que horas são. Precisamos ir embora, ou vamos chegar atrasados ao enterro.

Connor saiu de cima de mim, levantou da cama e estendeu a mão.

— Parece que vamos ter que tomar banho juntos para poupar tempo.

Mordi o lábio, dando a mão a ele, e fomos para o banheiro.

Eu teria preferido a água mais quente, mas, por causa do que estávamos fazendo, eu já estava ficando bastante quente. Ele prendeu meus braços na parede do boxe e me penetrou por trás, beijando meu pescoço enquanto se movia dentro de mim. Soltou meus braços e aninhou meus seios nas mãos, esfregando-os e apalpando-os, gemidos fundos escapando da sua garganta. Ele se movia de maneira perfeita, e me deixou pronta no momento em que me tocou.

— Está pronta, Elle? — arquejou.

Eu gemia a cada golpe profundo.

— Estou, Connor, goza comigo — pedi.

Essas palavras bastaram para ele, e seus gemidos sensuais se tornaram mais altos. Ele foi mais fundo dentro de mim, e senti seu calor inundar minhas entranhas. Ele me abraçou com força, nós dois nos abaixando até o chão do boxe e sentando, em puro êxtase.

Quando conseguimos sair do chuveiro, nos vestimos e eu sentei na cama por um momento, começando a me sentir um pouco fraca e cansada.

— Que foi, amor? — perguntou Connor, parado à minha frente.

Sorri para esconder o que sentia.

— Nada, só estou aqui lamentando que não possamos passar mais uma noite neste lindo quarto de hotel.

Ele segurou minha mão e me ajudou a levantar.

— Não se preocupe, vai haver muitos quartos de hotel lindos no nosso futuro.

Sorri ao ouvi-lo usar a palavra *futuro*, que para mim significava um relacionamento.

Mas o que eu fizera? Precisava contar a verdade a ele, mas não podia, não ainda. Assim que voltássemos a Nova York, contaria tudo e veria aquele coração maravilhoso se partir. Lágrimas começaram a encher meus olhos, e ele viu.

— Qual é o problema, Ellery? Por que está com essa cara de choro? — Ele me abraçou.

— Estou feliz, só isso. Você me fez muito feliz.

— Você também me fez muito feliz, meu amor. Não posso nem te dar uma ideia do quanto.

Ele me beijou e pegou nossas malas, rumo à nossa viagem para Michigan. Eu o segui, tentando conter as lágrimas.

Já na estrada, discutimos o tipo de música que ouviríamos. Ele gostava mais de rock clássico e eu preferia o pop contemporâneo, mas chegamos a um acordo e alternamos nossos estilos durante a viagem. Algum dia eu ainda faria com que ele passasse a preferir o meu, mas isso ia dar algum trabalho.

Seu celular, que estava no console entre nós, tocou. Dei uma olhada e vi o nome de Ashlyn aparecer. De repente, meu estômago deu mil nós, senti uma náusea horrível e comecei a suar. Nem em mil anos ele ia continuar falando ou se encontrando com ela. Clicou em "recusar" e continuou olhando para a estrada. Eu precisava saber mais sobre ela, e pelo visto isso não ia ser agradável, mas agora Connor era meu, e ia ter que me contar a verdade.

Respirei fundo.

— Quem é ela, Connor? — Desliguei o rádio.

Ele soltou um suspiro cansado.

— Sabia que você ia perguntar.

— Você tem que me falar dela, se quer continuar com a nossa relação.

Ele pegou minha mão e a levou aos lábios.

— Não quero falar sobre ela agora, Ellery. Não é nem a hora nem o lugar para fazer isso.

— Tudo bem, eu espero, e nós conversamos mais tarde. Mas o que quer que você me diga eu aceito, porque agora as coisas mudaram entre nós, e vamos deixar toda a nossa bagagem no passado, não vamos?

Ele olhou para mim, sorrindo.

— Pode apostar que sim.

— Tenho uma pergunta para fazer — disse, desembrulhando a minha barra de Twix. — Denny me contou que você anda diferente desde que me conheceu.

Ele revirou os olhos.

— Denny não devia dizer essas coisas, mas é verdade. Fiquei intrigado com você no instante em que te vi na minha cozinha. Quando acordei e ouvi alguém fazendo aquela barulheira, desci para gritar com o responsável. Imagine só a minha surpresa quando topei com aquela linda mulher fazendo café.

— Sim, mas você gritou comigo por causa das suas regras.

Ele deu de ombros.

— Porque eu achei que tinha levado você para casa da boate. Desculpe.

Dei um tapa no seu braço. Ele sorriu, olhando para a estrada à nossa frente.

— Foi no momento em que você contou o que tinha feito por mim e me deu uma lição de moral que eu soube que não podia deixar você sair da minha vida. E Denny também soube, porque eu não parava de falar de você, sem me dar conta disso.

Ri e me aproximei para dar um beijo no seu rosto, mas, em vez disso, enfiei a barra de Twix na sua boca.

Chegamos a Michigan, e fiquei nervosa por me ver no lugar que estava associado a tantas lembranças tristes. Connor deve ter percebido por minha reação. Quando vi a placa com os dizeres “Bem-Vindo a Michigan”, ele apertou minha mão. Meu celular tocou; era Peyton.

— Oi, Peyton — atendi.

— Ah, Elle, preciso te contar sobre o meu encontro fantástico com o Dr. Tesão ontem à noite!

Comecei a rir.

— Conseguiu descolar um convite para sair? — Pus o celular no viva voz para que Connor pudesse ouvir.

— Não, eu mesma tomei a iniciativa, e fomos jantar, depois a uma boate, e depois para a casa dele. Elle, ele foi espetacular. O cara transa como ninguém que eu já tenha conhecido.

Connor olhou para mim e começou a rir.

— Uau, Peyton, isso é maravilhoso. — Revirei os olhos.

— Sério, Elle, ele me levou a fazer coisas que eu nunca tinha pensado em fazer, e ainda por cima tem um pau enorme. Fiquei até com medo quando vi, achando que não ia caber em mim. Fiquei no maior nervosismo, achando que não ia conseguir experimentar aquele cara gostoso.

Connor ficou boquiaberto, chocado com a falta de censura de Peyton. Eu já estava acostumada, por isso não me importei.

— Peyton, querida, eu coloquei o celular no viva voz, e Connor ouviu cada palavra que você disse.

— Tudo bem, não tenho nada a esconder mesmo. Talvez vocês dois devessem experimentar. Vive um pouco, Connor! Leva essa mulher pra cama e mostra a ela a sua sensualidade.

Tive vontade de morrer bem ali, no banco de couro do Range Rover de Connor.

Sem mais nem menos, ele gritou:

— Já fiz isso, e ela foi fantástica, me levou a fazer coisas que até me chocaram.

Dei um tapa no seu braço, cravando um olhar duro nele.

— Uhuuuu, é isso aí, garota! Vamos trocar notas quando você voltar. Tenho que ir, o Dr Tesão está me chamando de volta à cama. — Deu uma risadinha.

Desliguei e balancei a cabeça para ele.

— Como pôde contar isso a ela?

— Ah, por favor, amor, até parece que você nunca me pôs em situações constrangedoras.

Não pude discordar, ainda mais depois da bartender do restaurante e do carregador do hotel. Ri e olhei pela janela para o local familiar a que me dirigia.

Chegamos à funerária, e na mesma hora me senti nauseada. Saí do carro e respirei fundo.

— Foi nessa funerária que fizemos o velório de minha mãe e meu pai — disse, parando diante da casa.

Connor passou o braço pelos meus ombros.

— Você não tem que fazer isso. Pode ligar para sua prima e dizer a ela que adoeceu, ou algo assim.

— Não, é isso que os covardes fazem. Não posso fugir da realidade. Além disso, você está ao meu lado.

Quando entramos, minha prima Debbie me viu e logo se aproximou. Trocamos um abraço apertado.

— Lamento tanto pela sua perda, Debbie.

Ela começou a chorar no meu ombro.

— Eu sei, e também lamento pela sua. Sei que eles foram como pais para você durante a sua infância e adolescência. — Apontando para meus pontos, perguntou: — O que aconteceu?

— Nada de mais, só caí e bati com a cabeça.

Olhei para Connor.

— Debbie, esse é meu amigo, Connor.

Ela apertou a mão dele, e então sussurrou para mim:

— Ouvi dizer que você e Kyle terminaram. Sinto muito.

— Pois eu não, mas obrigada mesmo assim. — Sorri.

Ela nos levou à sala onde meus tios jaziam em seus ataúdes de madeira. Nós nos aproximamos e nos ajoelhamos diante deles, orando a Deus para que os recebesse. Connor ficou às minhas costas, com as mãos nos meus ombros. Por fim, levantei e dei uma volta por entre os presentes, cumprimentando velhos amigos e trocando amabilidades com parentes distantes. Ouvi pessoas cochichando sobre minha tentativa de suicídio sete anos antes. Dava para ouvir o tom de pena em suas vozes. Os cochichos passaram a meu pai, como ele era um alcoólatra que não conseguira parar de beber para criar a única filha. Em seguida disseram que, se minha mãe estivesse viva, eu não teria tentado me suicidar. Eu me tornara o centro das atenções em pleno velório, e isso me deixou furiosa. Connor ouviu os cochichos e passou o braço pelos meus ombros.

— Não dê ouvidos a eles, não sabem o que estão dizendo.

Respirei fundo, mas não pude mais me controlar quando ouvi uma mulher dizer:

— Foi ela quem tentou se suicidar para se salvar do pai alcoólatra. Ele estava obcecado demais com a morte da esposa para sequer notar que a filha existia. Ela devia ter sido tirada dele, e assim não teria tentado...

Antes que ela pudesse terminar a frase, eu a interrompi bruscamente:

— Quem diabos você pensa que é para falar do meu pai e da minha família desse jeito? — Enfiei os pulsos na frente da sua cara. — Está vendo essas cicatrizes? Pois bem, dá uma boa olhada nelas. Não teria feito a menor diferença se tivessem me tirado dele, elas ainda estariam aqui.

A sala inteira fez silêncio, todos olhando para mim. Connor segurou minha mão.

— Vem, amor, vamos embora.

Dei as costas e ele me acompanhou até a rua. O ar frio refrescou minha pele quente.

— Devo dizer que você sabe fazer uma cena direitinho. — Connor sorriu para levantar meu astral.

— Desculpe, não estava mais aguentando. Sabia que isso ia acontecer se eu voltasse.

Ele me abraçou e sussurrou:

— Tudo bem, você se despediu dos seus tios, pôs algumas pessoas no seu devido lugar e agora podemos ir, a menos que prefira ficar.

Neguei com a cabeça.

— Não, vamos embora daqui.

Capítulo 22

Voltamos para o Range Rover e Connor começou a procurar hotéis no GPS.

— Se está procurando algo luxuoso, sugiro o Atheneum Suite Hotel.

Ele olhou para mim, sorrindo.

— Engraçado, é o que o GPS está dizendo. Posso reservar a suíte presidencial daqui, pela internet. — Fez isso e então segurou minha mão. — Aonde quer ir?

Levei sua mão aos lábios e a beijei.

— Preciso visitar os túmulos de meus pais; não fica muito longe.

Ele digitou o endereço no GPS e fomos para o cemitério. Perguntei se podia dar uma parada rápida na floricultura para comprar dois buquês.

Chegamos ao cemitério. Mostrei a Connor onde estacionar, para chegarmos mais rápido aos túmulos. Saímos do carro. Segurei sua mão e o levei até onde meus pais estavam enterrados. Fazia frio para fins de setembro. Eu me lembrava de dias mais quentes nessa época do ano. Caminhamos até os túmulos, que ficavam lado a lado.

— Meu pai fez questão de comprar o lote ao lado de minha mãe, porque desse jeito ficariam juntos para sempre. Ele a amava muito e a considerava sua alma gêmea; foi por isso que, quando ela morreu, uma parte dele morreu com ela.

Connor se ajoelhou ao meu lado e deu um beijo na minha cabeça.

— Que lindo.

Pus as flores no túmulo de minha mãe primeiro, e depois no de meu pai. Connor se levantou.

—Vou te dar um pouco de privacidade — disse, afastando-se alguns metros.

Sentei na grama e pousei as mãos em cada um dos túmulos.

— Oi, mãe. Oi, pai. Mal posso acreditar que já faz um ano que visitei vocês. Muita coisa mudou no ano passado. Fui morar em Nova York e comecei a vender meus quadros em uma pequena galeria de arte. Conheci um cara incrível lá; aliás, ele está aqui comigo. Tenho certeza de que você gostaria dele, pai. É doce, carinhoso, gentil, muito sexy e acho que faria qualquer coisa por mim.

Inclinando-me mais para os túmulos, sussurrei:

— Eu o amo, mãe, pai; pela primeira vez na vida, estou realmente apaixonada. Vamos embora de Michigan amanhã, por isso quis dar um pulo aqui para dizer que estou bem. — Meus olhos se encheram de lágrimas. Connor se aproximou e pôs as mãos nos meus ombros. — Amo muito vocês dois, e sinto saudades. — Ele me ajudou a me levantar e eu respirei fundo, me recompondo.

Connor me abraçou.

— Você é jovem demais para ter tido tantas experiências com a morte, Ellery. Me dói saber que você passou por tudo isso.

Comecei a sentir um aperto no peito, e os primeiros sinais de uma crise de pânico. Precisava contar meu segredo a ele, mas morria de medo da sua reação. Não podia perdê-lo, não agora, que já o amava demais.

Ele ficou ao meu lado, olhando para os túmulos de meus pais.

— Nem consigo me imaginar perdendo meus pais, ainda mais tão cedo. Você me surpreende com a sua força, Ellery, porque não sei se teria aguentado as pontas se estivesse no seu lugar.

Eu o soltei e me abaixei para arrancar algumas ervas daninhas que cresciam ao redor dos túmulos.

— Isso é uma coisa que você decide se vai ou não fazer. Você pode ir em frente e levar a vida mais normal possível, ou abrir mão da vida e deixar que o sofrimento te consuma. Acredito profundamente no destino, e que Deus levou meu pai para que seu sofrimento acabasse e ele pudesse reencontrar minha mãe.

Ele alisou meus cabelos e passou o dedo pelo meu rosto.

— Você é incrível. Não sei o que fiz para merecer você na minha vida.

Beijei seus lábios frios e sorri, e então voltamos para o Range Rover e nos dirigimos ao hotel.

Chegamos ao hotel e tomamos o elevador para a suíte presidencial. Eu estava começando a me acostumar a me hospedar em suítes presidenciais. Connor foi até a lareira e a ligou. Eu me aproximei e passei os braços pela sua cintura.

— Você é tão gostoso — disse, absorvendo seu cheiro.

— Não tanto quanto você, meu amor — sussurrou ele, afundando o nariz nos meus cabelos.

— Dança comigo — pedi.

Um lindo sorriso iluminou seu rosto.

— Eu adoraria dançar com você, mas preciso pôr uma música primeiro.

Foi até o pequeno som que ficava numa mesa perto da janela. Voltou até mim e passou os braços pela minha cintura. Ficamos abraçados, nos movendo lentamente ao som da melodia suave que vinha do rádio. Ele observou meus olhos, inclinando-se e roçando seus lábios nos meus. Minhas mãos subiam e desciam por suas costas, enquanto nosso beijo se tornava mais apaixonado, e fizemos amor diante da lareira. Ficamos lá deitados, nos entreolhando, nossos corpos enrolados num cobertor.

— Está com fome? — perguntou ele, beijando meu ombro.

— Estou, sim, com fome de você. — Dei um risinho.

Ele sorriu, acariciando meu rosto com seus dedos macios.

— Eu sempre estou com fome de você, mas em algum momento vamos ter que comer comida de verdade. Detesto te dar más notícias, amor, mas não podemos sobreviver só de sexo.

Começou a me fazer cócegas e eu ri, tentando segurar suas mãos. Ele finalmente parou quando me queixei, porque meu supercílio tinha começado a doer. Ele deu um beijo leve nos pontos antes de se levantar para pedir nosso jantar.

Pouco depois o jantar foi entregue, e nos levantamos para nos vestir.

— Está se sentindo bem, Elle? Parece um pouco pálida.

— Estou bem, querido, só um pouco cansada, e acho que por sua culpa.

Ele abriu seu sorriso sexy.

— Se bem me lembro, foi você quem fez todo o trabalho.

Corei, levantando da poltrona e estendendo a mão para ele.

— Gostaria de tomar um banho quente comigo, Sr. Black?

— Adoraria, Srta. Lane, mas não quente demais; não quero que desmaie.

Dei um risinho, e fomos para o amplo banheiro de mármore.

A banheira era grande o bastante para quatro pessoas. Connor abriu a torneira, e entrou. Tirei o roupão e prendi o cabelo num coque para não molhá-lo.

— Como você é sexy. — Ele sorriu quando me dirigi à banheira.

— Não tão sexy quanto você. — Sorri e entrei na banheira, me recostando no seu peito firme. Ele passou os braços por mim, e ficamos lá, desfrutando do calor da água e da maciez de nossas peles molhadas. Ele beijou meu pescoço. — Adoro quando você prende o cabelo.

— É mesmo? — Sorri, e ele continuou a distribuir beijos leves pelo meu pescoço.

— Você não faz nem uma ideia do quanto eu te desejei na noite do evento beneficente. Fiz tudo que pude para me controlar e não te levar ao banheiro para transar com você.

Esfreguei seu braço de leve com o dedo.

— Gostaria que tivesse feito isso.

— Não gostaria, não. Eu teria sido bruto, e poderia ter te assustado.

— Nada que você faça pode me assustar. — Virei a cabeça para ele. — O infinito é para sempre, Sr. Black, e é isso que o senhor é para mim: o meu infinito.

Ele beijou meus lábios.

— Não há limites para o que eu faria por você. Basta pedir e será feito, não importa o sacrifício.

Contornei seus lábios com os dedos.

— Essas são as palavras mais lindas que alguém já me disse.

— E são verdadeiras, da primeira à última — sussurrou ele, e nossos lábios se encontraram uma última vez antes de irmos para a cama.

Na manhã seguinte, Connor e eu tomávamos café no quarto, quando chegou uma mensagem de Kyle. Suspirei ao lê-la.

Elle, eu soube que você está na cidade. Onde está hospedada? Preciso ver você, é importante.

— De quem é? — perguntou Connor.

— Kyle quer me ver. Diz que é importante, e quer saber onde estamos hospedados.

— Diz a ele. É óbvio que precisa conversar sobre alguma coisa com você. — Connor pareceu calmo, mas tive um pressentimento terrível.

Mandei uma mensagem para Kyle dizendo em que hotel eu estava, imaginando o que ele estaria fazendo em Michigan. Connor e eu nos vestimos e terminamos de fazer as malas para voltar a Nova York. Pouco depois, bateram à porta. Fui abrir.

— Oi, Kyle, entra. — Dei um olhar frio para ele.

— Oi, Elle. — Ele entrou e ficou imóvel ao ver Connor saindo do quarto. Olhou para mim. — Não sabia que ele estava aqui com você.

— Oi, Kyle. — Connor acenou para ele.

Kyle lhe deu um breve aceno e olhou para mim.

— Ellery, preciso conversar com você em particular.

— Se tem algo a dizer, pode falar na frente de Connor.

Kyle me deu um olhar sério.

— Não acho que você queira que ele escute isso.

Meu estômago deu mil nós, e comecei a me sentir extremamente nervosa.

— O que é, Kyle? Fala logo, pelo amor de Deus, vamos voltar para Nova York daqui a pouco, e não tenho tempo para esse tipo de suspense.

Ele olhou para Connor, que se dirigiu para o quarto.

—Vou deixar vocês a sós.

Kyle assentiu, e se virou para mim.

— Cometi um erro terrível, Elle. Nunca devia ter te deixado.

Soltei uma exclamação, de tão inesperado que foi.

— Agora é tarde demais.Você fez o que fez, eu conheci outra pessoa e você também.

— Não, é isso que estou tentando te dizer: eu não conheci outra pessoa. Posso ter namorado algumas mulheres, mas nenhuma delas era como você. Eu te amo, baby. Passamos quatro anos fantásticos.Você não pode jogar isso fora.

A raiva começou a tomar conta de meu corpo. Como ele se atrevia a me dizer que *eu* tinha jogado a nossa relação fora, quando fora ele quem fizera sua sacola e fora embora? Minha voz saiu incontrolavelmente alta.

— *Eu* não posso jogar isso fora? Foi você quem me deu um chute, me deixando sozinha porque precisava de espaço, e agora volta para a nossa cidade e espera que eu te aceite de volta?!

Connor ouviu meus gritos e saiu do quarto.

— Eu estava com medo, Elle. Fugi porque estava com medo, mas agora vejo como fui idiota, e quero você. Quero que fiquemos juntos por quanto tempo for possível.

Apontei o dedo para ele.

— Dá o fora daqui, Kyle!

Seus olhos se tornaram frios, e ele olhou para Connor.

— Ele sabe, Elle? Você contou a ele?

Connor se aproximou, olhando para mim.

— Me contou o quê?

Lancei um olhar suplicante para Kyle.

— Kyle, por favor, vai embora; por favor, por nós dois.

—Você não contou a ele? — Seus olhos se arregalaram.

— Kyle, para, por favor — implorei.

Connor se virou para Kyle.

— O que ela não me contou?

Lágrimas encheram meus olhos quando Kyle começou a falar.

— Me perdoe, Elle. — Olhou para Connor e prosseguiu: — Ela está com câncer, e se recusa a se submeter a qualquer tratamento; vai simplesmente se deixar morrer. Foi por isso que eu a deixei. Não podia ficar de braços cruzados, vendo-a morrer.

Agora as lágrimas escorriam pelo meu rosto, e Connor olhou para mim com uma expressão horrorizada.

— Isso é verdade, Ellery?

Kyle se virou.

— Me perdoe, Elle — disse, balançando a cabeça, e foi embora.

— Isso é verdade, Ellery?! — gritou Connor.

Estremeci, concordando.

— É, é verdade.

Ele fechou as mãos em punhos e retesou o queixo.

— Você sabia que o câncer tinha voltado antes de eu te conhecer, mas mesmo assim escondeu isso de mim depois de tudo que aconteceu entre nós? Que tipo de mulher é você?!

Eu nunca vira ou fora alvo de tamanha raiva como a da pessoa que se encontrava à minha frente. Seus olhos se tornaram sombrios, e ele olhou para mim com um misto de pena e nojo.

— Por favor, Connor, me deixe explicar.

— Explicar o quê? O que resta para explicar? Você ia me contar algum dia que está morrendo? E por que não está se tratando?

— Por favor, Connor, se acalme — pedi.

— Me acalmar? Você espera que eu fique calmo quando acabo de descobrir que a mulher que amo e com quem quero passar o resto da minha vida está morrendo? Não quero ouvir mais nada. Você me enoja, Ellery. Não posso fazer isso. Não aguento mais nem olhar para você. — Ele se virou para o quarto. Corri atrás dele e segurei seu braço.

— Por favor, Connor, não faça isso. Me deixe explicar.

Ele arrancou o braço, e caí no chão. Ele se virou e olhou para mim, sua voz agora calma, mas amargurada:

— Suas vertigens, seu cansaço, tudo isso é por causa do câncer. Você está piorando e sabia disso, mas nem assim me contou. Eu desnudei minha alma com você. Contei coisas a você que ninguém no mundo sabe. Eu me abri com você. Como pôde fazer isso comigo, Ellery? — Seus olhos se encheram de lágrimas, e ele entrou no quarto, batendo a porta.

Meu coração se estilhaçou, e comecei a tremer. Continuei sentada no chão, em estado de choque, vendo como minha vida mudara de modo tão inesperado. Uma hora depois, ele abriu a porta e saiu, passando por mim com sua mala.

— Connor, espera, por favor — pedi, me levantando.

Ele se virou e apontou para mim.

— Fica longe de mim. Reservei uma passagem de volta para você. O voo sai em duas horas, por isso trate de se recompor e se vestir. Vou voltar de carro. Mal posso olhar para você, que dirá passar dez horas numa estrada ao seu lado.

Tapei a boca e ele abriu a porta, saindo em passos furiosos. Caí de joelhos. Era como se todo o ar tivesse sido retirado do meu corpo. Não podia respirar, e implorei a Deus que me levasse naquele exato momento. Ele tinha ido embora. Tinha me deixado, como todos na minha vida.

Levantei do chão e consegui ligar para a recepção pedindo um carro para me levar ao aeroporto. Cambaleei até o banheiro e vi no espelho os rastros negros de rímel que haviam escorrido pelo meu rosto. Peguei a toalha e os limpei. Não precisei de água; as lágrimas bastaram para ensopar a toalha. Pus os óculos escuros para esconder os olhos vermelhos e inchados e fui para a recepção, carregando minha mala. Estava trôpega, e ainda tremia.

O carro estava à minha espera, e o motorista pegou a mala e abriu a porta. Eu só conseguia pensar que, se tivesse contado a Connor a verdade logo no começo, talvez as coisas tivessem sido diferentes. Eu era a culpada por ele estar sofrendo, e me odiei por isso. Ele não merecia isso. Sabia que ele poderia me perdoar, se me deixasse explicar por que eu não contara.

Sentada no aeroporto, digitei um número. Caiu direto na caixa postal. Meu voo foi anunciado, e embarquei. Não conseguia me concentrar em mais nada além de Connor e a sensação que tinha de ter acabado de matá-lo. *Quem sou eu?* Procurei no fundo de minha alma por uma resposta. E a única que me ocorreu foi: uma puta egoísta de coração frio que só pensava em si mesma.

Nunca devia ter deixado meu relacionamento com Connor chegar àquele ponto. Sabia que era errado, mas ele me fazia sentir coisas que eu jamais sentira, e me amava. Eu nunca sentira amor por ninguém na vida; nem por meu pai, e menos ainda por Kyle. Nosso namoro fora por pura conveniência. Tinha havido ocasiões em que eu soubera que Kyle me traíra, mas preferira não dizer nada por medo de ficar sozinha. Passara a vida inteira sozinha. Não que eu não tivesse amado Kyle, mas não me apaixonara por ele.

Cheguei a Nova York, e estava saindo do aeroporto, quando vi Denny parado diante da limusine. Parei e ele veio até mim, me abraçou e pegou minha mala. Fiz o possível para não chorar, mas meus olhos não me ouviram. Solucei sem parar no banco traseiro da limusine, enquanto Denny me levava para casa.

— Sinto muito, Srta. Lane.

— O que ele te disse? — perguntei, fungando.

— Que não vai mais ver a senhorita e que eu devia vir buscá-la no aeroporto e levá-la para casa.

— Ele não disse por quê?

— Não, Srta. Lane, não disse.

Imaginei que teria de ser eu a lhe contar. Ele merecia saber a verdade.

— Estou doente, Denny. Tenho câncer. Connor me deixou porque não contei isso a ele. — Comecei a soluçar novamente.

Ele chegou ao meu prédio e me seguiu com a mala. Eu me virei para ele, que me abraçou.

— Srta. Lane, ele vai cair em si.

— Não desta vez, Denny. É tarde demais.

Ele segurou minha mão e me entregou um pedaço de papel.

— Esse é o meu telefone. Quero que me ligue se precisar de qualquer coisa, e não se preocupe, não vou contar nada ao Sr. Black.

Olhei para o papel e o abracei, despedindo-me dele. Fechei a porta quando saiu e olhei para o meu apartamento. Era uma perfeita representação de como eu me sentia — pequeno, sombrio e solitário.

Capítulo 23

Fui para o quarto e despenquei na cama. Sentindo a raiva crescer dentro de mim, agarrei o edredom com as duas mãos e gritei. Em seguida sentei, olhando para meu pequeno quarto. A dor que sentia era muito pior do que jamais tinha imaginado que seria. Sentia um peso no peito, como se estivesse sendo espetado pelos estilhaços de meu coração. Trinquei os dentes, as mãos agarrando a cama. Arranquei o edredom e o atirei do outro lado do quarto. Então fiz o mesmo com os lençóis e os embolei para abafarem o som de meus gritos. Fui à cozinha beber um copo d'água para me acalmar, mas acabei atirando o copo na parede e vi quando se estilhaçou em mil cacos, como meu coração. Olhei ao redor. Levantei a escrivaninha e a virei para frente. A gaveta caiu, e a lista foi parar no chão. Peguei-a e olhei para ela. Fiquei segurando a lista de desejos. A lista de tudo que precisava e desejava fazer antes de morrer. Amassei o papel e o atirei no chão.

Entrei no quarto. Estava com tanta raiva de minha vida e do que tinha feito com Connor, que mal podia pensar. Peguei a gilete que estava na borda da banheira. Levei a lâmina ao pulso, decidida a acabar logo com esse sofrimento. Olhei para a gilete, da espessura exata de minha cicatriz, e as lembranças daquela noite inundaram minha mente. Joguei a gilete no chão. O que eu estava fazendo? Caí no chão, soluçando, e senti os braços de alguém me envolverem.

— Está tudo bem, querida, estou aqui — sussurrou Peyton. Deu uma olhada no chão e pegou a gilete, e então olhou para meus pulsos. — Meu Deus, Elle.

Ficamos sentadas no chão do banheiro pelo que pareceu uma eternidade. Ela me ajudou a levantar e me levou para o quarto.

— Vejo que você teve um surto destrutivo.

Sentei no chão, abraçando os joelhos, enquanto ela refazia minha cama. Eu me sentia como se tivesse acabado de ter um colapso nervoso, como se tudo que acontecera na minha vida tivesse me atingido de repente. Peyton segurou meus ombros e me ajudou a levantar. Foi até a cômoda, tirou uma camisola da gaveta e me ajudou a vesti-la. Eu me sentia como uma boneca de pano, meus braços e pernas inertes. Deitei na cama e Peyton me cobriu com o edredom. Então, acomodou-se ao meu lado e me abraçou.

— Connor me ligou e contou tudo, Elle. Sinto muito. Gostaria que você tivesse me contado sobre o câncer, mas agora não é hora para conversarmos sobre isso — disse, afastando os cabelos do meu rosto. — Dorme um pouco, não vou embora, e, se sentir vontade, nós conversamos quando você acordar.

Não disse uma palavra; não podia. Apenas concordei, e então caí num sono profundo.

Acordei e olhei ao redor. Sentei na beira da cama, e Peyton entrou.

— Até que enfim você acordou.

Bocejei, passando a mão pelos cabelos.

— Quanto tempo eu dormi?

Ela pôs as mãos nos quadris e fez uma careta, como se não quisesse responder.

— Dois dias.

Meus olhos se arregalaram.

— O quê? Dois dias? Por que não me acordou, Peyton?!

Ela se aproximou, sentando na beira da cama.

— Querida, obviamente você estava precisando dormir. Quando te encontrei no chão daquele banheiro, meu Deus, Elle, pensei que você... —Virou a cabeça, olhando a parede.

Segurei sua mão.

— Eu sei, Peyton, e peço desculpas.

Ela encostou a cabeça no meu ombro.

— O que importa é que você não fez isso. Agora está acordada, e precisa se alimentar. Henry fez uma canjinha com macarrão deliciosa.

Olhei para ela, franzindo a testa.

— Quem é Henry?

Ela inclinou a cabeça, sorrindo.

— O Dr. Tesão. Ele esteve aqui me ajudando enquanto você dormia.

Revirei os olhos.

— Pelo amor de Deus, Peyton, você contou tudo a ele?

— Contei, Elle. Estamos namorando, e eu precisava conversar com alguém. Além disso, ele me ajudou muito.

Levantei e me senti tonta. Peyton segurou meu braço.

—Você precisa se alimentar, Elle. Não come nada há dois dias.

Ela me ajudou a ir até a cozinha. Eu só conseguia sentir o aroma delicioso da canja com macarrão. Não estava com vontade de comer, mas meu corpo me dizia que precisava fazer isso. Sentei à mesa e Peyton colocou a tigela de canja na minha frente.

— Come.

— Cadê o meu celular?

— Está ali, na escrivaninha. Eu o carreguei para você.

Fui até lá, desconectei-o do carregador e o liguei. Esperei pacientemente que a tela se acendesse, para ver se Connor tinha me mandado alguma mensagem ou ligado. Não havia nada, nem um recado na caixa postal. Devia ter começado a chorar, mas não me restara nenhuma lágrima.

Peyton sentou diante de mim, e fui tomando devagar a canja que Henry fizera.

— Ellery, por que não me contou que o câncer tinha voltado? Pensei que eu era a sua melhor amiga.

Não conseguia olhar para ela, porque estava morta de vergonha. Sabia que meu segredo magoaria as pessoas mais chegadas. Já tinha passado por tudo isso, e não aguentaria passar de novo.

— Peyton, me desculpe por não ter te contado. Eu queria fazer isso, por favor, me acredite, mas não aguentaria ficar na sua frente e ver sua expressão quando eu contasse. Já foi bastante ruim ter que contar a Kyle.

Ela segurou minha mão que estava pousada na mesa.

— Elle, eu teria ficado do seu lado e te dado a maior força. Sinceramente, não posso entender por que não quis me contar. Sei que está com medo e não quis que eu me preocupasse, mas o que pretendia fazer? Ficar esperando até morrer sozinha?

Levantei da mesa e sentei no sofá, abraçando os joelhos e escondendo o rosto nas mãos.

— Passei a vida inteira magoando os outros, Peyton. Você precisa entender isso. Depois que minha mãe morreu, eu me tornei uma lembrança viva dela para o meu pai, e isso o magoava tanto que ele teve que beber até morrer para aguentar. Depois, houve o câncer e a tentativa de suicídio. — Senti as lágrimas voltarem a brotar nos olhos.

Peyton sentou ao meu lado e passou o braço pelo meu ombro, me puxando para si.

— Eu entendo tudo por que você passou, Elle, mas quer saber o que penso? Acho que você tomou a decisão errada ao não contar para ninguém, principalmente Connor, e agora tem que enfrentar as consequências. Desculpe, não quero acrescentar aflição a quem já está aflito, mas não contar a ninguém acabou te fazendo sofrer mais do que se tivesse sido honesta desde o começo.

Encostei a cabeça no seu ombro.

— Desculpe, Peyton. Espero que consiga me perdoar.

— Já perdoei, Elle, mas você tem que me prometer que vai ligar para o médico e começar a se tratar imediatamente, porque... — Começou a chorar. — Não posso imaginar minha vida sem você.

Eu me virei para ela e a abracei com força.

— Desculpe. Prometo que vou buscar ajuda.

Peyton se levantou para ir limpar a cozinha, e fui tomar um banho. Depois, me vesti e pus o casaco.

— Com licença, aonde pensa que vai? — perguntou ela.

— Preciso fazer umas coisas.

— Não acho que seja uma boa ideia ir a parte alguma.

Dei uma risadinha.

—Você agora é minha mãe?

— Não, não sou, mas me preocupo com você, e quero que fique bem. Ah, meu Deus, estou mesmo parecendo uma mãe. — Sorriu.

— Não vou demorar, prometo.

Saí do apartamento e me dirigi às ruas cheias. Seria de esperar que o frio me gelasse os ossos, mas cada parte de minha existência já estava dormente.

Caminhei até uma igreja que ficava no quarteirão seguinte, e que eu admirava desde que viera morar em Nova York. Precisava buscar conforto na casa de Deus. Tinha perguntas a serem respondidas e assuntos a resolver. Subi a escada da igreja e empurrei a porta pesada. Vinha querendo visitar essa igreja desde que me mudara, mas Kyle não gostava de igrejas e tinha se recusado a me acompanhar.

Olhei para a beleza dos vitrais que cobriam as janelas e os inúmeros bancos de madeira que se estendiam à minha frente. Eu me ajoelhei em um deles e disse alô a Deus antes de me sentar. Fiquei olhando para o altar, lembranças de minha infância se acendendo diante dos olhos — lembranças de mim mesma sentada num banco igual a esse, na primeira fila, olhando para o ataúde que abrigava minha mãe. Meu pai segurava o rosto, chorando, cercado por desconhecidos que olhavam para ele, comovidos.

Uma lágrima me escorreu pelo rosto. Enquanto a secava, um homem usando uma batina sentou-se ao meu lado.

— Bom dia, minha filha. Posso fazer alguma coisa por você?

— Olá, padre. Estou aqui porque tenho um assunto a resolver com Deus.

Ele me lançou um olhar surpreso, dizendo:

— Um assunto a resolver, é?

Abaixei os olhos, entrelaçando os dedos.

— Sim, preciso de respostas para algumas perguntas sobre a minha vida, e estava esperando encontrá-las aqui.

O padre ficou ouvindo enquanto eu lhe contava sobre minha vida. Confidenciei sobre a morte de meus pais, meu passado, a batalha recorrente com o câncer e como escondera a verdade de Connor. Não contei sobre a tentativa de suicídio, mas não foi difícil para ele perceber quando levantei a mão e prendi os cabelos atrás das orelhas. O padre olhou para mim, tocando meu pulso de leve.

— Você é uma sobrevivente, e Deus lhe deu mais uma chance de viver.

Balancei a cabeça.

— Eu sei disso, padre, mas de que adianta ter mais uma chance, se não vou viver uma vida longa e feliz?

Ele deu um tapinha na minha mão.

— Você não pode saber se vai ou não viver uma vida longa e feliz, e não importa o que enfrentou antes, e sim o fato de ter sobrevivido. Deus não dá aos Seus filhos mais do que eles podem suportar. Ele sabe que você é forte o bastante para enfrentar isso novamente.

Abaixei os olhos, mordendo o lábio. Minhas emoções estavam à flor da pele.

— A quimioterapia foi horrível — sussurrei.

— Nem é para ser agradável, mas você sobreviveu e se tornou mais forte. O que você precisa entender é que recusar o tratamento é apenas outra forma de suicídio.

Olhei para seu rosto, os olhos ardendo de lágrimas. Ele tinha razão. Eu nunca tinha pensado que o que estava fazendo era uma forma de suicídio. Ele segurou minha mão, deu mais um tapinha nela, sorrindo, e então se levantou e foi embora.

Capítulo 24

Eu vinha caminhando pela rua, sem saber exatamente para onde ia, pensando na conversa que tivera com o padre, quando parei diante da Pizzapopolous. Senti um bolo no estômago ao olhar para a vitrine, lembrando a noite em que fizera Connor comer pizza com as mãos. Esbocei um sorriso e entrei no Starbucks, que ficava ao lado. O aroma do café estava me dando água na boca, e pedi um Mocha Latte. Peguei a xícara e sentei a uma mesa no fundo do salão. Olhei as horas no celular; já eram duas da tarde. Digitei o número que não parava de aparecer na minha tela nos últimos quatro meses.

— Clínica Dr. Taub, boa tarde, como posso ajudar? — perguntou a voz animada do outro lado da linha.

— Oi, aqui é Ellery Lane. Preciso marcar uma consulta com o Dr. Taub.

— Ah, sim. Bem, o primeiro horário livre que tenho é no dia 5 de novembro, às três da tarde.

Suspirei.

— Você se dá conta de que hoje é 30 de setembro, e 5 de novembro está muito longe?

— Desculpe, mas é o primeiro horário disponível do Dr. Taub.

Eu começava a ficar agitada.

— Posso falar com ele, por favor?

— Desculpe, mas ele está em consulta no momento. Quer deixar algum recado?

Tornei a suspirar.

— Sim, diga a ele que Ellery Lane ligou, e que estou pronta. Ele sabe do que se trata. — Desliguei antes que ela pudesse dizer mais alguma coisa.

Coloquei o celular na mesa e levantei os olhos. Quase tive um ataque do coração ao ver Connor entrar. Ele estava com uma aparência bastante maltratada — como se não dormisse há dias. Usava um black jeans e a camisa cinza que era a minha favorita, pois definia seu peito musculoso. Uma barba rala de alguns dias sombreava seu rosto. O cabelo estava despenteado de um jeito diferente, mas ele ainda estava lindo e extremamente sexy. Entrei em pânico. Não queria que me visse, e então fiz a única coisa que podia: me escondi debaixo da mesa.

O local estava lotado de gente conversando e estudando, por isso as chances de alguém me ver debaixo da mesa eram mínimas — com exceção do Dr. Tesão, que se ajoelhou e enfiou a cabeça debaixo da mesa.

— Está tudo bem aí, Ellery?

Fiz um gesto para que ele saísse da frente, para que eu pudesse ver quando Connor fosse embora.

— Estou me escondendo dele — murmurei, apontando para a fila.

— Entendi. — Ele piscou.

Henry se levantou, foi até Connor e apertou sua mão. Ficou batendo papo com ele até Connor comprar seu café, e deu um tapinha no seu ombro quando saiu pela porta. Levantei do chão e sentei na cadeira. Henry se aproximou e sentou diante de mim.

— Obrigada. Fico te devendo uma.

Ele sorriu, dando um gole no café.

— Que nada. Agora estamos quites.

Inclinei a cabeça, arqueando uma sobrancelha.

— Como assim?

Ele deu uma risadinha.

— Se você não tivesse precisado levar pontos naquela tarde em que foi ao hospital, eu nunca teria conhecido Peyton.

Apertei os lábios.

— Você gosta mesmo dela, não é?

Ele abriu um sorriso radiante.

— Gosto, e sei que ainda é cedo, mas vou pedir a ela para ir morar comigo.

— Posso afirmar que ela é louca por você. Que bom que o meu corte aproximou vocês dois. — Sorri.

Ele se inclinou sobre a mesa e levou a mão ao meu supercílio.

— Tenho que reconhecer que fiz um trabalho excepcional com esses pontos. — Sorriu. — Preciso ir agora. Tenho que fazer visitas no hospital. Falo com você em breve, Ellery.

Acenei, e ele se dirigiu para a porta.

Meu celular, que estava emborcado sobre a mesa, começou a tocar. Minha imaginação foi a mil, com a esperança de que fosse Connor. Atendi e olhei para a tela. Era o número do Dr. Taub.

— Alô? — atendi.

— Ellery, aqui é o Dr. Taub. Que bom que você ligou. Quero que venha fazer alguns exames de sangue amanhã de manhã. Depois que eu receber os resultados, vamos marcar as sessões de quimioterapia. Fico feliz que tenha mudado de ideia.

Minha vontade foi atirar o telefone na parede, porque não estava nem um pouco disposta a passar por tudo aquilo novamente.

— Eu também, Dr. Taub. Até amanhã. — Suspirei, dando um gole no meu latte.

Quando voltei para casa horas depois, Peyton disse que Henry ia levá-la a um lugar especial para jantar. Fiquei muito feliz por ela ter encontrado alguém que fosse digno do seu coração, mesmo que o meu estivesse irremediavelmente partido.

— E adivinha só? — Ela deu pulinhos. — Henry me chamou para viajar com ele ao Colorado amanhã para conhecer os seus pais!

Olhei para ela, fiz uma expressão de felicidade e dei pulinhos com ela. Não queria estragar sua viagem dizendo que ia começar as sessões de quimioterapia em breve, por isso não mencionei o telefonema do Dr. Taub.

— Você vai ficar bem, querida? — Ela fez um beicinho.

Agitei a mão diante do rosto, indo para a cozinha.

— Vou ficar ótima. Vou mergulhar de cabeça nos meus quadros, portanto não se preocupe comigo.

Ela me deu um abraço apertado.

— Bem, agora tenho que ir para casa fazer as malas. Vamos passar duas semanas lá, por isso, se precisar de qualquer coisa ou quiser conversar, acho bom me ligar, Ellery Rose Lane. Está entendendo? — Ela pegou o casaco e abriu a porta.

— Peyton — chamei.

— Sim? — Ela se virou e olhou para mim.

— Estou muito feliz por você. Divirta-se e não deixe de me dar notícias — disse, com uma falsa alegria.

— Obrigada, Elle. Pode deixar. Te amo! — gritou, fechando a porta.

Não que eu não estivesse feliz por ela, apenas sentia pena de mim mesma porque estragara tudo com Connor. Como pudera ser tão estúpida? O que eu tinha na cabeça? Sabia o que precisava fazer, e o primeiro passo era pedir perdão.

Chamei um radiotáxi e saí para o frio da noite. Pedi ao motorista para me deixar no restaurante dos sem-teto; queria trabalhar uma última vez antes de começar a quimioterapia. Depois que começasse, não poderia mais ficar perto de aglomerações, principalmente em se tratando de sem-teto, com seus resfriados e doenças. Trabalhei por algumas horas, e então contei a Julius o que estava acontecendo.

— Ah, Elle, sinto muito.

— Não sinta, Julius. Já passei por isso antes e sobrevivi, e posso passar de novo.

Ele me deu um toca aqui.

— Assim é que se fala! Sei que você vai sobreviver, e se precisar de qualquer coisa, qualquer coisa mesmo, é só ligar para mim ou qualquer um aqui, e vamos estar do seu lado em um segundo.

— Obrigada, Julius, pode deixar, e diga à sua esposa que mandei um abraço.

Ele abriu um sorriso, assentindo.

Fui até o salão de tatuagens no quarteirão seguinte, onde meu amigo Jack trabalhava.

— Ora, se não é Ellery Lane! Que bom ver você de novo, querida — disse o próprio, vindo me dar um abraço apertado. — Não te vejo há algum tempo. Como vai a Pey?

— Oi, Jack. Ela está bem.

Ele ficou olhando para mim, e contraiu o rosto.

— O que está se passando nessa linda cabecinha, hein? Está pensando em fazer uma tatuagem, Elle?

— Exatamente. — Mordi o lábio.

— Vem sentar aqui. Vou só terminar a da minha cliente, e te atendo em seguida. — Deu uma piscada.

A moça sentada na poltrona estava fazendo uma tatuagem de asas de anjo no ombro esquerdo, com a inscrição *Para Sempre Sua*. Olhei para ela.

— Linda tatuagem.

— Obrigada. — Ela sorriu para mim. — É para o meu namorado. Amanhã é aniversário dele, e esse foi o jeito que encontrei de mostrar que sou dele para sempre e ninguém pode me ter.

Observei seus olhos de dezoito anos.

— Nossa! Para sempre?

Ela deu uma risadinha.

— É, ele disse que nós vamos ficar juntos para sempre.

Jack revirou os olhos para mim. Tive que me segurar para não rir. Ele terminou a tatuagem e fez um gesto para que eu sentasse na poltrona.

— O que e onde vai querer, Elle?

Estendi os pulsos.

— Quero o nome CONNOR em cima dessa aqui — apontei para a cicatriz esquerda — e o símbolo do infinito nessa daqui — apontei para a direita. — Quero que as cicatrizes sejam totalmente cobertas.

Jack olhou para mim, franzindo a testa.

— Quem é Connor?

— É uma longa história. — Balancei a cabeça.

— Vai doer, Elle. Você sabe, não?

— Sei, Jack. Vamos acabar com isso logo de uma vez. — Nenhuma dor podia ser tão grande quanto a que eu já estava sentindo.

Capítulo 25

Jack era um cara muito legal. Era uma dessas pessoas que têm tatuagens cobrindo cada centímetro dos braços, do peito e das costas. Era um artista, como eu, e exibia seu trabalho com orgulho. Seus olhos negros eram da mesma cor dos cabelos compridos, que ele sempre usava presos num rabo de cavalo. Ele começou fazendo o nome de Connor no pulso esquerdo. As picadas foram suportáveis. Não que tenham doído pouco — era como se mil alfinetes estivessem sendo enfiados na minha pele —, mas eu já tinha passado por coisas muito piores. Horas depois, Jack finalmente terminou. Olhei para os pulsos e sorri.

— A vermelhidão vai passar em alguns dias. Não deixe de passar uma pomada cicatrizante nelas para não coçarem muito.

— Obrigada, Jack. Ficaram lindas.

— Você tem quem te leve para casa? — perguntou ele.

— Vou tomar um táxi.

Ele olhou para o relógio na parede.

— Já é meia-noite. Vou pedir ao Donny para fechar a loja, e levo você.

— Não precisa, Jack, sinceramente. — Sorri. — Eu tomo um táxi.

Ele pegou meu casaco, gritou a Donny para que fechasse a loja e me disse para entrar no seu carro.

— Se não me falha a memória, você mora perto da minha namorada, e eu já estava mesmo indo para lá, portanto não tem problema.

Entrei em casa e a primeira coisa que fiz foi pegar o notebook, vestir o pijama, sentar na cama e acessar meu e-mail. O primeiro passo para levar a vida adiante era pedir a Connor que me perdoasse, e eu lhe devia um enorme pedido de perdão. Cliquei em "escrever" e uma página em branco se abriu.

Querido Connor,

Espero que esteja lendo esta carta e não a tenha deletado antes de abri-la quando viu meu nome. Se a estiver lendo, verá que é um sincero pedido de perdão. Palavras não podem expressar o quanto me arrependo por não ter te contado sobre minha doença logo no começo. Jamais tive a intenção de deixar que as coisas entre nós fossem tão longe, exatamente por essa razão. Na noite em que levei você para casa, minha única intenção era deixá-lo lá e esquecer o que tinha acontecido; se tivesse feito isso, não teríamos nos conhecido, e você não estaria sofrendo agora. Nunca vou me perdoar por não ter te contado a verdade. Acredito em destino, e foi o destino que nos aproximou. Eu disse a você que fui salva por um motivo, e acho que foi para poder te salvar. Você tem um lindo coração e uma linda alma, e não merece ficar sem jamais amar alguém. Você nunca vai saber o que fez por mim e como mudou minha vida. Nunca tinha conhecido o amor do jeito como tive com você, porque o que você me mostrou, e o modo como fez com que eu me sentisse, foram totalmente novos na minha vida. Nunca amei Kyle. Fiquei com ele porque foi quem apareceu, e eu tinha medo de ficar sozinha. Minha vida inteira foi feita de solidão. A decisão de não me tratar na ocasião foi puro egoísmo da minha parte, e agora compreendo isso. Quero te agradecer por seu amor e bondade. Se estivesse prestes a respirar pela última vez, usaria meu fôlego para dizer que te amo muito e sempre vou amar.

Amor para sempre,
Ellery

Meus olhos se encheram de lágrimas, e cliquei em "enviar". Respirei fundo, fechei o notebook e peguei no sono.

Vesti uma legging, um suéter rosa-claro comprido e calcei botas pretas. Fiz alguns cachos nos cabelos longos e me maquiei um pouco pela primeira vez desde que voltara de Michigan. Abri o notebook e chequei meu e-mail — nada. Não achava que encontraria uma resposta dele, mas a esperança é a última que morre.

Chamei um táxi e me dirigi à clínica do Dr. Taub para fazer os exames de sangue. Examinei os pulsos e sorri diante da beleza do nome de Connor e do símbolo do infinito. Entrei no prédio da clínica e tomei o elevador até o quarto andar.

— Olá, sou Ellery Lane, e estou aqui para fazer exames de sangue — disse à jovem sentada atrás da mesa.

— Sim, estou com sua ficha aqui. Só preciso da sua identidade.

Procurei minha carteira de motorista na bolsa e a entreguei. Ela notou meu pulso.

— Nossa, que linda — exclamou.

Sorri e agradeci, mostrando o outro pulso. As cicatrizes tinham ficado quase imperceptíveis, e quem não soubesse não as veria. A enfermeira chamou meu nome e me acompanhou até a sala de coleta. Perguntou se eu tinha medo de agulhas, e ri.

— Já fiz quimioterapia, portanto um exame de sangue para mim...

Ela conseguiu forçar um sorriso; não me pareceu que tivesse achado muita graça. Tirou três amostras de sangue e me desejou um bom dia.

Saí do prédio e decidi andar um pouco antes de chamar um táxi e ir para casa. Caminhei alguns quarteirões, olhando vitrines, quando chegou uma mensagem de Peyton.

Oi, menina! Estou em pleno avião, indo para o Colorado. Por favor, me manda notícias, OK?

Sorri e respondi, caminhando pela rua. Sem olhar por onde andava, pois estava totalmente absorta na mensagem que escrevia para minha amiga, dei um esbarrão em alguém.

— Ah, que merda, desc... — comecei a dizer, levantando o rosto para o homem em quem tinha esbarrado. Prendi a respiração ao ver quem era.

— Connor, desculpe, não quis... — Não tive coragem de enfrentar seus olhos; estava morta de vergonha. Meu coração começou a palpitar com tanta força, que achei que iria saltar do peito.

Ele ficou parado, olhando para mim.

— Não, a culpa foi minha. Devia ter prestado mais atenção.

Ficamos diante um do outro, constrangidos, a mão dele tocando meu braço de leve. Eu me afastei; a dor era tão forte, que senti a garganta se fechar.

— Tenho que ir — murmurei, dobrando a esquina sem olhar para trás. Entrei num beco entre dois prédios e me recostei a um muro, tentando recuperar o fôlego. Todas as emoções que tentara reprimir voltaram de um jorro, inundando e ferindo o que restara de minha alma.

Terminei voltando a pé para casa, que ficava a uns dez quarteirões de onde estava. Não me importei; precisava tentar clarear as ideias. Entrei em casa, ofegante, totalmente exausta. Preparei uma jarra de café e, enquanto fervia, sentei diante do cavalete e continuei o quadro que mostrava o casamento no Central Park. Queria terminar pelo menos mais dois quadros antes de começar a quimioterapia. Fiquei acordada até duas da manhã, e finalmente consegui terminar. Tinha me inspirado em uma fantasia minha sobre como queria que meu casamento fosse. Levei os pincéis até a pia e os deixei de molho, e então fui para a cama. No dia seguinte, pintaria um novo quadro.

A manhã chegou e passou. Fui acordada pelo toque do celular.

— Alô? — atendi, sonolenta.

— Ellery, é o Dr. Taub. Os resultados de seus exames chegaram, e estou um pouco preocupado com seu volume de hemoglobinas. Está um pouco baixo, mas vou começar a quimioterapia mesmo assim. Vou marcar a primeira sessão para daqui a uma semana, mas antes, vou lhe receitar um suplemento à base de ferro que quero que comece a tomar imediatamente.

Revirei os olhos.

— Tudo bem, Dr. Taub. Daqui a uma semana, às nove da manhã.

Olhei para o relógio, que marcava meio-dia. Não podia acreditar que tinha dormido até tão tarde. Liguei a cafeteira e enxaguei os pincéis.

Tomei um banho rápido e me vesti. Notei a pilha de roupas na cesta que precisavam ser lavadas; fazia tempos que não punha nada para lavar. Suspirei, pegando a cesta, e a coloquei ao lado da porta. Enchi uma caneca de café e fui para a lavanderia self-service que, felizmente, ficava logo na esquina. Duas horas depois, terminei de lavar as roupas e voltei para casa, onde encontrei Kyle encostado na minha porta.

— Que é que você quer, Kyle?! — gritei, antes de me aproximar do corredor. Ele estava com as mãos nos bolsos, olhos fixos em mim.

— Queria ver como você está passando.

— Podia ter me mandado uma mensagem, em vez de aparecer aqui.

Era só o que me faltava, aquele babaca vir estragar o meu dia. Eu não estava com a menor paciência, e precisava começar a pintar logo.

— Deixa que eu te ajudo — disse ele, tirando a chave da minha mão e abrindo a porta. Entrei e levei a cesta para o quarto. Quando voltei, notei que ele observava o quadro.

— Que lindo, Elle.

— Concordo. Agora, o que você quer, Kyle?

Eu estava sendo cruel, mas não me importei; detestava a presença daquele cara, tanto quanto o que fizera.

— Como disse, queria ver como você está passando.

— Duvido muito, Kyle. Estou bem, e agora você já sabe, portanto pode ir embora.

— Elle, para de agir assim, baby — disse ele, avançando depressa para mim. Quando dei por mim, sua boca estava na minha. Empurrei-o com força.

— Que negócio é esse?!

— Elle, não tenta negar. Sei que você ainda me ama, e eu te quero tanto.

Fiquei imóvel, chocada com suas palavras e atos; nem sabia o que dizer.

— Você pensa mesmo que eu te amo, Kyle? Então, deixa eu te dizer uma coisa, seu vermezinho escroto e nojento: o fora que você me deu foi a melhor coisa que já aconteceu na minha vida. Eu nunca te amei. Você foi conveniente para mim, alguém para preencher o vazio no meu mundo.

O rosto dele ficou vermelho e feroz.

— Você é uma grande filha da puta, Elle! — gritou.

— Só um reconhece outro, Kyle. Agora, cai fora da minha casa, antes que eu te machuque pra valer.

— Quero só ver você tentar — desafiou ele.

Peguei um jarro que ficava no canto da escrivaninha e o atirei em cima dele. Ele se esquivou, e o jarro se espatifou contra a parede.

— Você é doida de pedra! Fui!

Corri e tranquei a porta, evitando pisar nos cacos de vidro que tinham se espalhado pelo chão. Soltei um suspiro exausto. Limpei a sujeira que fizera, lembrando o momento em que encontrara Connor na sua cozinha, e deixei cair a caneca no chão.

Não saí de casa durante a semana inteira, salvo para ir ao hospital instalar um acesso para a quimioterapia. Tentei me concentrar em terminar os quadros, e consegui fazer isso. Os momentos que passava sentada diante do cavalete eram os únicos em que me sentia relativamente normal. Meu coração ainda estava em pedaços, e minha alma, vazia. Eu me sentia perdida e desolada e, a despeito do que fizesse, não conseguia me livrar dessa sensação, portanto apenas existia.

Minha primeira sessão seria na manhã do dia seguinte, e eu estava com medo. Não tinha ninguém para me acompanhar. Da primeira vez que eu fizera quimioterapia, meu pai conseguira se manter sóbrio por tempo bastante para ficar comigo durante as sessões, mas, assim que saíamos do hospital, ele ia para o bar. Agora, eu estava prestes a enfrentar o câncer e a quimioterapia novamente — e totalmente sozinha.

Lágrimas me brotaram nos olhos, e vivi um momento de autopiedade. Tinha alguns amigos, mas não queria de modo algum que interrompessem suas vidas para vir me ajudar. Levei os quadros à galeria e senti uma falta terrível de ver o rosto sorridente de Peyton me recebendo à porta. Ela ainda ia passar mais uma semana no Colorado. Sal balançou a cabeça ao ver os quadros.

— Ellery, são lindos! Você tem um talento incrível. Tenho certeza de que vou vendê-los depressa — disse, levando-os à parede vazia. Dei um abraço nele e agradeci.

Capítulo 26

O *dia da quimioterapia chegou*. Vesti uma legging, um suéter largo e prendi o cabelo num rabo de cavalo — nada de elegância numa sessão de quimioterapia. Peguei o edredom e o kindle e entrei no táxi que esperava por mim. Cheguei ao hospital e me dirigi ao centro quimioterápico, ao qual compareceria uma vez por semana durante os próximos seis meses. Como tinha esperado mais do que a maioria das pessoas para fazer quimioterapia depois que o câncer voltara, o Dr. Taub e eu combinamos fazer um tratamento um pouco mais agressivo, que, se tudo corresse bem, encurtaria a duração da terapia.

A enfermeira Bailey me chamou para o centro, onde dezesseis poltronas azuis se alinhavam às paredes da sala branca esterilizada. Eram oito de cada lado, cada uma com seu próprio suporte de soro e cortina. Eu nunca me sentia à vontade durante as sessões. As pessoas sempre olhavam para mim como se eu fosse jovem demais para ter câncer. Eu fora a paciente mais jovem durante oito meses, até chegar uma menina de nove anos, chamada Molly.

— Alguém veio com você, benzinho? — perguntou a enfermeira Bailey, sorrindo.

— Não, vim sozinha.

Ela deu um tapinha na minha mão e sorriu, afetuosa.

— Não se preocupe, vou estar aqui com você.

Era uma mulher na faixa dos cinquenta anos, com cabelos grisalhos curtos. Sua voz era suave e bem-humorada. Ela me contou sobre o ex-marido e os três filhos adultos enquanto me acomodava na poltrona e fazia alguns preparativos. Em seguida, pediu licença e disse que voltaria logo. Olhei para as seis poltronas ocupadas por pessoas que estavam ali pela mesma razão que eu. Era estranho, porque, embora não nos conhecêssemos, tínhamos um vínculo.

— Tem alguém aqui que quer ver você — anunciou a enfermeira Bailey com sua voz bem-humorada. Levantei os olhos do celular e quase tive uma parada cardíaca ao ver Connor. Minha sensação era de que eu ia sufocar.

— O que está fazendo aqui, Connor?! — consegui perguntar.

Ele suspirou, sentando na poltrona ao meu lado.

— Oi, Ellery.

Continuei com os olhos fixos no celular, me recusando a olhar para ele.

— Eu te fiz uma pergunta — cobrei.

— Ninguém deveria ter que passar por isso sozinho.

— Não estou sozinha, tenho a enfermeira Bailey — observei, ainda olhando para o celular.

Sem mais nem menos, ele o tirou da minha mão e o guardou no bolso.

— Que é isso, Connor?! — reclamei.

A enfermeira Bailey já voltava.

— OK, benzinho, aqui está o seu coquetel, tome tudo. — Sorriu, inserindo a agulha no meu acesso e pendurando o saco no suporte.

— Tim-tim — respondi, esboçando um sorriso.

Connor olhou para mim.

— Estou aqui como seu amigo, Ellery.

— Quer por favor devolver o meu celular? — perguntei, educada, estendendo a mão.

Ele respirou fundo, tirou o celular do bolso e o entregou. Nossos dedos se roçaram quando ele o pôs na palma da minha mão. Meu coração começou a acelerar, como sempre acontecia quando ele me tocava.

— É assim que as coisas vão ser — anunciou. — Vou te trazer aqui toda semana, e depois te levar para casa. Contratei uma enfermeira particular para ir ao seu apartamento diariamente cuidar de você e ver se precisa de alguma coisa.

Mil pensamentos me passavam pela cabeça. Por que ele estava fazendo isso por mim? Será que era uma vingança — espezinhar uma mulher durante suas sessões de quimioterapia?

— Por que, Connor? Por que está fazendo isso?

Ele me olhou com frieza.

— Eu te devo.

— Como assim?

— Você cuidou de mim uma vez, por isso estou retribuindo o favor. Sei que você não conta com mais ninguém.

Ou seja, eu tinha acabado de me tornar seu projeto de caridade — que maravilha.

— Na noite em que você me levou para casa da praia e me pôs na cama, você disse que nós estávamos quites. Não precisa ficar aqui. Estou bem, pode ir embora.

Ele abaixou os olhos, entrelaçando os dedos.

— Vou ficar, Ellery, e você não está em condições de dizer o contrário.

Revirei os olhos, tentando pensar em um milhão de maneiras de fugir.

— A propósito, como soube que eu ia começar as sessões hoje? E como soube que eu estava aqui? — Fuzilei-o com os olhos.

— Eu sei muitas coisas, Ellery. Já te disse que posso descobrir o que quiser.

Dei um olhar de desprezo para ele.

— *Stalker.*

Fiquei lendo enquanto ele mandava e-mails e fazia negócios no iPad.

— Não precisa ficar aqui. Tenho certeza de que tem coisas melhores a fazer do que ficar numa sala vendo pessoas fazerem quimioterapia durante cinco horas — comentei, natural.

— Tendo coisas melhores a fazer ou não, é assim que vai ser, portanto vamos ficar em silêncio, e não se preocupe. — Sua voz foi fria e impessoal.

Será que ele não entendia que eu estava com ódio do mundo no momento, e sua presença só estava servindo para intensificá-lo? Não queria que ficasse, porque estava trazendo de volta todas as emoções que eu tentara enterrar, mas ao mesmo tempo queria que ficasse, porque tinha uma ponta de esperança de que ainda me perdoasse e me aceitasse de volta. Olhei para o kindle e tentei ler, mas, embora olhasse para as palavras, a única coisa que minha mente registrava era Connor.

— Como está indo, benzinho? — perguntou a enfermeira Bailey num tom animado, checando o coquetel quimioterápico no suporte.

— Estou simplesmente maravilhosa, enfermeira Bailey, porque sei que quando chegar a noite, provavelmente vou passar uma ou duas horas com a cabeça enfiada na privada.

Connor olhou para mim, e então para a enfermeira Bailey.

— Já chega, Ellery.

A enfermeira olhou para ele, compreensiva.

— Tudo bem, ela está com raiva no momento e precisa desabafar. Estou acostumada. Procuro deixar meus pacientes o mais à vontade possível.

Connor se inclinou para mim e sussurrou:

— Quer por favor parar de ser malcriada? Ela só está tentando te ajudar.

Não pude olhar para ele, porque, se fizesse isso, daria um tapa na sua cara. Não disse uma palavra. Minha vontade era arrancar o tubo do braço e fugir o mais depressa possível para o mais longe possível. Era isso que queria impedir: a hostilidade, o ódio e o ressentimento. Só queria viver em paz, durante o tempo que me restasse.

Foram as cinco horas mais longas da minha vida. A enfermeira Bailey removeu o tubo do acesso e se despediu com um abraço. Connor pegou meu edredom e eu o arranquei da sua mão.

— Eu levo!

Ele deu um suspiro cansado e me seguiu, enquanto eu saía do hospital. Connor abriu a porta da limusine e eu sentei no banco.

Denny se virou e olhou para mim.

— Olá, Srta. Lane. — Foi a única pessoa que conseguiu arrancar um sorriso meu aquele dia.

— Oi, Denny.

Connor sentou ao meu lado.

— Como está se sentindo?

— Por enquanto, estou bem — respondi, olhando pela janela. — Demora horas, às vezes até dias para a quimioterapia derrubar a pessoa.

Passamos o percurso inteiro até meu prédio em silêncio. Connor saiu da limusine e me seguiu quando entrei no apartamento.

— Quero que vá arrumar suas coisas.

Eu me virei e olhei para ele.

— Por quê?

Ele respirou fundo.

—Você vai ficar no quarto de hóspedes da minha cobertura.

Senti o sangue me fugir do rosto, e meu coração começou a bater mais rápido.

— Não vou a parte alguma. Esta é a minha casa. É onde vou ficar! — Mas a ideia de dormir naquela cama enorme e confortável era tentadora.

— Preste atenção — ele levantou a voz. — Não quero que fique aqui sozinha.

Caminhei até ele e enfiei o dedo no seu peito.

— Não sou seu projeto beneficente, Connor Black, e não preciso da sua ajuda. Além disso, você me odeia mesmo, por que iria querer me ajudar depois de tudo que fiz? — Dei as costas devagar e fui até a pia pegar um copo d'água. Fiquei lá, com as mãos apoiadas na beira.

Ele se aproximou devagar às minhas costas.

— Ellery, eu não te odeio. Por favor, nunca mais diga isso. Admito que ainda estou zangado, e que provavelmente vou me sentir assim durante algum tempo, mas tenho que pôr tudo isso de lado porque você é minha amiga e precisa de ajuda. Por favor, ponha a teimosia de lado e me deixe ajudar você.

Sua voz era mansa, e as palavras, sinceras. Queria passar os braços pelo seu pescoço e chorar no seu ombro, mas não podia; ele admitira que ainda estava zangado e que era apenas meu amigo.

—Você disse que contratou uma enfermeira para vir aqui.

Ele tornou a suspirar.

— Não tem problema, eu combino outra coisa com ela.

— Tudo bem, vou pegar minhas coisas. — Cedi porque não tinha forças para brigar com ele, e estava com medo de ficar sozinha.

Ele se virou e olhou para o ponto da parede onde faltava um pedaço de reboco.

— O que aconteceu ali?

Saí do quarto, e ele se aproximou para pegar as malas.

— Atirei um vaso em cima de Kyle.

Ele começou a rir.

— Está falando sério?

— Estou. Ele não queria ir embora, por isso atirei um vaso em cima dele. Nem preciso dizer que depois disso ele foi.

Connor balançou a cabeça, rindo sem parar.

Capítulo 27

Eu me joguei na cama que tinha aprendido a adorar, enquanto Connor colocava minhas malas num canto do quarto.

— Vou dar uma saída agora à noite. Se quiser qualquer coisa, fica à vontade para pegar.

Olhei para ele com um meio sorriso.

— Obrigada.

Ele saiu e fechou a porta. Será que tivera alguma intenção velada ao dizer que ia sair? Senti o sangue começar a ferver; era o ciúme pondo as unhas de fora. Não era uma boa ideia, mas, se ficar com ele se tornasse insuportável, eu pegaria minhas coisas e cairia fora.

Não estava com muito apetite e me sentia cansada, por isso decidi me deitar mais cedo. Acordei de repente, sentindo uma náusea violenta tomar conta do meu corpo. Dei uma olhada no relógio. Eram duas da manhã. Pulei da cama e corri para o banheiro, que ficava em frente ao quarto. Felizmente consegui chegar a tempo, e comecei a vomitar incontrolavelmente. *Lá vamos nós.* Sabia que não demoraria; não tinha demorado, da última vez. Com a cabeça inclinada sobre o vaso, ouvi a porta se abrir lentamente.

— Ellery — chamou Connor, levantando meus cabelos para trás.

Não queria que ele me visse assim. Ter vindo para sua casa fora uma péssima ideia, e eu estava morta de arrependimento.

— Sai daqui, Connor. Por favor, vai embora.

Ele se ajoelhou ao meu lado, segurando meus cabelos.

— Não vou a lugar algum até você voltar para a cama.

Tive mais algumas ânsias de vômito, quase sem expelir nada. Ele foi até a pia e molhou uma toalha com água morna, que dobrou e a pôs na minha testa. Tirei-a depressa da sua mão. Consegui me levantar e dar pequenos passos em direção à porta. Estava tão fraca que quase despenquei no chão de mármore. Connor segurou meu braço e me ajudou a voltar para a cama. Ajeitou as cobertas ao meu redor e, ao se virar para ir embora, segurei sua mão. Ele se virou, olhando para mim.

— Isso não é nada. Não faz uma pálida ideia de onde se meteu, Sr. Black.

Ele ficou olhando para mim sem dar uma palavra, e então saiu do quarto, deixando a porta entreaberta. Eu estava exausta demais para pensar em qualquer coisa. Só queria dormir em paz.

Abri um olho, a luz do sol espreitando entre as cortinas que emolduravam a janela. Eu me espreguicei e virei de lado, observando a cidade que se delineava diante da janela. Grande antiemético que a enfermeira Bailey tinha me dado. Ouvi a porta se entreabrir.

— Ellery, está acordada? — ouvi uma voz sussurrar.

Virei e olhei para ele, que estava de black jeans e camisa social preta para fora da calça. Seu cabelo está bagunçado e úmido, mas daquele jeito sexy que me enchia de desejo por ele.

— Como está se sentindo? — perguntou, da porta.

Sentei na beira da cama.

— No momento, estou bem. Acho que vou tomar um banho.

Seus olhos me observavam como se ele quisesse me tocar.

— Quando acabar, desce, que a Claire prepara o seu café da manhã.

Levantei da cama e abri minha mala.

— Quem é Claire? — perguntei.

— Minha empregada.

— Ah, não sabia que você tinha uma empregada. Você nunca me falou dela.

Ele passou a mão pelos cabelos.

— Acho que nunca surgiu uma oportunidade.

Passei por ele sem levantar os olhos. Entrei no banheiro e ele me seguiu, parando diante da porta.

— Vou para o escritório trabalhar um pouco. Vou estar em casa mais tarde.

Continuei de costas para ele, abrindo a torneira do chuveiro.

— Tudo bem, até mais tarde.

As palavras saíram frias, sem qualquer emoção. Entrei no chuveiro, sentei no chão, me enrosquei em posição fetal e chorei.

Depois do banho, fui para a cozinha.

— Você deve ser Ellery, a nossa hóspede, não? — perguntou Claire quando entrei, me dando um abraço, que retribuí carinhosamente.

— Sim, e você deve ser Claire.

— Sou eu mesma, querida. Agora, senta aí e me diz o que gostaria que eu preparasse para você.

Claire era uma presença bem-vinda na casa. Era uma mulher mais velha, com cabelos castanhos pouco acima dos ombros. Seu sorriso foi tão simpático quanto seus olhos castanho-escuros quando me viram. Talvez estivesse feliz por contar com a companhia de outra mulher. Sentei à mesa e ela pôs uma xícara de chá de hortelã na minha frente.

— Bebe todo, que vai acalmar seu estômago.

Dei um gole e coloquei a xícara na mesa.

— O Sr. Black me disse que você não passou bem ontem à noite, então que tal começar por uma torradinha com ovos mexidos?

Concordei. Estava curiosa para descobrir o quanto ela sabia de mim e de nossa situação. Fiz uma pergunta óbvia:

— O que mais o Sr. Black disse?

Ela sorriu, pondo as fatias de pão na torradeira.

— Ele só me diz o que eu preciso saber. O Sr. Black é um homem muito reservado. Disse que você é uma amiga, e que queria te ajudar. É um homem muito generoso.

Revirei os olhos. Se a quimioterapia não me matasse, morar na casa do homem cuja vida eu destruíra mataria.

— Ah, vejo que já se conheceram — disse Connor, entrando em passos leves na cozinha.

— Pensei que você tinha saído — respondi, ainda na minha atitude "estou de mal com você".

— Eu tinha que terminar um trabalho no computador aqui em casa primeiro, mas não se preocupe, vou sair daqui a pouco.

Claire me observou, e então olhou para Connor, que sentara à mesa.

— Pronto, querida, tenta comer alguma coisa. Vai se sentir melhor depois.

Olhei de soslaio para Connor, e vi que também olhava para mim. Peguei o garfo e comecei a comer os ovos. A comida começava a ajudar um pouco, ou talvez fosse o chá; não tinha como saber.

Connor terminou de tomar café e se aproximou.

— Vou sair agora. Se precisar de qualquer coisa, a Claire vai passar o dia inteiro aqui em casa.

Não olhei para ele, apenas acenei.

— Isso vai ser mais difícil do que pensei — resmungou ele, saindo da cozinha.

Não sabia se quisera que eu ouvisse ou não, mas ouvi, e fiquei furiosa.

Claire me observou por um momento.

— Calma, querida. Não vale a pena se aborrecer por causa disso.

Decidi que, já que eu ia ficar morando lá, Claire tinha o direito de saber o que acontecera entre mim e Connor, por isso contei tudo a ela.

Ela sentou ao meu lado, segurando sua caneca de café.

— Eu já imaginava que tivesse havido alguma coisa entre vocês dois. Você deve ter sido a razão por que o Sr. Black andava sempre de bom humor nos últimos tempos.

Ela notou minha expressão e segurou minha mão, empurrou a manga para trás e olhou meu pulso; em seguida, pegou a outra mão e fez o mesmo.

— Ele está sabendo disso?

— Não, mas vai saber em breve. Não é algo que eu possa esconder por muito tempo.

Claire sorriu, dando tapinhas na minha mão.

Peguei o casaco, um cobertor, e saí. Estava um pouco mais quente do que antes. O sol tinha saído e o céu não tinha uma nuvem — um perfeito dia de outubro. Eu precisava de um momento de introspecção, então decidi dar uma volta até o Central Park. Precisava ficar sozinha, e que lugar melhor para pensar no pesadelo em que minha vida mergulhara do que o parque? Caminhei até os jardins do Conservatório e encontrei um canto no meio do gramado. Estendi o cobertor na grama macia e sentei, abraçando os joelhos. Meu celular começou a tocar; era Connor. Alguém devia ter contado a ele que eu fugira. Cliquei em "ignorar". Imaginei que iria ao meu apartamento primeiro, e então à galeria ou ao restaurante dos sem-teto. Acabaria concluindo onde eu estava e, sinceramente, não dei a mínima. Respirei fundo, absorvendo o ar ameno de outubro. Estudei as flores que me cercavam, pois em breve não existiriam mais.

Deitei de costas e fiquei olhando para o céu. Tive uma conversa com Deus e pedi que me desse forças para aguentar todo esse processo novamente. Connor não parava de telefonar, por isso acabei desligando o celular. Enquanto pedia a Deus que me mandasse um sinal para dizer que me ajudaria a passar por tudo outra vez, senti uma gotinha de chuva pingar no meu rosto. Isso me deixou feliz até o momento em que mais nuvens apareceram e começou a cair o maior temporal — um dia perfeito de outubro, hein? Fiquei lá deitada, encarando o céu que despencava em cima de mim. Queria tanto que a chuva lavasse minha doença e meus medos. Continuei deitada, em meu delírio, até ouvir uma voz familiar chamando meu nome.

— Ellery, o que pensa que está fazendo? Ficou louca?!

Olhei para ele, que se aproximava com um guarda-chuva.

— E você, não é louco por vir aqui atrás de mim?

Vi que ele estava com o queixo retesado enquanto se aproximava.

— Olha só para você, encharcada até os ossos. Levanta daí agora, antes que fique doente.

Soltei uma gargalhada.

— Eu já estou doente, Connor. Que diferença faz?

Ele olhou para mim com uma expressão estranha e fez algo que jamais imaginei que Connor Black faria: deitou ao meu lado e ficou olhando para o céu. Olhei para ele, que se esforçava para manter os olhos abertos em meio à chuva que fustigava seu rosto. Um pequeno sorriso se delineou em meus lábios.

— Por que está fazendo isso? — perguntou ele, virando-se para mim.

— Porque posso ficar aqui deitada sem ninguém saber que estou chorando.

Ele olhou para mim por um momento e então novamente para a chuva que caía. Ficamos lá deitados, sem dizer uma palavra. Connor pôs a mão em cima da minha, e essas foram a únicas palavras de que precisamos. Ambos estávamos ensopados, e eu começava a sentir frio. Recostei-me nos cotovelos.

— Acho que está na hora de irmos embora.

Ele olhou para mim, sorrindo.

— Ótimo, porque não aguento mais ficar encharcado.

Ri um pouco e nos levantamos para ir embora do parque. De repente, parei e me virei na direção de um grupo de arbustos. Sentindo a náusea tomar conta de mim, me inclinei e comecei a vomitar. Connor esperou que eu terminasse, e então, passando os braços pelas minhas pernas, me pegou no colo e me levou para o carro. Era tudo de que eu precisava para voltar a me sentir segura.

Chegamos à cobertura e ele me levou para o quarto. Começou a me ajudar a tirar as roupas, mas eu o interrompi.

— Estou bem. Você precisa tirar essas roupas molhadas. Por favor, vai trocar de roupa. Vou tomar um banho quente.

— Está se sentindo bem o bastante para tomar banho sozinha?

Dei um olhar duro para ele.

— Se eu dissesse que não, você entraria na banheira comigo?

Ele abaixou os olhos.

— Ellery...

Observei sua expressão sofrida; era quase a mesma da tarde no quarto de hotel.

— Eu estava brincando, Connor. Agora, vai trocar de roupa.

Ele saiu do quarto e me deixou sozinha, me sentindo uma idiota. Não consegui chegar à banheira. Vesti a camisola e o robe e despenquei na cama.

Capítulo 28

Acordei quatro horas depois, sem conseguir me mover. A parte que mais temia me atingiu: a dor. Comecei a gemer, embora minha vontade fosse de gritar, mas não queria que ninguém me ouvisse. Meu corpo parecia ter sido retalhado em um milhão de pedaços, do alto da cabeça aos dedos dos pés. Não havia um único osso, junta ou músculo que não doesse. Tentei encontrar uma posição mais confortável, mas não consegui. Levantei da cama devagar, e quase gritei quando os pés tocaram o chão. Fui até a porta, saí no corredor e caí de joelhos, para em seguida me enroscar no chão.

Comecei a chorar, os soluços mais parecendo os ganidos de um filhote de cachorro. Connor devia estar no escritório, que ficava num quarto perto da escada, porque eu ouvia sua voz ao telefone. Tentei rastejar até o banheiro, mas a dor era insuportável. Não muito depois, vi Connor subindo a escada de dois em dois degraus.

— Meu Deus, Ellery, o que aconteceu?

Àquela altura, eu tremia incontrolavelmente. Levantei a mão.

— Não toca em mim, estou morta de dor — disse, chorando.

Ele chamou Claire, aos gritos, e pediu que ela ligasse para a enfermeira e a mandasse vir imediatamente. Sentou ao meu lado e fez um carinho nos meus cabelos.

— Preciso voltar para a cama, me leva no colo, assim você fica livre disso de uma vez — pedi. Ele se levantou e me pôs no colo. Estremeceu quando gritei. Então, me levou com cuidado para o quarto e me deitou na cama.

— A enfermeira vai estar aqui em um minuto, ela vai te ajudar — prometeu ele, afastando os cabelos do meu rosto com delicadeza.

Olhei para ele, chorando.

— Desculpe, Connor. Não queria que você me visse assim nesse estado.

Ele se ajoelhou ao lado da cama, tocando minha mão de leve.

— Você não tem pelo que se desculpar; sou eu que peço desculpas. Estou destroçado por te ver sentindo tanta dor — disse, uma lágrima escorrendo pelo seu rosto.

Sequei sua lágrima com o polegar e ele segurou minha mão, olhando para meu pulso com a tatuagem de seu nome. Não teve chance de dizer nada, porque a enfermeira entrou carregando uma maleta. Connor se levantou e sentou na beira da cama, e Claire ficou parada à porta.

— Você vai ficar bem, querida — disse a enfermeira, segurando uma seringa. — Vou lhe dar uma dose de morfina para a dor.

Ela aplicou a injeção no meu quadril e me disse para relaxar. Então, pediu a Connor que esperasse no corredor. Comecei a relaxar, sentindo que a dor passava. Connor voltou para o quarto e se acomodou no outro lado da cama, recostando-se na cabeceira. Virei de frente para ele.

— Nem sempre vai ser assim — expliquei. — Os primeiros três dias depois da quimioterapia são os piores, mas depois geralmente tenho a sorte de passar alguns dias me sentindo bem, quer dizer, tão bem quanto alguém possa se sentir durante a quimioterapia.

Ele não disse uma palavra, apenas continuou brincando com meus cabelos.

— Não se habitue a fazer isso; eles vão cair em breve.

Ele abriu aquele sorriso que derretia meu coração.

— Não me importo.Você ainda vai ser linda.

Sorri, e ele deu um beijo na minha testa. Segurou meus pulsos e olhou para eles, alisando as tatuagens de leve.Vi o sofrimento em seus olhos.

— Notei as tatuagens no hospital durante a quimioterapia. Fiquei esperando que você me mostrasse. Por que, Ellery? — perguntou ele.

Virei de lado, a morfina começando a fazer efeito, e consegui levantar da cama e caminhar lentamente até a janela.

— Porque chega um momento em que você tem que entender que algumas pessoas podem ficar no seu coração, mas não na sua vida, e essa é a minha maneira de manter você no meu coração.

Fez-se silêncio no amplo quarto, até que senti seus braços me envolverem, e ele sussurrou no meu ouvido:

—Volta para a cama.Vou pegar um chá para você.

Dei meia-volta entre seus braços e um beijo no seu rosto. Ele fechou os olhos e respirou fundo. Seus braços me soltaram, e ele saiu do quarto. Voltou alguns minutos depois com uma xícara de chá de hortelã e a pôs na mesa de cabeceira, e então se recostou na cama ao meu lado.

— Peyton me ligou e me deu a maior bronca. — Ele riu.

— Por que ela fez isso?

— Ela disse que está tentando falar com você há dois dias, e, como não conseguiu, me ligou. Quando contei a ela da quimioterapia e disse que você estava aqui, ela começou a gritar e disse que eu esperasse só, porque ela vinha do aeroporto direto para cá dar um chute no meu traseiro.

Revirei os olhos.

— Ó Deus, hoje não.

Connor riu baixinho.

— Não, estamos com sorte. Ela só vai chegar amanhã, porque o voo foi cancelado.

Soltei um suspiro de alívio.

— Que bom, porque hoje não estou em condições de lidar com ela.

Devo ter pegado no sono, porque, quando acordei, estava debaixo do edredom, e Connor tinha ido embora. Senti uma solidão enorme, e fiz a única coisa que ainda podia controlar — chorei. Enquanto meus ombros tremiam e os soluços eram enterrados no fundo do travesseiro, experimentei uma extraordinária sensação de conforto às minhas costas.

— Está tudo bem, amor, estou aqui. — Connor passou os braços ao meu redor e ficou me abraçando durante o resto da noite.

Acordei e tateei o lado vazio onde Connor tinha passado a noite me abraçando. Queria acordar nos seus braços e ouvi-lo dizer que ainda me amava. Seu comportamento contraditório me magoava, e eu não tinha forças para lutar com o câncer e com ele ao mesmo tempo.

Senti que o pior do mal-estar tinha ficado para trás, e começava a me sentir mais perto do normal — se é que ainda sabia o significado dessa palavra. Segui o aroma do café pela escada até a cozinha, onde Claire preparava o almoço.

— Bom dia, querida. — Ela se virou, sorrindo.

— Bom dia, Claire. Estou precisando demais de um café.

— É pra já! — Ela foi até o armário e pegou uma caneca.

Ouvi uma voz alta vinda da sala. Tomei meu café e fui para lá, quando notei que vinha do escritório de Connor. Ele estava no telefone, e parecia zangado.

— É complicado, Ashlyn. Tá, tudo bem, desculpe por ontem à noite, mas surgiu um imprevisto, que droga! — Ouvi-o gritar e atirar o celular na mesa. Ficou andando de um lado para o outro, esfregando a nuca e balançando a cabeça. Senti uma mágoa enorme por saber que ele ainda falava com ela sem se dar ao trabalho de me explicar quem era e que tipo de relacionamento havia entre eles. Ouvi seus passos se aproximando da porta e voltei correndo para a cozinha.

Ele entrou e olhou para mim.

— Como está se sentindo? Parece melhor hoje.

Vi o sofrimento no seu rosto. Ele parecia abatido e cansado.

— Estou bem — respondi, abaixando os olhos.

De repente, sem mais nem menos, ele ficou fora de si, começando a gritar:

— Você sempre diz que está bem, Ellery, mesmo quando não está. Será que alguma vez você está mesmo *bem*? Será que pode me dizer a verdade pelo menos uma vez na vida, para eu não ter que ficar tentando adivinhar? Pode dizer alguma coisa sem ser "estou bem, Connor"? Porque quer saber do que mais, Ellery? Já estou farto disso!

Fiquei imóvel, totalmente chocada, sem conseguir dizer uma palavra em minha defesa. Não conhecia esse homem à minha frente, e nem queria conhecê-lo. Ele pôs as mãos na bancada, os quadris recuados e a cabeça baixa. Fui até ele e, quando olhou para mim, levantei a mão e dei um tapa no seu rosto com toda força. Não havia qualquer emoção em seus olhos e expressão — exatamente como aquela noite na boate. Saí da cozinha e comecei a subir a escada. Ouvi um objeto se estilhaçando, e Claire olhou para mim, da sala. Antes de chegar ao quarto, ouvi a porta da rua sendo batida. Meu coração estava aos pulos, mas, tirando isso, não sentia nada naquele momento. Não podia ficar nessa casa nem mais um dia. Ele estava sendo afetado demais pela minha doença e não merecia viver desse jeito. Arrumei minha mala e fui embora.

Chamei um táxi e voltei para meu apartamento frio e deserto. Fui até o quarto e tirei um pedaço de papel de baixo do colchão. Fiquei olhando para ele por algum tempo, e então tornei a dobrá-lo e o pus na bolsa. Guardei o resto de minhas roupas, quer dizer, o que coube na mala já cheia. Peguei um dinheiro na gaveta, o notebook e saí. Caminhei alguns metros pela rua até conseguir encontrar um táxi. Entrei e sorri ao ver Manny olhando para mim do banco da frente.

— Está indo a algum lugar, Elle?

— Estou, sim, Manny, mas preciso que você me prometa uma coisa.

— Claro, o que quiser — respondeu ele.

— Preciso que você me leve ao aeroporto, mas não pode contar a ninguém aonde me levou, nem mesmo que me viu, por favor.

Ele me olhou pelo espelho retrovisor.

— Tudo bem, Elle. Não se preocupe, eu nunca te vi.

Cheguei ao aeroporto e tive a sorte de encontrar uma vaga no voo que ia sair para Michigan em meia hora. Despachei minha mala e fui para o portão. Entreguei a passagem e entrei no avião. Sentei na poltrona e respirei fundo. Meu celular deu um bipe e o tirei do bolso; era uma mensagem de Connor.

Queria pedir desculpas pelo meu comportamento. Estou voltando para casa, e precisamos conversar. Se estiver se sentindo disposta, podemos sair para almoçar.

Senti uma tristeza enorme ao ler essas palavras, mas era tarde demais. Sabia o que precisava fazer agora — provavelmente, o que devia ter feito logo no começo, antes que Connor Black entrasse na minha vida.

Capítulo 29

Tomei um táxi até o banco de que meu pai tinha sido correntista. Entrei e me dirigi à gerente, entregando a ela o papel dobrado que tirara da bolsa. Ela me acompanhou até as caixas de depósito, puxou a que tinha o número indicado no papel e me levou a uma pequena sala.

— Me avise quando terminar — disse, sorrindo. Fiquei olhando para a caixa e a carta, inundada por lembranças da morte de meu pai.

Querida Ellery:

Se está lendo esta carta, isso só pode significar uma coisa: que fui me encontrar com sua mãe. Me perdoe por ter sido um péssimo pai. Tentei fazer o que era melhor para você, mas a morte de sua mãe foi demais para mim, e beber era o único jeito de me anestesiar que eu conhecia. Por pior que a situação ficasse, você sempre estava ao meu lado, cuidando de mim, quando eu é que devia cuidar de você. Com isso, foi obrigada a amadurecer muito depressa, e peço perdão. Sinto que roubei sua infância. Você devia estar brincando com suas amigas e se divertindo, mas, em vez disso, ficava em casa cuidando do pai alcoólatra porque ele não era forte o bastante para se suicidar. De uma coisa eu sei, Ellery: você se tornou uma mulher forte. Sei que sofreu muito durante todos esses anos, e ter que enfrentar um câncer foi uma grande injustiça, mas você venceu, filha, e estou muito orgulhoso de você. Se nunca tive nem vier a ter uma chance de lhe dizer isso, estou dizendo agora. Tenho o maior orgulho da minha filhinha. Sua mãe me instruiu, antes de morrer, para que eu não lhe desse isto até você fazer dezoito anos. É o número de uma caixa de depósito que ela mantinha para você. Tenho feito minhas próprias contribuições todos os anos, desde que sua mãe se foi. Quando estiver pronta, abra a caixa e se lembre do quanto foi amada.

Com amor,

Papai.

Minha tia Diane me dera a carta alguns dias após a morte de meu pai. Ela me contou que ele lhe pedira para guardá-la e só entregá-la se algo acontecesse com ele antes de eu fazer dezoito anos. Eu guardara a carta durante todo esse tempo porque jamais me sentira pronta para abrir aquela caixa.

Enfiei os dedos com cuidado sob a borda da tampa e a levantei lentamente. Olhei para o interior com forro preto e tirei um maço de notas que estava em cima de um envelope branco. Coloquei-o na mesa e tirei um medalhão de prata em formato de coração que exibia uma inscrição no verso: "Feliz aniversário de dezoito anos. Te amo, Mamãe". Cobri a boca, lágrimas escorrendo dos olhos. Abri o medalhão, que abrigava um retrato de minha mãe de um lado e um meu em pequena do outro. Sequei os olhos, tirando uma fita de videocassete com uma etiqueta que dizia: "Para minha querida filha". No fundo da caixa havia uma pilha de títulos de capitalização com meu nome. Respirei fundo e me recompus antes de tampar a caixa e sair da sala.

Meu celular tocou. Tirei-o do bolso; era mais uma mensagem de Connor.

Onde você está, Ellery?

Olhei para essas palavras com o coração apertado. Não queria que ele se preocupasse, por isso respondi:

Connor, tive que ir embora. Minha presença na sua casa estava fazendo mal a você e a mim. A única coisa que posso dizer é que estou bem, e, por favor, não se preocupe comigo. Preciso resolver alguns assuntos, e não sei quando vou voltar.

Peguei minhas coisas e entreguei a caixa de depósito e os títulos à gerente. Enquanto esperava que ela os trocasse, mais uma mensagem de Connor chegou.

Como assim, não sabe quando vai voltar? Para onde está indo? Você tem que terminar o seu tratamento. Acho bom voltar AGORA MESMO!

Dei uma risadinha, porque até por escrito ele gritava comigo, mas eu o amava, e estava fazendo isso por ele — por nós. Momentos depois, outra mensagem chegou.

Eu vou te encontrar, Ellery Lane, mesmo que tenha que viajar até os confins do mundo, não se engane, eu vou te encontrar.

Sorri e fui logo respondendo:

Eu sei que vai, meu stalker.

Fechei o celular e guardei o dinheiro dos títulos que a gerente me entregou. Junto com o dinheiro no envelope e o da venda dos quadros, eu tinha pouco mais de cem mil dólares.

Chamei um táxi e pedi ao motorista que me levasse ao aeroporto. Fui até o balcão de passagens e comprei uma só de ida para a Califórnia. O voo só sairia dentro de algumas horas, por isso sentei e liguei o celular. Digitei o número de Peyton, que atendeu no primeiro toque.

— Ellery, onde você está? Estou morta de preocupação, aliás, *todos nós* estamos.

— Calma, Peyton. Preciso que você preste atenção: você é a única pessoa a quem vou contar isso, portanto, em qualquer circunstância, não se atreva a contar a Connor ou a Henry, por favor.

Ela hesitou.

— Tudo bem, como quiser.

Respirei fundo.

— Vou passar uma temporada na Califórnia e preciso que você despiste Connor. Preciso que fale com ele todos os dias e descubra o que ele está sabendo. Preciso ganhar tempo até ele me encontrar.

— Você quer que ele te encontre? — sussurrou ela.

— Quero, porque, se ele me encontrar, vou saber que estávamos mesmo destinados a ficar juntos e que tudo que estou fazendo valeu a pena.

— Ele está uma fera, Ellery. Estava quebrando coisas e soltando mil palavrões. Precisava só ouvir o que o cara disse.

— Ele está zangado, mas vai passar. Seja amiga dele. Tenho que ir, te adoro. — Desliguei e atirei o celular na lata de lixo.

Capítulo 30

Pisei no chão de Los Angeles, Califórnia, me sentindo uma pilha de nervos. Não podia acreditar que estava ali, sozinha numa cidade desconhecida. Fazia muito mais calor do que em Nova York, e o sol parecia ser mais forte. Pus os óculos escuros e chamei um táxi. Dei ao motorista um pedaço de papel do aeroporto de Michigan e pedi que me levasse àquele endereço. Ele parou diante do prédio e, enquanto se afastava, fiquei examinando o lugar onde me encontrava. Caminhei até o escritório de locação, onde conheci Mason, que era o administrador daquele condomínio.

— Oi, sou Mason Grant. Eu administro esses apartamentos maravilhosos. Você deve ser Ellery.

Estendi a mão para cumprimentá-lo.

— Sou eu mesma.

— *Poderooosa!* — disse ele, virando-se e pegando uma chave num painel.

Caminhamos até o condomínio seguinte, e ele me levou ao apartamento do terceiro andar. Enfiou a chave na fechadura e abriu a porta. Entrei e olhei ao redor. Estava totalmente mobiliado e limpo, e era só do que eu precisava. Mas, antes de concordar em alugá-lo, precisaria ter uma conversa com Mason. Pedi a ele que sentasse à mesa. Ele olhou para mim, desconfiado, e sentou.

— Me deixa adivinhar: você está fugindo da polícia?

— Não, não é nada disso. — Ri. — Não posso deixar uma trilha de documentos, porque isso permitiria que alguém me encontrasse muito depressa.

Ele se inclinou para mim.

— Ah, agora você me deixou intrigado. Por favor, continue.

Contei tudo sobre Connor e os motivos pelos quais eu estava ali. Cheguei até a lhe mostrar as tatuagens. Ele segurou meus pulsos e os observou. Então, olhou para mim com uma lágrima no olho.

— Você me comoveu.

Ri, e ele me deu um abraço. Concordamos que eu não assinaria um contrato e pagaria em espécie todos os meses enquanto precisasse ficar, mas em troca tinha que prometer que iria ao seu apartamento para jantar e conhecer seu namorado, Landon. Concordei, abraçando-o, e ele me entregou as chaves do meu novo apartamento.

Olhei ao redor. Era maior do que meu cubículo em Nova York. O que mais me encantou foi a lareira na sala. A cozinha era muito mais espaçosa, com armários brancos e bancadas em granito preto. O lugar tinha tudo de que eu necessitava, até uma cafeteira. Fui até o quarto e coloquei a mala na cama. A primeira coisa que precisava fazer era comprar um celular.

Caminhei até um shopping e entrei numa loja de telefonia celular. Dei uma olhada nas prateleiras dos celulares pré-pagos. Peguei um deles, paguei e me dirigi à pequena mercearia que ficava no fim da rua comercial. Comprei algumas coisas básicas e levei as sacolas para o apartamento. Estava exausta quando voltei. Guardei a comida, sentei no sofá e mandei uma mensagem para Peyton.

NÃO salve meu número, e apague essas mensagens depois de lê-las.

Você agora virou agente secreta?

Engraçadinha. Como estão indo as coisas?

Tudo quieto até agora. Connor me pediu para avisar a ele se tivesse notícias suas. Tem certeza de que sabe o que está fazendo?

Absoluta. Tenho que ir. Não se esqueça de apagar as mensagens.

Desfiz a mala e guardei as roupas na cômoda e no armário. As únicas coisas de que sentia falta e precisava eram um cavalete e tinta. Desci até o apartamento de Mason e bati à porta.

— Oi, *poderosa* — saudou ele, exuberante. — Entra aí.

Entrei no seu apartamento lindamente decorado, que era maior do que o meu.

— Você sabe onde tem alguma loja de arte aqui por perto?

Ele olhou para mim, inclinando a cabeça.

— Uma loja de arte? Que venda quadros prontos ou fricotes de pintura?

Ri.

— Fricotes de pintura.

Ele virou a cabeça e gritou:

— Landon, vem conhecer a nossa nova inquilina do terceiro andar!

Landon, que parecia saído de uma página da revista GQ, se aproximou com a mão estendida.

— Prazer em conhecê-la, Ellery. — Sorriu e beijou minha mão.

— A Srta. *Poderosa* quer ir a uma loja de materiais de arte, então pensei em levá-la.

— Ah, não precisa. Se me disser onde é, posso ir sozinha.

Mason e Landon riram.

— Não seja boba, vamos levar você, alguém tem que te mostrar Los Angeles.

Entrei no banco traseiro do Volvo 2009 e os dois me levaram a uma loja de arte. Sabia exatamente do que precisava, por isso não demorei muito. Comprei um cavalete, vários tubos de tinta, telas e pincéis.

— Estou louco para ver o que você vai pintar — disse Landon, carregando meu cavalete pela escada. Havia um cantinho perfeito entre duas janelas onde caberia feito uma luva. Estava exausta, já era meio-dia na Califórnia, e eu ainda estava no fuso horário de Nova York. Precisava desesperadamente dormir — tinha um compromisso bem cedo na manhã seguinte e não podia faltar. Deitei na minha nova cama queen size e fiquei surpresa de ver como peguei no sono depressa.

Abri os olhos e precisei lembrar que não estava mais em Nova York. Ainda não conseguia acreditar que estava na Califórnia. Tomei um banho, pus um vestidinho de verão bege e calcei um par de sandálias havaianas. Fiz um trança lateral e saí. Uma das principais razões por que alugara esse apartamento fora o fato de permitir que eu fosse a pé para o lugar do qual me tornaria frequentadora assídua.

Cheguei ao meu destino, o infame hospital Cedars Sinai Grace. Conheci a Dra. Danielle Murphy, que liderava a pesquisa do tratamento que envolvia injeções e imunoterapia.

— Prazer em conhecê-la, Ellery — disse a Dra. Murphy, fazendo um gesto para que eu me sentasse. — Então, sua leucemia foi diagnosticada quando você tinha dezesseis anos? — perguntou, olhando para mim.

Assenti.

— Fez vinte e quatro sessões de quimioterapia, entrou em remissão e agora, aos vinte e três anos de idade, a leucemia voltou.

— Exatamente — respondi, olhando para minhas mãos.

— Em primeiro lugar, lamento muito que você tenha passado e esteja passando por isso novamente, mas fiquei muito feliz quando recebi seu e-mail porque acho que você é a candidata perfeita para o nosso teste.

Fiquei ouvindo sua voz entusiasmada.

— Você fez uma sessão de quimioterapia há quase duas semanas, certo?

Balancei a cabeça. Ela fechou a pasta contendo minha ficha e o pôs na mesa.

— Ellery, olhe para mim. Você está em teste, e é assim que as coisas vão funcionar: vou mandá-la para casa com um coquetel imunoterápico de comprimidos semelhante ao da quimioterapia, mas com menos efeitos colaterais, e você deve tomá-los todos os dias enquanto estiver neste teste. Depois, vai voltar aqui uma vez por mês para tomar três injeções, durante um período de três meses. Assim que receber a última injeção, vamos fazer todos os exames necessários para ver se está livre do câncer. Se ele ainda estiver lá, mas você estiver melhorando, vamos continuar o tratamento por mais três meses. Vi na sua ficha que você teve células-tronco removidas quando foi tratada aos dezesseis anos.

Franzi os olhos para ela.

— Eu tinha me esquecido disso.

Ela cruzou os braços e os tornozelos e se inclinou sobre a mesa.

— Foi bom ter feito isso, porque minha recomendação é que se submeta a um transplante de células-tronco assim que estiver melhor, para evitar uma recidiva quando estiver mais velha. Agora, espere só um minuto que vou pegar seus comprimidos, e aí você está livre para ir embora — disse, batendo no meu ombro.

Tirei o celular da bolsa e mandei uma mensagem para Peyton.

Quais são as últimas do Sr. B.?

O Sr. B. está mudo feito um coco. Diz que não teve notícias suas, mas que me avisaria se tivesse. Elle, o cara está muito esquisito, agindo normalmente. Sinto muito.

Um pedaço do meu coração tinha começado a cicatrizar quando ele cuidara de mim durante a quimioterapia. Agora, esse pedaço se estilhaçara ainda mais. Eu estava com lágrimas nos olhos quando a Dra. Murphy voltou e me entregou um saquinho cheio de comprimidos.

— Aqui estão, Ellery. Você deve tomar esses comprimidos assim que acordar pela manhã, em jejum. Já marquei sua primeira série de injeções para daqui a duas semanas.

Consegui dar um meio sorriso, agradecendo, e fui embora. No instante em que senti o ar quente da Califórnia na pele, as lágrimas finalmente escorreram. Mal cheguei ao condomínio, minhas pernas começaram a tremer. Consegui voltar para meu apartamento e caí no chão, soluçando nas mãos. Batidas altas à porta me assustaram.

— Elle, é o Mason. Abre, por favor. Estou ouvindo você chorar.

Eu me virei, ainda no chão, e estendi o braço para abrir a porta. Mason olhou para mim e sentou ao meu lado.

— O que foi? — perguntou, me abraçando. Com os ombros se sacudindo de soluços, tentei falar.

— Tenho certeza de que Connor desistiu de mim.

— Querida, você não pode ter certeza. — Ele me abraçou e ficou sentado comigo no chão.

— Não sei. Peyton disse que ele está agindo normalmente. Como ele pode agir normalmente quando estou um caco?

— Os homens são diferentes, Ellery. Eles não mostram o que estão sentindo, como as mulheres. Dê um tempo para ele. Tenho certeza de que está tão abatido quanto você, mas não quer que Peyton saiba.

Balancei a cabeça e me levantei do chão.

— Obrigada, Mason, agradeço muito.

Ele me deu um abraço apertado e voltou para o seu apartamento.

Passei o resto do dia pintando uma visão que tivera de uma casa no estilo arquitetônico de Cape Cod, cercada por um gramado. Imaginei um muro baixo ao redor do terreno, e uma porta em arco dando para uma escada que levava a uma pequena praia privativa, com um barco e um farol. Pretendia pintar duas versões: uma de dia, e outra de noite. Tempo não me faltava, e pintar era minha fuga para outra realidade, onde podia encontrar paz e sossego.

Capítulo 31

Depois que eu tomava quinze comprimidos pela manhã, meu corpo tremia durante uma hora inteira. Até agora, era o único efeito colateral que eu tivera e, depois do que a quimioterapia fizera comigo, podia tirá-lo de letra. Tinha passado as duas semanas anteriores me ocupando com a pintura e curtindo a companhia de Mason e Landon, que logo se tornaram meus melhores amigos na Califórnia. Embora tentasse me manter ocupada, pensava em Connor dia e noite. Peyton me mantinha informada, e nada mudara; ele não estava movendo uma palha para me encontrar.

A solidão que sentia era a maior que já conhecera. Mesmo quando estávamos separados em Nova York, eu tinha o conforto de saber que ele estava na mesma cidade e que mais cedo ou mais tarde acabaríamos nos esbarrando, mas ele não estava na Califórnia, e a solidão era dez vezes pior. Checava meu e-mail todos os dias, na esperança de que me escrevesse, mas ele não fez isso, e nem eu, porque era óbvio que ele tinha me esquecido. Eu procurava sua foto na internet e pousava o pulso no coração. Às vezes, ver um retrato seu bastava para aliviar a dor, mas, na maioria das vezes, só servia para aumentá-la.

Dentro de dois dias, eu receberia a primeira série de injeções. Estava nervosa por não saber que tipo de efeito teriam sobre mim, por isso resolvi ir ao mercado pela manhã. Precisava estocar algumas coisas, para o caso de não poder sair do apartamento. Vesti um short cáqui, uma regata preta e um par de sandálias pretas de tirinhas que tinha comprado numa liquidação ao chegar a Los Angeles. Dei um pulo no apartamento de Mason e Landon e perguntei se precisavam de alguma coisa da rua; eles disseram que não, educados, mas agradeceram a oferta. Fui até o mercado na esquina e comprei vários itens para estocar na geladeira. Apreciei o calor da Califórnia enquanto voltava para meu apartamento.

Tirei da sacola a barra de Twix que estava louca para comer. Quando já quase chegava ao prédio, levantei os olhos e parei ao vê-lo encostado num Porsche preto conversível. Ele olhou para mim, sorrindo.

— A senhorita é uma moça difícil de se encontrar, Srta. Lane.

Foi como se o sopro da vida voltasse a insuflar meu corpo, e senti o coração disparar. Soltei as sacolas no chão e corri para Connor o mais depressa que pude. Ele não estava mais encostado no carro quando pulei e o rodeei com os braços e as pernas. Ele me estreitou entre os braços com força.

— Senti tantas saudades — sussurrou no meu ouvido.

— Eu também. Me desculpe.

— Shhh... nada de desculpas. A única coisa que importa é que te encontrei, e você está bem.

Levantei a cabeça, segurei seu rosto e o beijei apaixonadamente. Nossas línguas se encontraram num delírio de euforia, e nosso beijo de reencontro nos deixou sem fôlego. Lágrimas começaram a me escorrer pelo rosto, e ele me pôs no chão, secando-as com o polegar.

— Me deixa olhar para você — pediu, me virando. Então, me abraçou com força. — Você está tão linda como quando foi embora.

Mason e Landon saíram do prédio, aplaudindo. Virei a cabeça e sorri.

— Pessoal, esse é...

Mason levantou a mão.

— Nós já conhecemos esse bofe, Elle.

Olhei para eles, e então para Connor.

— O quê? Como?

— Seu namorado lindo e gostoso apareceu no escritório de locação querendo saber se você tinha alugado um apartamento aqui, e nós respondemos que SIM! Dissemos que você tinha dado um pulo no mercado, mas que voltaria logo.

Connor deu um beijo no alto da minha cabeça.

— Você fez amigos maravilhosos.

Tornei a abraçá-lo, e Mason e Landon vieram pegar as sacolas que eu tinha soltado na calçada. Connor passou o braço pelos meus ombros e fomos para o prédio.

— Está vendo? Não tem entrada privativa. — Sorri.

— Você está aprendendo. — Ele deu um risinho.

Levei-o ao meu apartamento. Mason e Landon entraram, puseram as sacolas na bancada e saíram depressa, Landon piscando para mim. Connor se virou e passou o dedo pelo contorno do meu queixo, pelos meus lábios.

— Você tem muitas explicações a me dar, mas, primeiro, vou fazer amor com você.

Prendi a respiração, meu corpo tremendo. Ele roçou os lábios nos meus, sua língua descendo pelo meu pescoço.

— Você tem um gosto delicioso. Faz tanto tempo, Ellery. Preciso de você. Preciso estar dentro de você.

Suas palavras soaram tão desesperadas quanto meu corpo se sentia, implorando a ele que me possuísse. Ele me pegou no colo e me levou para o quarto, seus lábios colados aos meus. Ele me pôs na cama e tirou minha blusa pela cabeça, jogando-a num canto. Suas mãos desceram pelas minhas costelas e quadris, e ele gemeu de leve. Abriu o sutiã e o jogou no chão. Suas mãos seguraram meus seios, acariciando os mamilos, a língua explorando meu umbigo. Ele subiu até os seios, mordiscando de leve um mamilo enquanto tirava meu short. Meu corpo estava pegando fogo, o desejo que eu sentia por ele muito mais forte do que antes. Ele nem precisava me tocar; meu corpo vivia em estado permanente de excitação na sua presença.

Puxei seu rosto para o meu e o beijei, mostrando o quanto precisava dele e o desejava. Ele gemeu, enquanto minhas mãos tiravam sua camisa, e cravei as unhas nas suas costas. Ele se afastou, descalçou os sapatos e tirou a calça. Fiquei observando seu corpo másculo, enquanto um incêndio devorava o meu. Ele passou os braços por mim e me levou para a cama, ficando alguns centímetros acima de mim, sem tirar os olhos dos meus.

— Você me faz sentir vivo como nenhuma mulher jamais fez.

Passei as mãos pelos seus cabelos arrepiados e puxei seu rosto para um beijo. Suas mãos foram dos meus seios até a beira da calcinha. Ele pressionou a ereção entre as minhas pernas e eu arqueei as costas, implorando por mais. Ele deslizou a mão até a frente da calcinha e gemeu.

— Ellery, você está toda molhada.

— É assim que você me deixa, Connor. Pode curtir cada centímetro.

Ele enfiou os dedos dentro de mim e os moveu, seu polegar descrevendo círculos, me deixando ainda mais excitada do que já estava. O desejo estava se tornando insuportável.

— Quero que você goze, Ellery, enquanto meus dedos estão dentro de você, te dando prazer.

Suas palavras me deixaram totalmente transtornada e eu gritei com o orgasmo incrível que esse homem me deu.

— Boa menina. — Ele sorriu.

Com ele ainda acima de mim e sua língua desenhando círculos no meu mamilo, segurei sua ereção e a acariciei, sentindo a umidade ao passar o dedo de leve pela ponta.

— Ah, meu Deus.

Seus lábios procuraram os meus, mas eu o empurrei e fiquei por cima. Ele sorriu, mordendo o lábio. Queria ficar no controle; queria lhe dar tanto prazer quanto ele me dava. Montei nos seus quadris, enterrando-o dentro de mim, e começando a me mover para cima e para baixo. Ele passou as mãos pelos meus seios, apertando os mamilos entre os dedos.

—Você é linda, principalmente quando te vejo assim — gemeu.

Eu me sentia inchada, balançando o corpo, me preparando para o orgasmo. Minhas mãos estavam plantadas com força no seu peito, como as dele nos meus quadris, me balançando.

— Olha para mim, Ellery, quero te ver gozar.

Mergulhei nos seus olhos, nossa respiração ofegante, balançando os quadris sem parar, cada vez mais depressa. Seus gemidos se tornaram mais altos, os olhos fixos nos meus.

— Não goza ainda, amor, quero que gozemos juntos — arquejou ele.

Flexionou os quadris embaixo de mim para ir mais fundo; não pensei que isso fosse possível, mas foi. Ele subia e descia comigo, nossos corpos se tornando um só.

— Ellery, goza comigo, amor. Quero que gozemos juntos, e quero ouvir o que faço com você.

Isso me fez perder o controle. Não pude mais me segurar, nem ele; depois de um último movimento, gozamos juntos, sem tirarmos os olhos um do outro.

Despenquei no seu peito, encostando a cabeça na curva do seu pescoço. Ele ficou passando as mãos pelas minhas costas, e beijei seu pescoço, aspirando seu cheiro maravilhoso. Nossos pulsos começaram a se normalizar, bem como nossa respiração. Ele me tirou de cima de si e fez com que me deitasse de frente para ele, afastando meus cabelos para trás das orelhas sem dizer uma palavra. Não precisava dizer nada; eu sabia exatamente o que estava sentindo apenas pelo modo como me olhava e tocava. Não queria jamais sair dessa posição; queria ficar assim para sempre.

— Me diz o que está pensando — pediu ele.

Segurei sua mão e a levei aos lábios.

— Estava pensando em como me sinto feliz por você ter me encontrado.

Ele sorriu daquele jeito que me enchia de desejo.

— Eu te disse que te encontraria. Lembre-se, sou um *stalker.*

Ri, passando os dedos pelo seu braço.

— Pode me seguir a hora que quiser, Sr. Black.

Ele se recostou, me puxando, e deitei a cabeça no seu peito.

— Como me encontrou? — perguntei.

Ele beijou o topo da minha cabeça.

— Vamos discutir tudo isso daqui a pouco quando sairmos para jantar. Estou morto de fome.

Levantei a cabeça, franzindo a testa para ele.

— Quer dizer que temos que sair da cama?

— Temos, amor, mas confia em mim, vamos voltar logo.

Dei um beijo nos seus lábios, e nos levantamos. Quando terminamos de nos vestir, fomos para a sala.

— Seu apartamento é muito bom, melhor do que o de Nova York.

Dei um tapa no braço dele quando passei.

— Para o seu governo, eu gosto muito do meu caixotinho em Nova York!

Ele sorriu e entramos na cozinha. Ele parou ao ver a fileira de quinze vidros de comprimidos em cima da bancada. Pegou um deles e começou a ler o rótulo.

— Quer me explicar o que é isto? — perguntou, lançando um olhar aflito para mim. Segurei suas mãos e o levei para o sofá.

— Estou participando de um teste clínico, e é por isso que vim para cá. — Ele já ia me interromper, mas pus o dedo sobre seus lábios. — Me deixa terminar.

Ele sorriu, enfiou meu dedo na boca e o chupou. Dei uma risadinha e o tirei, continuando a explicar:

— Tenho que tomar esses comprimidos todos os dias. Uma vez por mês, vou ao hospital e recebo três injeções. É um tipo de tratamento chamado "imunoterapia". Tenho que fazer isso durante três meses. Ao fim desse período, a médica vai fazer um exame de sangue para ver se estou livre do câncer; se não estiver, vou continuar por mais três meses. Nem sei se vai dar certo — disse, abaixando o rosto.

Ele levantou meu queixo para que eu o olhasse.

— Vai dar certo. Tem que dar.

— É só um teste, Connor. É a primeira vez que a droga é testada em pacientes, portanto, no momento, não sei o que pensar.

— Você é forte, Elle. É a pessoa mais forte e teimosa que já conheci na vida, e se há alguém que pode aguentar esse rojão é você, mas precisa parar de ficar fugindo de mim.

Segurei sua mão que acariciava meu rosto.

— Eu sei. É que estou com medo.

Ele segurou minhas mãos e as virou, olhando para as tatuagens, e deu um beijo em cada uma.

— Não precisa ter. Estou aqui, e vou te ajudar a passar por tudo isso. Mesmo que o tratamento não dê certo, não importa, vou rodar o mundo com você até descobrir algum que te cure, porque... — Respirou fundo e disse: — ... eu te amo, Ellery Lane, e vou te proteger.

Lágrimas me escorreram pelo rosto quando ouvi as palavras que ele nunca tinha dito a ninguém. Abraçando-o com todas as minhas forças, sussurrei no seu ouvido:

— Também te amo.

Seus dedos se enfiaram sob a barra da minha blusa e a tiraram. Meu coração disparou, ele me reclinou sobre o sofá e fizemos amor.

Capítulo 32

Connor saiu do banheiro quando eu estava calçando os sapatos.

— A propósito, foi uma manobra inteligente — comentou.

Dei meia-volta, olhando para ele.

— Que manobra? — perguntei.

— Jogar seu telefone na lata de lixo no aeroporto em Michigan.

Franzi o nariz.

— Pois é, eu sabia que você ia rastreá-lo, por isso tive que me livrar dele. Por falar nisso, como me encontrou? E por que demorou tanto?

Ele sorriu.

— Quer que eu diga a verdade ou o que VOCÊ quer ouvir?

Olhei para ele do outro lado do quarto, inclinando a cabeça.

— Hum... Que diga a verdade.

Ele riu.

— Tudo bem, mas você tem que me prometer que não vai ficar zangada comigo — disse, aproximando-se, mas não muito.

Mordi o lábio, franzindo os olhos.

— Tudo bem, prometo.

— Para ser sincero, eu te encontrei em menos de uma semana.

Ele percebeu minha raiva, porque retesei o queixo, balançando-o para os lados.

— Ei, você prometeu.

Engoli em seco.

— Continua.

— Você precisa se lembrar, Ellery, que com o dinheiro que eu tenho posso fazer e descobrir qualquer coisa. Mas reconheço que adorei a sua ideia de subornar a atendente para reservar sua passagem com um nome diferente, só que, infelizmente, ela gostou mais do meu dinheiro.

— Caramba, como você é trapaceiro.

Ele riu.

— Devo continuar?

Balancei a cabeça, cruzando os braços.

— Não fique zangada comigo pelo que vou contar — pediu ele, nervoso, passando as mãos pelos cabelos. — Eu mandei o meu técnico de informática hackear o seu computador através do seu endereço IP.

Comecei a respirar depressa, meus olhos arregalados de incredulidade.

— Foi quando vi que você estava procurando a Dra. Murphy, então fiz uma pesquisa, e foi o que me trouxe aqui.

Fechei as mãos em punhos e me aproximei. Ele levantou as mãos à sua frente.

— Você prometeu que não ficaria zangada.

Segurou meus pulsos quando me aproximei, me empurrando para trás.

— Não quero levar mais um tapa, aquele doeu.

— Ah, não precisa ter medo de levar um tapa, dessa vez você vai levar é um soco.

Ele riu, beijou meus pulsos e me abraçou.

— Me diz mais uma coisa — pedi.

— O que quer saber, amor?

— Se você descobriu em menos de uma semana que eu estava aqui, por que esperou tanto para vir? — A mágoa em minha voz era óbvia, e ele percebeu, com um suspiro, olhando para mim.

— Você não queria ser encontrada depressa, por isso preferi te dar um tempo. Você achou mesmo que eu ia te deixar passar seu aniversário sozinha?

Olhei para ele e sorri, encostando a cabeça no seu peito. O dia seguinte era meu aniversário de vinte e quatro anos.

Caminhamos de mãos dadas até a praia, ele estendeu um cobertor na areia quente e eu coloquei nossa cesta em cima dela.

— A gente podia ter ido a um restaurante.

Dei um tapa no braço dele.

— Adoro a praia, e não há nada mais romântico do que fazer um piquenique aqui.

Ele sorriu, passando o braço pelos meus ombros.

— Sexo na praia também é muito romântico. Podemos fazer isso também?

Senti a pele pegar fogo quando ele disse isso, e o desejo que já conhecia tão bem apareceu.

— Dá só uma olhada, meu querido. Tem um monte de crianças aqui.

Ele riu e abriu a cesta de piquenique, tirou um morango e o pôs na minha boca de um jeito sensual. Gemi um pouco ao morder a fruta.

— Se continuar fazendo isso, com ou sem gente ao redor, vou te possuir aqui e agora — sussurrou ele.

Sorri, mordendo o lábio.

— Calma, rapaz, temos tempo de sobra para isso.

Ficamos comendo, conversando e curtindo o calor do sol. Estava me inclinando para dar um beijo em Connor quando uma menininha de uns cinco anos de idade se aproximou e bateu no meu ombro.

— Não acho a mamãe — choramingou.

— Como é a sua mãe? — perguntei.

Ela esfregou os olhos com as mãozinhas.

— O cabelo dela é igual ao seu.

— Ah, isso certamente reduz muito as possibilidades — debochou Connor. Fuzilei-o com os olhos, e ele deu de ombros.

— Vem, querida, vamos ver se conseguimos encontrá-la, mas primeiro, como é o seu nome?

Ela inclinou a cabeça e fechou um olho.

— É Chloe.

— Prazer em conhecê-la, Chloe. Meu nome é Ellery, e esse é o meu amigo Connor — apresentei, apertando sua mãozinha. Connor olhou para mim, e então para a mãozinha que Chloe estendia em sua direção.

— Prazer em conhecê-la, Chloe — disse, sorrindo.

O jeito como apertou a mão dela me deixou toda derretida; tão carinhoso, tão puro. Levantei, dei a mão a ela e indiquei a Connor que fizesse o mesmo. Ele se levantou e segurou a outra mão dela, e ficamos andando de um lado para o outro pela praia. Finalmente, ouvi uma mulher gritar o nome de Chloe. Connor e eu nos viramos e vimos uma jovem baixinha de cabelos louros ondulados correr angustiada para a filha e abraçá-la.

— Chloe, você me deu um susto! — Ela se endireitou e olhou para mim e Connor. — Muito obrigada por tomarem conta dela.

Fiquei surpresa quando Connor rebateu, sem a menor cerimônia:

— Não há de quê, mas você precisa vigiar melhor a sua filha.

A moça cravou um olhar duro nele, pegou a mão de Chloe e se afastou.

— Connor, isso não foi nada simpático da sua parte.

Ele suspirou.

— Olha só para ela. Tem o que, uns dezenove, vinte anos? Nem deveria ter uma filha, ainda é uma criança.

Eu não sabia a que atribuir esse rompante, mas desconfiava que tivesse algo a ver com a irmã dele. Voltamos para o cobertor. Ele sentou com as pernas abertas e me acomodou sobre elas, minhas costas se recostando no seu peito firme.

— A última lembrança que tenho de minha mãe é na praia. Acho que é por isso que gosto tanto da praia; eu me sinto mais perto dela quando vejo o mar — disse baixinho, observando sua extensão azul.

Connor me abraçou com mais força e beijou o alto da minha cabeça.

— Me fala dessa lembrança.

Inclinei a cabeça para trás, e ele beijou meus lábios.

— Foram nossas últimas férias antes de ela morrer. Meu pai nos levou à praia porque ela queria ver o sol se pôr sobre o mar. Ainda me lembro dela sentada numa espreguiçadeira, com um chapéu de palha de aba ondulada e óculos de sol brancos. Eu estava fazendo um castelo de areia, e, assim que o sol começou a se pôr, ela me chamou e me sentou no seu colo. Apontou o pôr do sol e disse: "Está vendo, Ellery, não há nada mais bonito do que o sol se pondo sobre o mar. Quero que você se lembre de uma coisa: se alguma vez se sentir triste, sozinha, ou precisar conversar comigo, venha para cá, espere o sol se pôr e vou estar aqui com você."

Connor me virou de frente para ele. Acariciou meu rosto com as costas da mão, enquanto a outra envolvia minha cintura.

— Lembranças são a maneira como nos apegamos às coisas que amamos, e eu pretendo criar as lembranças mais lindas com você.

Fiquei observando seus olhos encantadores, e então beijei seus lábios úmidos. Senti-o ficar rígido sob as minhas coxas.

— Eu te amo, Connor Black — sussurrei.

Ele endureceu nosso beijo, passando as mãos pelos meus cabelos.

— Também te amo.

Levantei depressa e segurei sua mão, puxando-o atrás de mim.

— Aonde estamos indo? — perguntou ele, ajeitando-se.

— Você vai ver — respondi.

Levei-o até um farol que tinha notado horas antes, no final da praia. Torci para que a porta estivesse destrancada; girei a maçaneta e ela se abriu. Olhei para Connor, sorrindo.

— Ellery, o que está fazendo?

Fechei a porta e o puxei pela camisa, beijando-o apaixonadamente.

— Você disse que queria sexo na praia. Bem, isto é o melhor que posso te oferecer no momento. Vamos chamá-lo de "sexo no farol da praia".

Ele soltou um resmungo, mas seu rosto logo se alegrou.

— Sua taradinha — disse, me empurrando contra a parede.

Suas mãos subiram pela minha blusa até os seios, a língua explorando meu pescoço. Desabotoei sua calça e o peguei na mão. Ele gemeu quando meus dedos percorreram seu comprimento. Ele abaixou meu short e minha calcinha com um único gesto e enfiou os dedos em mim, certificando-se de que eu estava pronta para ele. Não perdeu tempo, pegando sua virilidade e me penetrando, não com delicadeza, mas com tanta brusquidão e força que me fez gritar. Ele avançava e recuava dentro de mim no que parecia ser a velocidade da luz, me beijando ferozmente. Segurou meus pulsos e os prendeu acima da cabeça com uma das mãos, enquanto a outra levantava minha perna até o seu quadril. Essa brutalidade era algo que eu nunca tinha experimentado, e me perguntei se era o sexo que ele costumava fazer com as outras mulheres. Meu corpo explodiu em chamas e ele me levou ao limite.

Gemi seu nome, e ele ordenou:

— Diz que quer que eu te coma. Quero ouvir você dizer isso.

Fiz sua vontade, dizendo o que ele queria ouvir. Ele afundou num último golpe dentro de mim que nos fez gemer e gozar juntos. Enterrou a cabeça na curva do meu pescoço e soltou meus pulsos, e eu o abracei com força. Enquanto nossa respiração se normalizava, ele levantou a cabeça e encostou a testa na minha.

— Você está sempre me surpreendendo.

Sorri.

— Vamos embora para casa.

Capítulo 33

Iremos para casa — uma ideia agridoce. Connor caminhou até o cavalete e olhou para o quadro com um ar intrigado.

— Devo dizer, Ellery, que você é uma artista muito talentosa. Esse quadro está magnífico.

Fui até ele e enfiei as mãos nos bolsos traseiros do seu jeans, pousando o queixo no seu ombro.

— Obrigada. É um vislumbre do meu futuro. Parece tão tranquilo.

— Está lindo. Sugiro que fique com ele em vez de vendê-lo.

Dei um beijo no seu rosto.

— Talvez faça isso.

Fiquei em silêncio por um momento, observando a profundidade de minha pintura.

— Eu ia te contar.

Ele segurou minhas mãos, passando meus braços pela sua cintura.

— Me contar o quê?

Respirei fundo.

— Que vinha para cá ver a Dra. Murphy. Queria conversar com você sobre o assunto naquele dia, mas você estava muito zangado. Eu te ouvi falando com a Ashlyn no celular, quando estava no escritório.

Ele abaixou os olhos.

— Desculpe, Ellery. Nunca devia ter dito aquelas coisas para você. Eu estava... — Não conseguiu encontrar as palavras que precisava dizer, por isso o interrompi.

— Você precisa me contar sobre ela, Connor. Nunca vamos poder levar nossa relação adiante se não fizer isso, e acho que tenho o direito de saber.

Ele se virou para mim, encostando a testa na minha.

— Eu sei, e vou fazer isso, mas não hoje.

Eu começava a me perguntar se algum dia ele iria me contar, porque se não, eu teria que descobrir por conta própria, algo que não queria ser obrigada a fazer. Suspirei, e fomos para o quarto.

Acordei na manhã seguinte com o pescoço sendo coberto por beijinhos. Sorri, me virando para o homem sexy que deixava meu corpo todo arrepiado.

— Feliz aniversário, amor — disse ele, com um sorriso, beijando meus lábios.

Entrelacei nossos dedos e me aconcheguei no seu peito.

— Obrigada.

Estava pasma de ver como as coisas tinham mudado depressa. Não muito tempo antes, estava apavorada que esse dia chegasse, com medo de ter que comemorá-lo sozinha. Não que fosse comemorá-lo, pois haviam se passado apenas oito anos desde que meu câncer fora diagnosticado pela primeira vez, e agora lá estava eu, enfrentando a mesma situação, mas a presença de Connor amenizava o sofrimento; ele me fazia sentir segura e feliz.

— Não saia daí — falou, levantando depressa da cama. Mordi o lábio, esperando ansiosamente que voltasse.

Usando apenas uma calça de pijama cinza-escuro, ele entrou todo vaidoso no quarto, carregando uma bandeja. Não pude deixar de prender a respiração ao olhar para aquele peito escultural e aqueles quadris que a calça baixa revelava. Connor Black sabia que era sexy, e não fazia a menor cerimônia em se exibir para mim. Ele pousou a bandeja sobre as minhas pernas e sentou ao meu lado. Com um sorriso de orelha a orelha, olhei para os ovos mexidos, bagels, frutas e bacon à minha frente.

— Como? Quando? Onde?

Ele riu, pegando meu garfo e espetando os ovos mexidos.

— Como você não tinha nada em casa além de ovos, dei um pulinho na cafeteria da esquina.

Sorriu, abrindo a mão e me entregando a dose diária de quinze comprimidos; nem preciso dizer que revirei os olhos. Então, ele pegou o garfo, levando-o à minha boca, e aceitei os ovos que me oferecia.

— Você é incrível — comentei, sorrindo.

Tomei o garfo da sua mão e dividi com ele os ovos e o bacon. Sentia crescer dentro de mim uma felicidade que nunca imaginara que pudesse existir. Estava feliz demais, e isso me assustava; morria de medo, sem conseguir parar de pensar que nada dura para sempre, e não queria que essa sensação jamais passasse.

— Hora dos presentes! — Ele sorriu, enfiando o braço debaixo da cama. Puxou três caixas embrulhadas em lindos papéis, e então tirou a bandeja do meu colo.

— Adoro presentes! — exclamei, encantada.

A expressão no seu rosto era de puro êxtase. Estava tão feliz quanto eu naquele momento. Ele me entregou a primeira caixa, e desembrulhei-a com todo o cuidado. Meu queixo caiu quando tirei um iPhone novo em folha de dentro dela.

— O número é o mesmo do seu velho celular. Aquele que você jogou fora, lembra? — Deu um riso irônico. — Quem joga fora um celular? — Balançou a cabeça.

Bati no seu braço, brincalhona.

— Eu sou doida, lembra?

Ele riu, dando um beijo na minha testa. Liguei o celular e, na mesma hora, apareceram três mensagens de amigos me desejando feliz aniversário.

A de Peyton dizia: *Feliz aniversário, sua cachorra! Brincadeirinha, você sabe que eu te adoro. Me liga, temos mil notícias para pôr em dia. A propósito, transa bastante no seu dia, você merece.*

Balancei a cabeça, rindo. Connor sabia como Peyton era, por isso nem precisou perguntar o que ela tinha dito; deu para ver pela minha reação.

Tirou o celular da minha mão e o pôs na cama, enquanto me entregava a caixa seguinte. Sorri, mordendo o lábio, desembrulhando a linda caixa prateada na maior ansiedade, excitada como uma criança na manhã de Natal. Tirei a tampa e olhei para o interior, onde havia uma deslumbrante pulseira de prata com o símbolo do infinito incrustado em brilhantes. Soltei uma exclamação, passando o dedo pelos brilhantes.

— Connor, eu... adorei! É o presente mais lindo que já recebi.

Ele tomou a caixa da minha mão e tirou a pulseira. Abriu o fecho e a pôs no meu pulso.

— Eu te amo, Ellery. Não só por quem você é, como pela pessoa que me tornei por sua causa. Essa é a minha eternidade para você.

As lágrimas incontroláveis que pareciam infernizar meu rosto nos últimos tempos começaram a escorrer, mas logo foram interrompidas pela reação de Connor.

— Não, não faça isso! Não quero ver lágrimas no seu aniversário, nem que sejam de alegria. Eu proíbo! Está me entendendo, Srta. Lane?

Não pude deixar de cair na risada ao ouvir seu tom autoritário. Dei um abraço tão forte nele quanto pude, colando minha boca à sua. Ele correspondeu, mas logo interrompeu nosso beijo.

— Você ainda tem mais um presente para abrir.

Sorri, me recostando no travesseiro.

— Você está me mimando.

Ele me entregou uma caixa comprida, sorrindo. Peguei-a e, com todo o capricho, comecei a desembrulhá-la como as anteriores. Tirei a tampa e observei o vale-presente no interior. Olhei para Connor, as lágrimas brotando nos olhos.

— Não faça isso, nada de lágrimas.

Dessa vez, não consegui me conter, a emoção tomando conta de mim, pois o vale dentro da caixa era de duas passagens para Paris. Ele olhou para mim, secando as lágrimas sob meus olhos.

— Sei que seu sonho é ir a Paris, porque vi naquela lista que você esconde na escrivaninha, e assim que a sua médica disser que você pode viajar, vamos embarcar no primeiro voo para lá e ficar o tempo que você quiser.

Mal podia acreditar que ele tinha se lembrado do que estava na lista, tendo dado uma olhada nela apenas por um breve momento. Eu estava assombrada com o amor que recebia desse homem — um homem que, até pouco tempo atrás, não era capaz de amar ninguém. Sentei sobre as suas pernas, segurando seu rosto.

— Obrigada por tudo. Te amo, Connor Black — disse, beijando-o, e passei as duas horas seguintes demonstrando o quanto estava grata.

O dia foi perfeito. Todos os dias eram perfeitos em companhia de Connor. Mesmo que estivéssemos presos numa caverna no fim do mundo, o dia ainda seria perfeito. Mason e Landon iriam nos levar a um barzinho descolado no centro de Los Angeles para comemorarmos meu aniversário. Eles já tinham planejado tudo antes de saberem que Connor chegaria, mas ele topou, dizendo que seria divertido.

Capítulo 34

Entramos no bar, e Mason nos conduziu por entre a multidão de pessoas até um reservado nos fundos. O lado em que sentamos foi o do palco e do piano, onde as bandas locais se apresentavam. Mas não havia nenhuma aquela noite; o microfone estava aberto para qualquer cliente que quisesse exibir seu talento.

Sentamos num reservado redondo, eu no meio, Connor de um lado, Landon e Mason do outro. Uma garçonete ruiva, usando uma minissaia preta minúscula que mal cobria seu traseiro e uma regata que praticamente deixava os peitos de fora, veio até nossa mesa para perguntar o que queríamos beber. Landon e Mason pediram dois martínis, e Connor quis um uísque. Dava para ver que se sentia constrangido, porque a mulher o olhava de alto a baixo, em vez de anotar meu pedido, e ele estava com medo de que eu fizesse algum comentário como o que fizera no restaurante de frutos do mar. Ele olhou para mim e viu que eu já me preparava para dizer alguma coisa, por isso resolveu interferir, passando o braço pelos meus ombros.

— Minha namorada vai tomar um copo de vinho branco. — Sorriu para a garçonete. Ela me olhou de alto a baixo.

— Ah, pensei que ela estivesse com um deles.

Comecei a me remexer na cadeira, e Landon me puxou para mais perto.

— Querida, ela está com nós três, e devia só ver as coisas incríveis que faz conosco ao mesmo tempo. Ah, meu Deus, é o máximo!

A garota olhou com ar enojado para ele e se afastou, enquanto nós três trocávamos um toca aqui e Connor apenas balançava a cabeça. Eu me aconcheguei a ele, absorvendo seu cheiro que já começava a me encher de desejo.

— Não fique com ciúme, amor. Você sabe que eu te amo mais.

Ele riu, passando a mão do próprio colo para a minha coxa, e a deslizou pela saia acima, parando assim que os dedos chegaram à renda da calcinha. Meu corpo tremia, e ele abriu um sorriso. A garçonete trouxe nossas bebidas e, sem tirar os olhos de mim por um segundo, colocou-as na mesa.

Mason se inclinou para mim.

— Acho que ela gostou de você.

Ri e dei um gole no meu vinho.

— Só um copo, entendeu? Não acho que deva beber enquanto estiver sob medicação. Além disso, você tem que tomar suas injeções amanhã — relembrou Connor, seus dedos avançando por baixo da renda e tocando a pele nua. Levei um susto ao sentir seu toque.

— Obrigada por sua preocupação. Vou interpretar isso como um conselho — respondi, entre os dentes.

Mason e Landon pediram licença ao avistar um casal de amigos do outro lado do bar. Connor sorriu quando eles se afastaram, e então pegou meu queixo e o virou para o seu rosto.

— Quer que eu pare? — perguntou, sedutor. Minha respiração ficou ofegante, e ele acariciou de leve a zona que agora pulsava por ele.

— O que vai me obrigar a fazer? Gozar na frente de todo mundo? — perguntei, quase sem fôlego.

Ele me deu aquele sorriso sedutor e virou meus quadris de modo a que eu ficasse de frente para ele no reservado.

— Esse era o meu plano, mas você tem que agir como se nada estivesse acontecendo.

Enfiou um dedo em mim com delicadeza, e mordi o lábio. Olhei ao redor, para ver se alguém prestava atenção, mas todo mundo estava bebendo, dançando e conversando. Minha pele começou a pegar fogo, o coração disparado quando ele enfiou outro dedo e começou a acariciar o ponto mais sensível com o polegar.

— Ah, que merda — soltei, escondendo o rosto na curva do seu pescoço.

Passei o braço por ele para dar a impressão de que o abraçava, enquanto seus dedos avançavam e recuavam.

— Por que está fazendo isso comigo? — perguntei, sentindo que ele começava a me deixar à beira do orgasmo.

Ele levou os lábios ao meu ouvido.

— Porque gosto de te dar prazer, e sei que você quer. Você está toda molhada, Ellery.

Meu corpo já se preparava para sair do ar, e ele sabia, podia sentir.

— Lembre-se, você precisa ficar quieta.

Era fácil para ele falar. Não era ele que estava ficando excitado em um lugar público, nem era tão fácil assim ficar quieta quando Connor Black estava me deixando à beira de um orgasmo. Apertei mais sua nuca, afundando os dedos na pele delicada. Minha boca estava no seu pescoço, mordiscando-o de leve; ele começou a gemer. Desafio aceito — hora da revanche.

Meu corpo chegou ao limite. Fechei os olhos com força, apertei a boca no seu pescoço e gozei nos seus dedos. Mordisquei o lóbulo da sua orelha, o que o deixou louco. Assim que viu que meu orgasmo tinha acabado, pegou minha mão e levantou do sofá.

— O que está fazendo? Aonde estamos indo? — perguntei, aos risos, minhas pernas tremendo incontrolavelmente.

Ele me levou por um corredor estreito e abriu uma porta que dava para um armário. Entrou comigo e fechou a porta. O lugar era escuro, e a única luz que se podia ver era a que entrava por baixo da porta. Ele levantou minha saia e abaixou a calcinha. Tentei fazer o mesmo com sua calça, que já estava ao redor das coxas. Ele me imprensou contra a porta e se abaixou, lambendo com prazer a área inchada. Passei as mãos pelos seus cabelos, enquanto ele continuava a girar a língua, lambendo e chupando, fazendo com que me controlar se tornasse insuportável. Então, parou e me penetrou, apoiando as mãos na porta de cada lado meu, e se movendo depressa até gozar e encher minhas entranhas com seu prazer.

— Feliz aniversário, amor — arquejou no meu ouvido.

— Você tem um complexo de poder — sussurrei, recobrando o fôlego. Ouvi seu risinho.

— Foi você quem me levou ao farol; estou só retribuindo o favor.

— Mas logo num armário, Connor?! — Ri.

— Ora, a gente tem que se contentar com o que encontra, não é?

Abri a porta com cuidado e ele deu uma olhada no corredor, para ver se não vinha ninguém. Saímos do armário e atravessamos o corredor com o ar mais natural do mundo, como se nada tivesse acontecido. Voltamos para a mesa, à qual Mason e Landon estavam sentados.

Eles olharam para nós, e Landon começou a perguntar:

— Onde é que vocês...

Mas foi interrompido por Mason, que gritou:

— Ah, meu Deus, eles estão com cabelo de sexo! Acabaram de fazer amor selvagem em algum lugar.

Não dei uma palavra, mas os sorrisos que Connor e eu exibíamos respondiam à sua pergunta.

Mason e Landon perguntaram se estávamos prontos para ir embora, porque tinham um bolo de aniversário esperando por mim em casa. Sorri, e Connor acenou para que a garçonete trouxesse a conta. Pedi licença para ir ao banheiro retocar a maquiagem e dar um jeito no cabelo. Estava voltando para a mesa quando notei que a garçonete estava lá, debruçada, com o decote enfiado na cara de Connor. Vi que ele estava com os olhos colados em mim, em pânico, se perguntando o que eu estaria pensando. Fui até a mesa e dei um tapa no ombro da garçonete.

— Com licença, minha filha, o que pensa que está fazendo?

Ela se virou e olhou para mim.

— Escuta aqui, sua piranha, se você dá para os três, pode muito bem me deixar dar uma provadinha nesse gostoso aqui. — Sorriu para Connor.

A expressão dele foi de pânico total, seus olhos fixos no meu rosto.

— Quem é que você está chamando de piranha?! — gritei com ela.

Connor saiu do reservado e passou o braço pelos meus ombros.

— Vem, vamos embora. — E tratou de me tirar depressa do bar, sob os risos de Landon e Mason.

— Ah, meu Deus, Elle, você já pôs as garras para dentro? — perguntou Mason, chorando de rir.

Connor deu um beijo na minha têmpora.

— Não posso te levar a lugar nenhum.

Olhei severa para ele.

— A culpa não é minha, e sim sua e dessas cachorras que você atrai.

Rindo, ele me pegou no colo e me levou para o carro.

Capítulo 35

CONNOR

Comemorar o aniversário dela em sua companhia foi o melhor dia da minha vida, quer dizer, depois daquele em que a encontrei na minha cozinha. Entrei na sala com um lindo bolo redondo de três palmos de altura, com vinte e quatro velas acesas. Coloquei-o na sua frente e a vi sorrir e fechar os olhos, fazer um pedido e então soprar as velas. Sua doçura e inocência me encantavam e me faziam sentir de um jeito de que eu nunca imaginara ser capaz. Seu sorriso, suas risadas e a forma como brincava com os cabelos quando estava nervosa estavam entre as coisas que eu mais amava nela.

Dei a ela a faca para cortar a primeira fatia e ela a pegou com seus dedos delicados. Fiquei vendo-a cortar cada fatia com todo o capricho. Ela olhou para mim com seus olhos azul-claros, hipnóticos e cheios de vida.

— No que está pensando? — perguntou.

Um sorriso se abriu no meu rosto, e respondi:

— Estava pensando no quanto te amo. — As palavras que eu nunca tinha podido dizer agora fluíam dos meus lábios tão facilmente quanto meu amor por ela. Rindo, ela pôs uma bolota de glacê na ponta do meu nariz. Então a limpou, levando o dedo à minha boca, e eu o lambi lentamente. Vi o fogo se acender nos seus olhos, como sempre que ela olhava para mim.

Não podia extinguir o pavor que devorava meu coração por causa de sua doença. Não queria acreditar que ela não iria melhorar, mas havia uma parte minúscula de mim que morria de medo de que não melhorasse. Eu bancava o corajoso por ela, porque precisava de mim. Precisava que eu fosse sua rocha, e não iria deixá-la na mão.

Estava deitado na cama, lendo meus e-mails, esperando que ela saísse do banheiro. Ela abriu a porta e entrou no quarto, ainda escovando os dentes, procurando freneticamente por alguma coisa.

— Que é, amor? — perguntei. Ela murmurou algo, mas não entendi por causa da escova e da espuma. Ela levou a mão livre ao ouvido.

— Está procurando seu celular?

Ela fez que sim com a cabeça. Sorri e tirei-o dentre os lençóis. Ela sorriu para mim, levantando o polegar, voltou para o banheiro e cuspiu a pasta de dentes na pia.

— Obrigada, amor! — gritou.

Voltou para a cama e ficou olhando o celular, checando as mensagens antes de puxar as cobertas e se deitar. Então se aconchegou no meu peito, e eu a abracei. A sensação foi boa demais, e ela deu um beijo no meu peito e lentamente pegou no sono.

Capítulo 36

ELLERY

Quando entrei no hospital Cedars Sinai Grace, mordi o lábio, apertando mais a mão de Connor.

—Vai dar tudo certo, Elle — disse ele, carinhoso. — Estou aqui, com você.

— Eu sei. Só estou um pouco nervosa — respondi, ficando séria.

Ele passou o braço pelos meus ombros e me puxou para si, me dando a única segurança que eu já conhecera na vida. Entramos na sala de espera do consultório da Dra. Murphy, e a recepcionista loura de pernas compridas nos disse para sentarmos. Não muito depois, a loura chamou meu nome e nos levou até uma saleta, me entregou um robe e me disse para vesti-lo, enquanto observava meu namorado dos pés à cabeça, dando mil olhares insinuantes para ele. Connor se virou para não ter que vê-la, enquanto eu olhava para minhas mãos, me perguntando se devia levantar e dar um tapa naquela atrevida. Quando ela viu minha cara, tratou de sair depressinha da sala.

A Dra. Murphy entrou, segurando uma bandeja de metal com três seringas enormes.

— Bom dia, Ellery. Está pronta para a primeira série de injeções?

— Acho que mais pronta do que isso não vou ficar — respondi, nervosa.

— Me diga como está se sentindo neste exato momento.

Olhei para ela, franzindo os olhos.

— Assustada e insegura. É assim que estou me sentindo.

Ela segurou minha mão.

— Sei que você está com medo, mas prometo que esse tratamento vai ser fichinha, comparado com a quimioterapia. Os outros pacientes que receberam as injeções recentemente não tiveram qualquer efeito colateral.

— Isso é ótimo, Dra. Murphy, mas a senhora nem sabe se elas estão fazendo efeito.

Ela apertou os lábios, e Connor se aproximou, pondo as mãos nos meus ombros.

— Estou confiante de que vão fazer. Tenha fé, Ellery.

Dei um sorriso desanimado, e ela me pediu para deitar na cama. Olhou para Connor.

— Ela vai precisar de sua ajuda. Sugiro que segure as mãos dela.

Olhei para a Dra. Murphy, alarmada.

— Por quê? — perguntei.

Ela soltou um longo suspiro.

— Ellery, não vou mentir para você, essas injeções são muito dolorosas. Você vai se sentir como se tivessem ateado fogo ao seu corpo, mas é apenas temporário, e precisamos mantê-la aqui em observação durante algumas horas, para termos certeza de que não haverá outros efeitos colaterais.

Connor sentou ao lado da cama, e eu me virei para ele. A Dra. Murphy chamou a enfermeira e pegou a primeira injeção. Connor segurou minhas mãos, seus olhos fixos nos meus.

— Olha para mim, amor, procura se concentrar só em mim, tá?

Concordei, e a Dra. Murphy inseriu a agulha da primeira injeção. Dei um gritinho ao sentir a picada, meus olhos se enchendo de lágrimas. Pouco depois, uma violenta ardência de queimadura se espalhou pelo meu corpo inteiro.

— Tudo bem, Ellery, vou dar a segunda — avisou a Dra. Murphy, perfurando minha pele com a agulha.

Dessa vez meu grito foi mais alto, pois a ardência se intensificou. Soltei a mão de Connor, agarrando sua camisa com as duas mãos, e ele me abraçou. Gritei, o rosto enfiado no seu peito, quando a última agulha entrou no meu corpo.

— Por favor, Dra. Murphy, não há nada que possamos fazer por ela? — perguntou Connor, em desespero.

— Sinto muito, Sr. Black. Temos que deixar as coisas seguirem seu curso, mas é apenas temporário. Vou voltar daqui a uma hora para ver como ela está passando. Se precisar de alguma coisa, ou se ela tiver alguma reação, aperte esse botão imediatamente.

Ele assentiu, e a Dra. Murphy saiu da sala. Meu corpo parecia ser devorado por labaredas, e minha alma tentava escapar.

— Está tudo bem, meu amor. Me segura com força — repetia Connor, abraçando meu corpo trêmulo. A essa altura, eu já não sabia mais o que era pior, isso ou a quimioterapia.

Dois dias se passaram, e ficamos quase todo o tempo em casa. Cozinhamos juntos, transamos muito e assistimos a vários filmes. Quando Connor precisava trabalhar, eu sentava diante do cavalete e pintava. Sorri para ele, que estava sentado à mesa digitando no notebook, conduzindo uma reunião de negócios com seus funcionários. Eu me sentia feliz; tudo parecia estar nos eixos. Pela primeira vez em muito tempo, eu alimentava esperanças de ter um futuro, e de que esse homem viesse a ser parte dele.

Na manhã seguinte, acordei sem a menor vontade de me levantar, por isso continuei deitada e tentei dormir, mas ouvi Connor falando com alguém ao telefone.

— Exatamente, mãe, vou levar uma pessoa comigo. Ela é muito especial, e quero que você a conheça.

Foi então que me lembrei de que o Dia de Ação de Graças era na semana seguinte. Connor entrou no quarto e, quando abri os olhos, vi que me observava. Ele sorriu, vindo sentar na beira da cama.

— Como está se sentindo? — perguntou, seu dedo percorrendo o contorno do meu queixo.

— Estou bem. Ouvi você no telefone.

— Estava falando com a minha mãe.Vou te levar para passar o Dia de Ação de Graças com a minha família.

Por mais que quisesse conhecer a família dele, eu era uma vítima de câncer com um péssimo prognóstico, e não sabia como eles reagiriam a isso.

— Você contou à sua mãe sobre mim?

— É claro que contei, e ela está louca para te conhecer. Vai te adorar.

Umedeci meus lábios secos.

— Eu quis saber se você contou a ela que tenho câncer.

Ele ficou me observando e vi a dor em seus olhos, o que deixou claro que não contara.

— Por que não contou a ela, Connor?

Ele olhou para a janela.

— Não tive oportunidade, nem é algo que queira fazer pelo telefone, Elle.Acho que é um assunto para ser conversado pessoalmente.

— Está me dizendo que pretende jogar a bomba em cima dela no Dia de Ação de Graças? Oi, Família Black! Sou Ellery Lane, a namorada do seu filho que está com leucemia pela segunda vez em vinte e quatro anos de vida e não passa de um lixo canceroso.

Ele se levantou da cama.

— Nossa, Elle, você sabe mesmo como estragar um momento.

Senti uma briga a caminho, mas não me importei. Estava irritada com ele por não ter contado à mãe.

— Eu converso com ela antes do Dia de Ação de Graças, e assunto encerrado.

Seu tom autoritário fez meu sangue ferver.

— Não, Connor. O assunto não está encerrado, e não se atreva a falar comigo nesse tom!

Ele deu as costas à janela e olhou para mim.

— Está tentando começar uma briga?

— Só quero que me diga por que ainda não contou a ela.

Ele me fuzilou com um olhar furioso.

— Quer mesmo saber por quê? Não consegui fazer coisa alguma porque estou preso aqui, tomando conta de você!

Será que eu tinha ouvido aquele cachorro direito? Será que ele tinha mesmo acabado de dizer que estava *preso* ali tomando conta de mim? Senti minha pressão subir, como se tivesse levado uma punhalada no coração. Ele se deu conta do que dissera, porque voltou a se virar para a janela, passando as mãos pelos cabelos.

— Preso? Você não está preso aqui, Connor. Não te pedi para vir, e muito menos para cuidar de mim.

Ele se virou para mim.

— Amor, não foi isso que eu quis dizer.

Mas o único pensamento que latejava na minha cabeça insana era que ele se sentia preso.

— Sai daqui! — gritei, pegando um copo e atirando-o em sua direção. Ele se desviou, balançando a cabeça.

— Tudo bem, se é isso que você quer!

E, sem mais nem menos, deu as costas e foi embora. Tremi ao ouvir a porta do apartamento sendo batida. Pouco depois, o celular me alertou para uma mensagem de Mason. *Está tudo bem? Acabamos de ver Connor saindo do prédio feito uma fera.*

Meus dedos digitaram freneticamente: *Estou bem. Conversamos amanhã.*

Liguei para Peyton e suspirei de alívio quando ela atendeu.

— Oi, Elle.

Nem consegui dizer a palavra "oi" primeiro.

— Connor e eu brigamos, e ele saiu furioso de casa. — Comecei a chorar.

Ela perguntou qual fora o motivo da briga, e contei a ela sobre o comentário que ele fizera sobre se sentir preso. Fiquei chocada quando ela começou a gritar comigo na mesma hora.

—Você sabe que eu te adoro, Elle, mas vou dizer isso para o seu próprio bem. Você precisa parar de olhar para o próprio umbigo e começar a pensar nos outros! Sei que está doente, e lamento por isso, aliás, detesto não poder estar ao seu lado, mas você precisa parar de sentir pena de si mesma e pensar no que Connor está passando. Acha que é fácil para ele ver a única mulher que já amou enfrentar um câncer? Ele precisa desabafar também, entende? Você não é a única que tem o direito de gritar e ficar furiosa com o mundo.

Nem pude falar. A constatação de que Peyton tinha razão me deixou paralisada.

— Elle, você ainda está aí?

Suspirei.

— Estou, e obrigada. Como sempre, você está coberta de razão. — Senti seu sorriso do outro lado da linha.

— Não precisa me agradecer, e é para isso que são os amigos. Agora, dá um desconto para o cara e pensa como ele deve estar se sentindo.

Desliguei e me levantei da cama. Fui até o local onde o copo se estilhaçara, fiquei de joelhos e comecei a recolher os cacos. Como pudera não perceber os sentimentos de Connor? Como pudera não parar de lamber minhas feridas por um momento e ver como tudo isso era difícil para ele? Fiquei imóvel, olhando para os cacos de vidro, quando ele segurou minha mão.

— Não, assim você vai se cortar — sussurrou.

Respirei fundo e virei a cabeça lentamente para ele.

— Me desculpe, eu...

Ele segurou meu rosto entre as mãos.

— Eu sei, meu amor, e está tudo bem.

— Não está não, Connor. Sei que isso é difícil para você, e lamento muito.

Seus lábios macios roçaram os meus.

— Está tudo bem sim, meu amor. Não quis dizer o que disse. Foi mal.

Ele me envolveu em seus braços, e eu me senti derreter neles.

— Eu sei que você não quis dizer aquilo, e nem eu devia ter feito uma cena.

Ele deu um beijo na minha cabeça. Lancei um olhar implorante para ele, fazendo beicinho.

— Aonde você foi?

Ele sorriu, olhando para o meu lábio esticado, e deu uma mordiscada nele.

— Comprar uma coisa para você.

Ficou de pé e me ajudou a levantar. Foi até a cômoda e me trouxe uma sacola em papel pardo. Sorri, encantada, abrindo a sacola e dando uma espiada no seu interior. Olhei para ele, que exibia um grande sorriso, e ele me puxou pela mão até a cama. Esvaziei a sacola no meio dela e fiquei olhando para a pilha de barras de chocolate à minha frente.

— Imaginei que isso te faria se sentir melhor — disse ele, cauteloso.

—Você é simplesmente incrível! Te amo — disse, passando os braços pelo seu pescoço e puxando-o para cima de mim. — Sei de mais uma coisa que vai me fazer me sentir melhor.

Ele mordeu o lábio.

—Tem certeza de que está a fim?

Levantei a cabeça e o beijei apaixonadamente; foi o único sinal de que ele precisou.

Capítulo 37

Levantei da cama na manhã seguinte e fui até a cozinha, ainda cambaleando de sono, para tomar café, que já estava pronto. Connor estava sentado no sofá com uma caneca, digitando alguma coisa no celular.

— Oi, amor, espero não ter te acordado — disse ele.

— Não, não acordou. O que está fazendo?

— Precisamos conversar. Senta aqui.

Senti um nó de pânico no estômago, porque seu tom era sério. Sentei ao seu lado e dei um beijo no seu rosto. Ele sorriu, pondo o celular na mesa.

— Tenho que voltar a Nova York hoje para uma reunião sobre a compra de uma empresa em que estou interessado, e quero que você venha comigo.

Fiquei olhando para ele, o rosto contraído.

— Será que eu posso ir?

— Por que não? Você só vai tomar a próxima série de injeções no mês que vêm. Nós vamos hoje, passamos o Dia de Ação de Graças e voltamos antes da sua próxima sessão.

Um sorriso se abriu no meu rosto.

—Vou poder ver Peyton. Ela vai ficar eufórica! E vou ver meu apartamento.

Connor franziu a testa.

—Você não vai ficar naquele caixote que chama de apartamento.Vai ficar comigo!

Fiz beicinho para ele.

—Vou ter que ficar no quarto de hóspedes?

Ele riu, pondo a mão no meu rosto.

— Quarto de hóspedes, uma ova. Quero você na minha cama!

Voltamos para Nova York no seu jatinho particular. Corri para Denny ao vê-lo encostado na limusine preta e o abracei.

— Denny, que saudade! Como vai você?

Ele sorriu, rodopiando comigo.

— Nossa, Elle, você está com ótima aparência.

Vi Connor dar um sorrisinho, enquanto guardava nossas malas no porta-malas.

— Desculpe, Sr. Black, deixe que eu faço isso para o senhor.

— Não, Denny, tudo bem. Ela estava louca para te ver; sentiu saudades.

Denny olhou para mim e me deu um abraço.

—Também senti saudades suas, e é bom ver esse rosto sorridente e feliz de novo.

Sentei no banco de trás da limusine e Connor me seguiu, entrelaçando nossos dedos.

— Liguei para Peyton, disse que tinha chegado e que precisava que ela me ajudasse com um assunto relacionado a você. Ela vai dar um pulo lá em casa por volta das sete da noite.

—Você não contou a ela que eu vim?

Ele apertou mais minha mão.

— Não, queria que você fizesse uma surpresa para ela.

Encostei a cabeça no seu ombro.

— Eu te amo.

Chegamos à cobertura por volta das cinco da tarde. Connor levou nossas malas para o quarto, e fui à cozinha tomar um copo d'água. Subi a escada e segui direto para o quarto. Só tinha estado no quarto dele uma vez, quando o levara para casa da boate. A porta estava aberta, por isso entrei, e soltei uma exclamação ao ver o que vi. Connor se virou, olhando para mim.

— Ah, esqueci que você não tinha mais estado aqui.

Meus olhos foram para a direita, acima da cama, e então para o lado esquerdo do quarto. Cada parede exibia um dos meus quadros da galeria.

— Foi você quem comprou meus quadros?

Ele levantou as mãos.

— Por favor, me diz que não está zangada.

Olhei para o quadro acima da cama, o do casal dançando ao luar.

— Não estou. Só quero saber por quê.

Ele suspirou.

— Dá uma olhada neles, Elle. São lindos. Foi o jeito que encontrei de ficar perto de você quando você não estava aqui.

Fui até ele e passei os braços pela sua cintura.

— Obrigada, significa muito para mim.

Ele soltou um suspiro, como se estivesse aliviado porque não sairia uma briga.

Fui até a cama e dei uma risadinha, lembrando o trabalhão que tivera aquela noite para tirar suas roupas.

— Qual é a graça?

— Estava me lembrando da noite em que você apagou nessa cama, e eu sentei em cima de você, tirando suas roupas.

Seu sorriso sexy me hipnotizou, e ele se esparramou na cama, abrindo os braços e as pernas.

— O que está fazendo? — Comecei a rir.

— Não me lembro de você fazendo isso, e quero me lembrar, por isso achei que você poderia fazer uma reprise para mim.

Mordi o lábio, tirei a blusa pela cabeça e a joguei no chão.

— Hum, não acho que você tenha feito isso.

Dei um sorriso sedutor para ele.

— Não, não fiz, mas vou reprisar a cena de um jeito um pouco mais interessante desta vez. — Desabotoei a calça e a tirei, jogando-a em cima da blusa. Sentei em cima dele e comecei a desabotoar lentamente sua camisa.

— Merda, agora você me deixou com o maior tesão — disse ele. Quando dei por mim, estava deitada de costas, e ele em cima de mim.

Fiquei na cozinha, enquanto Connor ia até o elevador para receber Peyton.

— OK, Connor, o que é tão importante que você precisa da minha ajuda?

Saí da cozinha.

— Eu! — exclamei.

Peyton deu um gritinho, correndo até mim, e nos abraçamos, aos pulos.

— Ah, meu Deus, Elle! Que alegria ver você aqui!

Connor sorriu.

— Vou deixar vocês duas porem as notícias em dia. Vou estar no escritório, se precisarem de alguma coisa.

Levei Peyton à cozinha e servi dois copos de vinho para nós. Em seguida, fomos para o conforto do sofá da sala.

— E aí, me conta, como estão indo as coisas entre você e Henry?

Ela abriu o largo sorriso que era sua marca registrada e me contou que iam às mil maravilhas, e ela até achava que ele a pediria em casamento no Natal. Conversamos por algumas horas, até que Henry ligou para perguntar a que horas ela voltaria para casa. Ela segurou minhas mãos, e notei que seus olhos começavam a ficar úmidos.

— Você é minha melhor amiga, e lamento que tenha que enfrentar o câncer de novo. Quero que saiba que sempre vou estar ao seu lado, aconteça o que acontecer. Você vai vencer isso, Ellery Lane, ou vou dar um chute no seu traseiro, está me entendendo?

Abracei-a, sorrindo.

— Estou, Peyton. Vou vencer o câncer porque tenho medo de você.

Ela riu, indo embora da cobertura.

Voltei para o segundo andar e encontrei Connor dormindo profundamente. Vesti a camisola e deitei na sua cama king size. Fiquei vendo seu peito subir e descer a cada respiração tranquila. Imaginei essa cena no meu futuro. Deitei e me aconcheguei ao seu lado. Ele se remexeu e passou o braço por mim, me puxando para si. O final perfeito de um dia perfeito.

A semana passou bem depressa, e visitei o restaurante dos sem-teto e a galeria. Connor me levou para comprar roupas novas. Fiz questão de pagar por elas, mas ele apenas riu e me disse para deixar de ser boba.

Enquanto Connor ficava no escritório, eu ocupava meu tempo pintando e saindo com Peyton. Sal me ligou para avisar que tinha vendido mais dois quadros e pedir que pintasse outros. Perguntei a Connor se os comprara, e ele apenas riu. De repente, o Dia de Ação de Graças chegou, e eu estava morta de medo de conhecer sua família.

Capítulo 38

Seguimos pela longa entrada sinuosa da residência da família Black, em Hoboken, Nova Jersey. Mordi o lábio, enquanto Connor estacionava o Range Rover. Ele pôs a mão sobre a minha.

— Não fique nervosa, minha família vai te adorar.

Sorri, segurando seu braço, enquanto subíamos os degraus que levavam à mansão imponente. Ele abriu a porta, e entramos. O cheiro de peru recheado se espalhava pelo ambiente bem decorado. Ouvimos risos vindos de outra sala, e um menino de cabelos castanhos nos espiou por trás de uma parede. Deu uma olhada em Connor e correu para ele, jogando-se nos seus braços.

— Olá, amigão, como vai? — Connor sorriu. O menino o abraçou com força. — Camden, essa é a minha amiga especial, Ellery.

Camden olhou para mim com seus olhos azuis, e ficou apenas me encarando.

— Olá, Camden. — Sorri, estendendo a mão. Ele continuou a me encarar, sem saber se devia confiar em mim, e então olhou para Connor, pôs as mãos no seu rosto e sorriu. Meu coração se derreteu ao ver isso; era óbvio que o menino o adorava.

— Tudo bem, Camden, pode encostar na Ellery.

Camden olhou para mim e lentamente pôs a mão na minha. Apertei-a de leve.

— Connor, meu querido. — Uma senhora saiu de outra sala.

— Mãe, essa é Ellery.

Ela olhou para mim, segurando minhas mãos.

— Você é tão bonita quanto Connor disse que era.

Fiquei vermelha.

— Obrigada, Sra. Black. Prazer em conhecê-la.

— Me chame de Jenny, querida. — Ela sorriu.

Jenny era uma bela mulher, com quem Connor se parecia muito. Era alta e magra, com cabelos castanho-claros num corte Chanel, e ninguém lhe daria a idade que tinha; parecia muito mais jovem.

Camden começava a se debater no colo do tio, e Connor e eu fomos para a sala. Todos pararam de conversar e se viraram para nós quando entramos. Connor pôs o sobrinho no chão, e ele correu para uma jovem. Eu me senti como se estivesse num aquário, pelo jeito como todos me encararam. A jovem se levantou e deu um grande abraço em Connor.

— Feliz Dia de Ação de Graças, irmão.

Ele sorriu, dando um beijo no seu rosto.

— Cassidy, essa é Ellery.

Ela se virou e me deu um abraço.

— Fico muito feliz por finalmente conhecer você.

Sorri, retribuindo seu abraço. Seu sorriso era largo, seus olhos verdes cheios de luz. Era exatamente da mesma altura que eu, com cabelos pretos curtos, repicados num corte da moda. Connor olhou ao redor e me apresentou aos outros parentes e amigos.

— Vem, vamos ver se mamãe precisa de ajuda na cozinha. — Cassidy me puxou pela mão.

Olhei para Connor, que balançou a cabeça, me incentivando a ir, com um grande sorriso que fez com que eu começasse a sentir saudades. Fiquei surpresa de encontrar a Sra. Black na cozinha, preparando o jantar de Ação de Graças; geralmente, os ricos têm seus próprios chefs para se encarregar disso.

— Connor disse que você é uma artista, Ellery — comentou Jenny, regando o peru.

— Sim, eu pinto quadros para uma pequena galeria de arte em Nova York.

— Eu comprei um, mas não sabia que meu irmão estava namorando a autora. Você pinta lindos quadros, Ellery, é muito talentosa. — Cassidy sorriu.

Comecei a me sentir mais relaxada, quando ela me entregou um copo de vinho tinto. Jenny voltou a empurrar o peru para o forno, e se virou para mim.

— Connor não nos contou muito sobre você. Por que não nos diz um pouco mais?

Comecei a entrar em pânico. Como podia contar a essas pessoas, a quem fora apresentada havia menos de meia hora, sobre o meu passado e o meu presente?

— Você tem que desculpar minha mãe — interveio Cassidy. — É que você é a primeira pessoa que Connor traz aqui em casa, e nós queremos conhecer a mulher que finalmente conseguiu roubar o coração dele.

Sorri, dando um gole no meu vinho. Quando estava prestes a responder, uma senhora de idade entrou na cozinha. Devia estar beirando os setenta, com cabelos pretos entremeados de mechas grisalhas. Cassidy correu até ela e lhe deu um abraço apertado.

— Tia Sadie, você veio!

— É claro que sim. Mal podia esperar para ver minha sobrinha favorita.

— Sou sua única sobrinha, tia Sadie. — Cassidy franziu a testa.

— É por isso que é a favorita. — Sadie sorriu.

Ela se virou para mim.

— E quem é essa jovem bonita?

— O nome dela é Ellery, e é namorada do Connor — respondeu Jenny.

A senhora sorriu e me deu um abraço.

— Prazer em conhecê-la, querida.

Quando se afastou, cravou um olhar sério em mim — como se estivesse vendo o fundo da minha alma.

— Você está doente — sentenciou.

Meus olhos se arregalaram, o pavor me correndo pelas veias. O que ela quisera dizer com isso?

— Sadie, que grosseria — Jenny repreendeu a irmã.

Sadie olhou para mim e segurou minhas mãos, virando os pulsos para cima e observando as tatuagens.

— Perdoe minha irmã, Ellery. Ela tem o dom da vidência, e às vezes é um pouco abusada com ele.

— Você está doente, Ellery? — perguntou Cassidy. — Resfriada, ou algo assim?

— É mais do que um resfriado — afirmou Sadie.

Ah, meu Deus. Lá vamos nós. Obrigada por não contar à sua família antes, Connor, e por não me dizer que tia Sadie é vidente. Dei outro gole de vinho, olhando para as três mulheres.

— Eu tenho câncer — declarei. Assim, sem a menor hesitação, apenas deixando as palavras saírem. Elas ficaram paralisadas, olhando para mim; eu não podia ter ficado numa posição mais constrangedora. Sadie finalmente falou, dissipando a tensão:

— Mas não é a primeira vez que tem a doença, é?

Pela madrugada. Aposto que em seguida ela vai falar da minha tentativa de suicídio. Que grande impressão estou causando.

Soltei um longo suspiro.

— Não, não é. O câncer foi diagnosticado pela primeira vez quando eu tinha dezesseis anos.

Nesse momento, Connor decidiu aparecer. Ouviu o que eu tinha dito e se aproximou por trás, passando os braços pela minha cintura.

— O câncer dela voltou há pouco tempo, mas ela está participando de um teste clínico na Califórnia, e está tudo correndo bem, até o momento. Ela está ótima, por isso não há mais nada a discutir.

Seu tom foi autoritário, e todas nós entendemos. Sorri, puxando-o para o corredor.

— Como pôde não me contar sobre a tia Sadie? — perguntei, furiosa, dando um soco no seu peito.

— Ai, Elle, doeu.

— Não é só isso que vai doer, Connor.

Ele olhou para mim com um sorriso malicioso.

— Promete, amor?

— Aff, você me deixa doida! — sussurrei, dando as costas.

Ele passou os braços pela minha cintura e sussurrou:

— Desculpe. Nunca dei muita bola para o que a tia Sadie dizia. Sempre achei que ela não batia bem.

— Sua família deve estar achando que eu sou um desastre ambulante, e na certa estão se perguntando por que você está perdendo seu tempo comigo.

Ele me apertou com força.

— Todos adoraram você; eu notei. E não importa o que pensem da nossa relação. Eu te amo por tudo que você é, e, para o seu governo, acho que você é um belo desastre.

Encostei a cabeça no seu peito e ele se inclinou para me beijar. Dei uma mordida no seu lábio pelo comentário sobre o "belo desastre".

— Ai! Você precisa guardar esses gestos para os nossos momentos íntimos, Ellery; não faz ideia do quanto está me excitando com esses socos e mordidas.

Não pude deixar de rir, e me virei para lamber seu lábio mordido.

O jantar foi excepcional, e o resto da noite correu em paz. Cassidy e eu ficamos conversando sobre nossas carreiras, enquanto Connor sentava no chão para brincar com Camden. Ficamos olhando para os dois, Camden ensinando Connor a empilhar cubos de montar.

— Nunca vi meu irmão tão feliz como agora — disse ela para mim.

Sorri, observando-o.

— Ele é um homem extraordinário.

Nesse momento, Jenny interveio:

— Ellery, como você e meu filho se conheceram?

Um sorriso se abriu no meu rosto, e Connor me deu um olhar apavorado. Decidi poupá-lo do constrangimento e respondi:

— Nós nos conhecemos numa boate.

Ela sorriu.

— Bem, que sorte a dele que você estava lá.

Retribuí seu sorriso e olhei para ele, vendo o alívio tomar conta do seu rosto.

Capítulo 39

Eu me debruçava sobre a pia do banheiro, lavando o rosto, enquanto Connor trocava de roupa.

— Adorei ver você com Camden. Foi uma coisa tão especial, tão doce...

— É, ele é um menino maravilhoso.

Dobrei a toalha e a coloquei em cima da pia.

—Ver você com ele me fez pensar em certas coisas.

Saímos do banheiro, e abri a gaveta da cômoda para pegar a camisola.

— Que coisas? — perguntou ele, hesitante.

— Sei lá... Como você leva jeito para lidar com ele, e...

Na mesma hora ele me interrompeu:

— Não posso ter filhos, Elle. Cuidei disso há muitos anos.

Eu estava de costas para ele, e suas palavras vararam meu corpo. Respirei fundo e continuei a me despir para pôr a camisola. O clima no quarto mudou.

— Não vai responder a isso? — perguntou ele.

Eu me virei.

— Tudo bem, por que não me contou antes? — Eu estava me sentindo meio traída por ele não ter me contado logo no começo do nosso namoro. Talvez tivesse achado que não seria necessário, porque eu ia morrer mesmo.

— Não sei, Elle. Nunca surgiu uma oportunidade.

Então, elas saíram — as palavras que só minha boca poderia pronunciar:

— Foi porque achou que eu ia morrer mesmo, por isso não importava se eu nunca soubesse?

Sua expressão mudou, deixando transparecer sua dor.

— Como você pode dizer uma coisa dessas?

Eu me virei para a janela.

— Desculpe, não tive intenção e, de todo modo, não quero ter filhos. Com minha herança genética horrível, a criança não teria a menor chance.

Ele se aproximou, passou os braços pela minha cintura e me puxou.

— Não diga essas coisas.

— É a verdade. Minha mãe morreu de câncer, meu pai era alcoólatra, e agora estou com leucemia pela segunda vez. Pensa nisso, Connor... a criança estaria condenada desde o instante da concepção. — Foi um suplício dizer essas palavras, mas era verdade, e eu estava sendo honesta com ele.

— Você está enganada, e não quero que fale assim de novo.

Eu me afastei do seu abraço.

— Bem, não importa mesmo, porque nenhum de nós quer filhos, portanto, assunto encerrado. — Atravessei o quarto até a cômoda e peguei o vidro de loção.

— Incomoda você que eu não possa ter filhos?

— Não, e como já disse, é até melhor que não possa.

Eu estava mentindo; me incomodava, sim, principalmente por ele não ter me contado. Tomei coragem e fiz a pergunta seguinte.

— Por que fez isso, Connor?

Ele respirou fundo.

— Quer mesmo ouvir a resposta, Elle?

Não queria e queria ao mesmo tempo; precisava ouvi-la.

— Quero, já que estamos sendo honestos em vez de guardarmos segredos.

Ele engoliu em seco e continuou em silêncio. Não achei que as palavras sairiam da sua boca, mas a minha não teve trabalho algum para dizê-las:

— Como não consegue responder, vou fazer isso. Você achou que, como nunca ia se apaixonar mesmo e, portanto, jamais teria filhos, não fazia sentido se torturar experimentando apenas metade do prazer cada vez que transava com uma mulher, quando podia experimentar o prazer inteiro, sem se preocupar com absolutamente nada além de não saber se estava contraindo uma doença venérea.

A expressão dele mudou, seus olhos se enchendo de raiva. Ficou totalmente furioso com o que eu dissera.

— Nem vou responder a uma barbaridade dessas! — gritou, logo continuando seu discurso: — Você está decepcionada porque não pode ter filhos? Mas não foi você mesma que disse que não acreditava em romances de contos de fadas e em "viveram felizes para sempre"?

Tudo em que eu conseguia pensar enquanto ele gritava comigo era que tê-lo conhecido me fizera mudar de ideia em relação a tudo isso, mas que, obviamente, não tivera o mesmo efeito sobre ele. Caminhei até minha calça, que estava caída no chão, e tornei a vesti-la.

— O que pensa que está fazendo? — gritou ele.

— Não vou passar a noite aqui. Você está se comportando feito um babaca, e não quero ficar perto de você.

— *Eu* é que estou me comportando feito um babaca? — Ele riu. — É você quem está sendo uma escrota e dando um piti só porque não posso ter filhos!

Ele tinha me chamado de *escrota*? Dei meia-volta.

— *Eu* é que sou a escrota por você não ter me contado isso logo no começo?!

A raiva ardia em seus olhos.

— Quer mesmo falar sobre isso, Ellery, sobre as coisas que não contamos um ao outro? — Estava se referindo ao câncer, o que era um golpe baixo.

— Eu me arrependi desde o primeiro dia, e você sabe disso! — Levantei a voz. — Como se atreve a jogar isso na minha cara?!

— Então, acho que empatamos! — gritou ele.

Ah, ele não devia ter dito isso. Meu sangue ferveu, as veias latejando, cheias de raiva.

— Talvez seja melhor você dormir no quarto de hóspedes, até nós dois esfriarmos a cabeça.

Dei meia-volta, apontando o dedo para ele.

— Não vou dormir no quarto de hóspedes, vou para o meu apartamento, que você tão carinhosamente apelidou de "caixote".

— Ah é, Ellery, vai fugir? — Ele agitou a mão. — Ora, por que não? É a sua especialidade, mesmo.

Lágrimas encheram meus olhos ao ouvir essas palavras cruéis, e saí pisando duro do quarto e da cobertura. Ele não veio atrás de mim, o que deixou claro que estava mesmo furioso.

A noite estava gelada, por isso olhei para as ruas cheias de Nova York. Lembrei que não tinha trazido as chaves, portanto voltar ao meu apartamento não era uma opção. Esperei que ele me mandasse uma mensagem, ligasse ou viesse em pessoa me pedir desculpas e me levar de volta para a cobertura, mas ele não fez isso. Chamei um táxi e pedi que me levasse ao hotel mais próximo. Estava me sentindo fraca e exausta quando me deitei na cama. Fiquei olhando para o celular, esperando que, se fizesse isso por tempo o bastante, Connor me ligaria e pediria desculpas.

Acabei pegando no sono, esparramada na cama.

Na manhã seguinte, fui grosseiramente acordada por uma mensagem. *Onde diabos você se meteu?! Fui ao seu apartamento, mas você não estava lá.*

Revirei os olhos e digitei a resposta depressa: *Onde eu me meti não é da sua conta; lembre-se, fugir é a minha especialidade.*

Segundos depois, recebi outro texto. *Você está se comportando como uma criança, e eu não gosto disso. Agora, volta pra casa imediatamente.*

E ainda falam em jogar lenha na fogueira; ele estava jogando uma floresta inteira na minha. Respondi: *Acho que precisamos passar um tempo separados, para podermos pensar nas coisas que dissemos ontem à noite.*

Uma súbita resposta chegou, me deixando arrasada. *Concordo, e quando parar de se comportar como uma criança egoísta, me liga, para podermos conversar como dois adultos.*

Fiz aquilo que normalmente faço: atirei o celular na parede, espatifando-o. Suspirei e fui tomar um banho quente, soluçando enquanto a água escorria pelo meu corpo.

Mais tarde, recolhi os pedaços quebrados do que outrora fora meu celular. Precisava começar a me controlar e parar de atirar as coisas. Fui até uma loja de telefonia móvel e comprei o mesmo modelo, com o mesmo número. Não posso dizer que não me importava com meu celular, porque me importava. E se Peyton — ou Connor — precisasse de mim?

Capítulo 40

Alguns dias se passaram, e quase não saí do meu quarto de hotel. Lia e desenhava coisas que pretendia pintar depois numa tela. Connor não tentou fazer contato comigo nem uma vez, o que me magoou. Eu era teimosa demais para tomar a iniciativa; suas palavras ainda ardiam no meu coração. Sentada na cama, pensei que talvez devesse reservar uma passagem e voltar para a Califórnia. Como minha próxima série de injeções era na semana seguinte, eu precisava mesmo voltar. Não queria deixá-lo, e nossa separação estava me matando. Detestava ter me tornado tão dependente dele. Precisava conversar com ele e pedir desculpas. Eu estava fora de mim e não devia ter me zangado tanto. Podíamos ter nos entendido conversando, mas, em vez disso, eu fugira. Connor tinha razão; era mesmo a minha especialidade. Engoli o orgulho e caminhei até sua cobertura, que ficava no outro quarteirão.

Enfiei a chave no elevador, que me levou direto à cobertura. A porta se abriu, e saí, procurando Connor. Não o vi na cozinha, mas ouvi duas vozes falando no seu escritório. Caminhei em passos lentos até lá, e quase parei de respirar ao ver a boca de Ashlyn colada à dele. Connor a empurrou, assustado, quando me viu ali parada. O medo em seus olhos era um medo que eu jamais tinha visto.

— Ellery, não é o que parece.

Levantei a mão e dei as costas para ir embora. Não conseguia respirar; meu peito parecia apertado, e eu começava a entrar em pânico. Foi quando a ouvi dizer:

— Está vendo, Connor, eu te disse que ela não te ama como eu.

De repente, o pânico deu lugar ao ódio, que cresceu dentro de mim em alta velocidade. Dei meia-volta e avancei em direção a ela.

— Ah, que merda — disse Connor, que já conhecia bastante bem a expressão que eu exibia.

Ashlyn estava de braços cruzados, me fuzilando com os olhos, quando me aproximei.

— Não creio que tenhamos sido oficialmente apresentadas. Sou Ellery, namorada do Connor.

Ela me olhou de alto a baixo, recusando-se a apertar minha mão.

— Engraçado, Connor disse que não tinha mais namorada, quando estava me dando o maior amasso.

Olhei para ele, que estava totalmente mudo; seu único movimento foi um sutil meneio de cabeça para indicar que ela estava mentindo.

— Ele disse isso?

— Disse, depois de me beijar, e também que sou eu que ele sempre amou, e que você é só uma pobre coitada de quem ele sente pena.

Ah não, ela não tinha dito isso!

Os olhos de Connor se arregalaram, e ele deu um passo para trás. Num piscar de olhos, meu punho voou e acertou o queixo da piranha. Ela caiu sentada no chão, segurando o queixo, e me encarando como se eu fosse louca de pedra. Eu me curvei até meu rosto ficar diante do seu:

— Meu conselho é que rasteje de volta para o esgoto de onde saiu, e nunca mais olhe para ele ou para mim. Se eu te pegar olhando para qualquer um dos dois, vou enfiar meu punho nas suas fuças com tanta força, que nem um cirurgião plástico vai dar jeito nelas depois. — Girei nos calcanhares e comecei a me afastar.

— Você é uma filha da mãe insana, sabia disso?! — gritou ela.

Connor correu atrás de mim, segurando meu braço.

— Não se atreva a dar mais um passo.

Será que ele era burro, ou o quê? Será que queria mesmo fazer isso num momento em que eu estava estourando de raiva?

— Me solta, Connor, antes que sofra o mesmo destino da sua piranha! — Eu e a minha boca. Merda, eu tinha mesmo dito isso?

Ele soltou meu braço.

— Você está zangada no momento, por isso vou perdoar esse último comentário, mas o que não vou perdoar é se der mais um passo e sair por aquela porta.

— Desculpe, Connor, mas não posso ficar, ainda mais agora.

Connor pegou o celular e mandou Denny vir tirar Ashlyn da cobertura. Comecei a me afastar, mas ele chegou por trás, me segurou com toda a força e me puxou pela escada até o quarto, batendo a porta.

— Agora, senta aí na cama e me ouve, Ellery. Não vou mais tentar enrolar você, porque sei que o que você acabou de ver te magoou mais do que qualquer outra coisa. Senta aí e me ouve!

Sentei, engolindo em seco, tentando em silêncio planejar minha fuga.

— Vai em frente, então, explica quem ela é, e por que manteve sua relação com ela em segredo.

Ele ficou andando de um lado para o outro, passando as mãos pelos cabelos.

— Ashlyn é a irmã gêmea de Amanda.

Olhei para ele, balançando a cabeça.

— E quem é Amanda?

Ele respirou fundo.

— Amanda era aquela namorada que se suicidou quando terminei com ela.

Fiquei boquiaberta, sentindo uma náusea violenta. Mil pensamentos me passaram pela cabeça. Ele estava abrindo o jogo, e eu lhe devia essa chance.

— Continua, Connor, estou ouvindo.

— Ashlyn me procurou no escritório, mais ou menos um ano atrás. Disse que tinha sido expulsa de casa e que não tinha um centavo, nem para onde ir. Disse que eu devia a ela, porque fora por minha culpa que sua irmã se suicidara.

Fechei os olhos. Podia sentir a dor em sua voz. Como aquela mulher se atrevera a fazer isso com ele? Queria tocá-lo, mas precisava deixar que terminasse de me contar sobre ela.

— Eu a levei para jantar. Conversamos, bebemos muito e acabamos transando. Você não faz ideia do quanto me arrependo daquele dia. — Balançou a cabeça, os olhos baixos, como se sentisse vergonha de me contar.

Levantei da cama e fui até ele.

— Por que não acabou com tudo depois daquela noite, Connor?

Ele suspirou.

— Ela não parava de falar em Amanda e de me fazer sentir culpado pelo que tinha acontecido. Dei a ela um emprego na empresa, e combinamos que nos encontraríamos três vezes por semana depois do expediente para transar, sem compromisso.

— Espera aí, me deixa adivinhar: ela se apaixonou por você, e quis mais.

— Exatamente. Ela quis que eu parasse de ver outras mulheres e passasse a ter um relacionamento exclusivo com ela. Eu disse a ela um milhão de vezes que não estava interessado, e que o nosso esquema ia continuar do jeito que estava. — Ele se virou de costas, respirando fundo. — Então, ela ameaçou fazer o que a irmã tinha feito se eu não cedesse aos seus desejos e necessidades. Foi na boate, aquela noite em que você me trouxe para casa, que eu disse a ela que nunca haveria nada além de sexo entre nós.

— Pelo amor de Deus, Connor. Por que não parou de sair com ela?! — gritei.

Ele se virou para mim.

— Na manhã seguinte, ela me ligou para pedir desculpas. Disse que aceitaria manter nosso esquema como estava, desde que eu dobrasse sua mesada.

Balancei a cabeça, incrédula, a náusea me embrulhando o estômago, e tive que voltar a me sentar na beira da cama.

— Você está bem? — perguntou ele, dando alguns passos em minha direção.

Levantei a mão.

— Nem mais um passo, e estou falando sério.

Fechei os olhos por um momento, tentando acalmar o caos que rolava na minha cabeça.

— Tenho uma pergunta a fazer, e quero que seja honesto. Quando foi a última vez que dormiu com ela?

Ele respondeu sem a menor hesitação:

— Na véspera do dia em que te conheci. Tentei terminar com ela várias vezes depois que você e eu nos conhecemos.

— O que ela estava fazendo aqui, e por que estava com a boca na sua?

— Eu tinha ligado para ela e pedido que viesse até aqui porque queria lhe dizer que nunca mais me procurasse, que o que havíamos tido já estava acabado há muito tempo. Disse que tinha me apaixonado por você, e que pagaria a ela para ficar fora das nossas vidas. Isso a deixou furiosa, claro, e ela tentou o que podia para me segurar. Por acaso, você chegou no momento exato em que ela estava se jogando em cima de mim.

Levantei da cama e me dirigi à porta.

— Não aguento mais ouvir nada disso, Connor, me desculpe.

— Ellery, por favor, nós precisamos conversar sobre isso — implorou ele.

— Para que nos darmos a esse trabalho? Para magoarmos um ao outro de novo com nossas palavras?

Ele pôs a mão no meu rosto, mas recuei.

— Minha doença está nos afastando. Você não consegue controlar suas emoções, e nem eu. Na maioria das vezes, acabamos magoando um ao outro. Tenho uma pergunta a fazer, e quero que seja totalmente honesto comigo. Está tentando salvar minha vida para expiar a culpa que alimentou todos esses anos em relação à sua ex-namorada?

Ai, ai, ai — eu não podia acreditar que tinha perguntado isso. Ele cravou um olhar gelado em mim, como se todo o amor que sentia tivesse se apagado, como se nunca tivesse existido. Então, fechou os olhos.

— Acho que é melhor você voltar para a Califórnia, e eu ficar aqui.

Deu as costas para não ter que me olhar. Tinha finalmente desistido, e por minha culpa; eu o levara a esse ponto. Com lágrimas escorrendo pelo rosto, eu me virei e saí do quarto.

Voltei para o hotel e peguei minha mala. Quando estava de saída, chegou uma mensagem de Connor. *Meu jatinho particular está esperando para te levar à Califórnia. Mande uma mensagem para Denny dizendo onde está, e ele irá buscá-la.*

A dor dilacerante voltou a pôr as unhas de fora, e não respondi. Liguei para Denny e, cinco minutos depois, ele veio me buscar no hotel. Sentei no banco traseiro. Ele se virou para mim.

— Desculpe, Srta. Lane, mas vou lhe dizer o que disse ao Sr. Black. Vocês dois são as pessoas mais teimosas do mundo, e não poderiam ser mais perfeitos um para o outro.

Esbocei um sorriso.

— Somos um desastre juntos, não somos?

Ele estacionou na pista privativa onde o jatinho de Connor me esperava. Abriu a porta e me ajudou a carregar a mala.

— Não deixe o medo sabotar sua relação com o Sr. Black, Ellery. Não é justo com nenhum de vocês dois.

Dei um beijo no seu rosto e entrei no jatinho.

— Ellery! — Mason sorriu ao me ver diante do prédio, e me deu um grande abraço. — Como vai? Sentimos saudades! — No instante em que viu a tristeza em meus olhos, ele soube que as coisas não iam bem. — Ah, de novo, não. — Franziu a testa. Subiu comigo até meu apartamento. Peyton estava ligando, por isso ele voltou para o andar de baixo.

— Oi, Peyton — atendi.

— Qual é o babado, Elle? O que está havendo entre vocês dois? E por que não me ligou?

— Eu ia ligar. Queria voltar para a Califórnia primeiro. Desculpe, Peyton, não posso falar sobre isso agora. Como você soube?

Ela suspirou.

— Fui ao apartamento de Connor para te dar uma coisa, e ele fez um discurso quilométrico sobre você. Enquanto estava lá, vi o motorista dele escoltando uma mulher que segurava o queixo e gritava sei lá o quê sobre você, dizendo a Connor que nunca mais dirigisse a palavra a ela. Ele me disse que você deu um soco nela, é verdade?

— É, dei um soco violento no queixo daquela piranha, e ela mereceu.

— É isso aí, garota! — gritou Peyton. — Faz as pazes com o Connor, Elle. Vocês se amam, e todo mundo faz as suas burradas de vez em quando.

— Eu sei, Peyton, mas não tenho certeza se vamos dar certo juntos enquanto eu estiver doente.

— Elle, você está analisando demais novamente. Não quer que as coisas voltem ao normal porque está com medo, o que eu posso entender, mas ele também está com medo, e me parece que nenhum de vocês dois entende isso.

— É como se todo dia eu descobrisse mais alguma coisa sobre ele, e isso está me deixando doida, Peyton.

— Eu entendo, Elle, mas você precisa compreender que talvez ele esconda certas coisas de você porque não quer te magoar.

— Mas isso me magoa mais ainda.

— Então diz isso a ele, que diabo! Conversa com o cara, em vez de gritar com ele e sair pela porta afora.

— Peyton, tenho que desligar, a gente se fala depois.

Deitei na cama e chorei até pegar no sono — de novo.

Capítulo 41

Os dias foram se passando lentamente, e eu mergulhei de cabeça na pintura. Uma noite, estava dando os toques finais em um quadro, já no quarto copo de vinho, quando decidi ligar para Connor. Estava com saudades dele, de ouvir sua voz, mas não sabia se ainda estávamos juntos. Cliquei em seu nome no celular e esperei nervosamente enquanto tocava. Depois do terceiro toque, caiu na caixa postal. Já ia desligar, mas, assim que o sinal soou, deixei uma mensagem para ele.

— Oi, Connor, é a Elle. Só liguei para saber como tem passado e como as coisas vão indo. Imagino que esteja ocupado, por isso falo com você outra hora, tchau.

Servi outro copo de vinho e dei um gole. Não esperava que ele retornasse a ligação. Quando o celular começou a tocar e o nome de Connor apareceu na tela, meu estômago se embrulhou e meu coração começou a palpitar.

— Alô? — atendi.

Ele falou em voz grave e baixa.

— Oi, Elle, acabei de receber sua mensagem.

Ouvir sua voz me fez sentir menos sozinha. Fui com o copo de vinho para a cama e me recostei.

— Oi, Connor. Estava aqui pensando em como você tem passado.

— Bem, e você?

— Bem. Acabei de pintar um quadro agorinha mesmo.

— Tenho certeza de que ficou lindo.

Sorri.

— Posso tirar uma foto e te mandar, se quiser.

— Seria ótimo, obrigado. Gostaria de vê-lo.

Decidi ir em frente e ter uma conversa normal com ele.

— E aí, o que tem feito ultimamente? — perguntei, sem saber se queria ouvir a resposta.

— Não muita coisa, para ser franco. Tenho trabalhado muito. E você, o que tem feito? — perguntou ele.

— Nada de novo. Tenho pintado muito.

— Como está se sentindo?

— Acho que estou bem. — O que eu realmente queria dizer era que estava me sentindo um lixo, porque morria de saudades dele.

— Desculpe, Elle, mas tenho que desligar. Cassidy e Camden estão na cidade, e vou levá-los para jantar. Eles devem chegar a qualquer momento.

— Ah, tá. Por favor, diga a eles que mandei um grande abraço.

— Pode deixar, Elle. Obrigado por ligar.

— Imagine. A gente se fala qualquer hora dessas. Tchau, Connor.

— Tchau, Elle.

Apertei o celular no peito, fechei os olhos e respirei fundo.

Dois dias se passaram e Connor não me procurou, portanto deduzi que estava tudo terminado. Como fora eu que tomara a iniciativa, imaginei que ele voltaria a entrar em contato comigo. Mas, obviamente, ele já estava noutra, e talvez eu devesse tentar fazer o mesmo. Beber se tornara uma rotina diária nos últimos dias, pois enxugar uma garrafa de vinho na hora de dormir me ajudava a pegar no sono.

Fui a uma loja perto de casa para converter a fita de vídeo deixada por minha mãe em DVD. Assim que voltei, coloquei-o no DVD player e sentei no sofá. Meus olhos se encheram de lágrimas diante do que apareceu na tela. Ela era ainda mais bonita do que eu me lembrava. Seus cabelos louros e longos eram iguais aos meus, e tínhamos os mesmos olhos. Não admirava que meu pai tivesse bebido tanto. Eu era minha mãe cuspida e escarrada, e ele se lembrava dela toda vez que olhava para mim.

Feliz aniversário, meu anjo! Lamento muito não poder estar com você fisicamente, mas estou espiritualmente. Você já é uma mulher feita, e vai para a faculdade em breve. Escolha uma que tenha um campus, pois quero que tenha a mesma experiência que tive. Gostaria de ter podido vê-la crescer, mas Deus tinha outros planos para mim. Assim que se formar, você vai arranjar um emprego fantástico, conhecer um homem maravilhoso, se casar e ter filhos. Por favor, siga meu conselho e faça as coisas exatamente nessa ordem. Sei que ser criada sem a mãe foi difícil para você, Ellery, mas também sei que você é uma mulher forte e que pode vencer todos os obstáculos que a vida puser no seu caminho. Você só merece o melhor, minha doce menina, nunca se esqueça disso. Vou estar com você e te guiar pelo resto da sua vida. Lembre-se, não há nada mais belo e tranquilo do que o sol se pondo sobre as águas azuis do mar. Viva a sua vida em paz, filhinha, e lembre-se de que sempre vou te amar.

Solucei ao vê-la dizer adeus. Se houve uma ocasião em que precisei de Connor, foi aquela. Peguei o celular e digitei seu número; precisava ouvir sua voz. Ele não atendeu e, dessa vez, não deixei nenhuma mensagem.

Liguei para Mason e perguntei se ele e Landon queriam ir a uma boate. Estava desesperada para sair daquela droga de apartamento e esquecer minha vida por uma noite. Mason adorou a ideia, mas disse que seríamos só nós dois, porque Landon estava se sentindo indisposto. Vesti uma minissaia preta, uma frente única preta e branca com um decote profundo que exibia meu busto, e calcei botas pretas de cano longo. Fiz cachos nos cabelos e uma maquiagem mais pesada do que geralmente usava. Queria ficar e me sentir sexy, mesmo que fosse apenas por uma noite.

Mason assobiou quando abri a porta.

— Nossa, que gata mais sexy.

Sorri, dando uma voltinha.

— Gostou?

— Se eu gostei? Amei! Você é capaz de fazer qualquer gay virar hétero.

Dei um tapa no seu braço, peguei a bolsa e fomos para a boate. Estávamos no táxi quando meu celular começou a tocar; era Connor. Não atendi. Não queria pensar nele aquela noite.

Entramos na boate, e levei Mason direto para o bar.

— Quatro shots de tequila com limão! — gritei para o bartender.

Ele colocou quatro copos na nossa frente, cada um com um limão na frente e um pouco de sal. Lambi o sal, virei a tequila e chupei o limão.

— É isso aí! — gritei, e então disse para Mason: — Sua vez!

Tomamos duas doses cada um, e então caímos na pista de dança. Estava lotada, e o que rolava de mão boba era uma festa. Dancei como nunca na vida. Aquela noite era minha, para me divertir pela primeira vez em muito tempo. Depois de dançar por um tempo, voltamos para o bar.

— Manda mais! Dessa vez, queremos oito — pedi. Mason estava no clima, e tomamos as doses juntos. Virei seis, mas ele só conseguiu tomar mais duas. O salão começava a girar, mas eu me sentia ótima. O chão pulsava sob nossos pés, e arrastei Mason de volta para a pista de dança. Estava curtindo a música, enquanto nos movíamos diante um do outro, quando senti que alguém se esfregava às minhas costas. Quando me virei, dei com um cara sexy, que tentava conversar comigo.

— Oi, sou Chris, e você é uma linda mulher.

Sorri e dancei com ele, balançando os quadris, e ele pôs as mãos na minha cintura. Ele me virou até meu traseiro tocar na sua ereção. Nem prestei atenção; estava bêbada demais para me importar. Vi Mason a alguns metros de mim, dançando com uma garota, quando então senti as mãos do cara segurarem meus quadris com força. Passei as mãos pelos braços dele, sentindo seus músculos, enquanto movia o corpo para cima e para baixo, rente ao dele. Então me virei, e fiquei totalmente paralisada ao ver que não era Chris à minha frente, e sim Connor. Ele cravou um olhar totalmente furioso em mim.

—Vamos para casa agora mesmo! — ordenou.

Meu coração disparou, e comecei a suar frio. Que diabos ele estava fazendo ali, e por quê?

— Que diabos está fazendo aqui, Connor?

— Por que não me diz você, Ellery?! —A voz dele estava zangadíssima.

— Estou me divertindo!

—Você está é parecendo uma piranha barata nessa pista de dança, e ainda bem que estou aqui, ou só Deus sabe o que aquele cafajeste podia ter feito com você.

Arranquei o braço de sua mão e me dirigi ao bar. Levantei dois dedos para o bartender, e ele pôs duas doses de tequila na minha frente. Connor atravessou a multidão, vindo atrás de mim. Virei uma dose e já estava pegando o segundo copo, quando Connor o tirou sem a menor cerimônia. Jogou uma nota no balcão e agarrou minha mão, me arrastando do bar, enquanto Mason nos seguia.

— Me solta, Connor Black! — gritei, tentando me desvencilhar. Estava me debatendo tanto, que ele me pegou no colo e me levou até o táxi, aos gritos e esperneios.

— Para com isso, Ellery, ou juro que...

— Jura que o que, Connor?! — berrei quando ele me pôs no táxi e sentou ao meu lado. Olhei para ele, que olhava em frente. —Você não tem esse direito! — vociferei.

Seus olhos furiosos se cravaram para mim.

— Não tenho esse direito? E o que você pensa que estava fazendo lá dentro? Tentando descolar um estupro? Olha só para você, o jeito como está vestida, você estava pedindo.

Comecei a dar socos no seu peito.

—Vai se foder, Connor! Eu me visto como quiser e você não tem nada a ver com isso.

Mason segurou meus braços e Connor os meus pulsos, tentando me acalmar. O táxi parou diante do nosso prédio. Connor e Mason saíram, e eu continuei sentada, de braços cruzados.

— Sai desse carro agora! — gritou ele. Cravei um olhar feroz nele, mostrando-lhe o dedo médio.

— Quanta maturidade, Ellery — disse ele, se inclinando para o táxi e me arrastando para a rua. Por fim, me atirou sobre o ombro e me levou direito para o quarto, onde me jogou na cama. Fiquei olhando para ele enquanto andava de um lado para o outro, passando as mãos pelos cabelos arrepiados.

— Mal posso acreditar no que você fez, Ellery. Vim aqui para te fazer uma surpresa, e te encontro se esfregando num cara numa boate, completamente bêbada. O que é que você tem na cabeça?!

Sentei na cama.

— Eu estava me divertindo, em vez de ficar presa nesse apartamento, chorando por sua causa todo santo dia!

Ele parou de andar, olhando para mim.

— Você pensa que tem sido fácil para mim?

De repente, tapei a boca e saí correndo para o banheiro. Foi o tempo de me debruçar sobre o vaso e a bebida me subir pela garganta. Connor apareceu às minhas costas e ficou segurando meus cabelos com uma das mãos, enquanto esfregava minhas costas suavemente com a outra. Umedeceu uma toalha com água morna e limpou minha boca, me ajudando a levantar do chão.

— Vem, vou vestir sua camisola e pôr você na cama. Você tem que tomar suas injeções amanhã.

Ele pegou minha camisola na gaveta, e eu a arranquei de suas mãos.

— Não preciso da sua ajuda, posso fazer isso sozinha. — Tirei a roupa, e ele ficou observando. Vesti a camisola e deitei na cama. Ele saiu do quarto, e ouvi o som da tevê sendo ligada. Ele dormiu no sofá.

Na manhã seguinte, levantei da cama e fui para a cozinha. Connor estava recostado à bancada, esperando que o café ficasse pronto, com o mesmo rosto lindo de sempre.

— Bom dia — cumprimentou ele. — Você está um bagaço.

Fechei a cara, a cabeça latejando.

— Nem todo mundo pode acordar com uma aparência tão perfeita como você.

Ele abriu um sorriso, me entregando uma caneca de café.

— Vou ganhar um abraço? — perguntou, estendendo os braços.

Passei direto por ele.

— Piranhas não dão abraços.

Ele revirou os olhos e sentou à mesa, e eu voltei ao quarto para me vestir.

Chegamos ao hospital em silêncio. Eu caminhava alguns passos à sua frente, quando o ouvi dizer:

— Não entendo por que você está tão zangada.

— Você me chamou de piranha, Connor.

— Eu disse que você *parecia* uma piranha, Elle.

— É a mesma coisa, seu idiota. — Balancei a cabeça.

Chegamos ao consultório e a enfermeira foi logo nos levando à outra sala. Vesti o robe fino e sentei na cama, esperando a Dra. Murphy.

— Não vai nem olhar para mim? — perguntou ele.

— Estou com tanta raiva de você, Connor Black, que chego a ter vontade de gritar.

Ele se aproximou e tentou segurar minha mão, mas eu a arranquei.

— Se pensa que vou pedir desculpas, pode ir tirando o cavalinho da chuva, porque não vou — disse ele. — Você deu um show de imaturidade inaceitável ontem à noite.

Olhei fixamente para ele.

— Pelo menos não levei o cara para casa e transei com ele, como você faz com ilustres desconhecidas!

Ele desviou os olhos.

— Por que me dei ao trabalho de vir aqui?

— Não sei, Connor. Por quê?

Nesse momento, a Dra. Murphy entrou e olhou para nós, sentindo o clima tenso na sala.

— Olá, Ellery, Sr. Black. — Sorriu.

Retribuímos o cumprimento, e ela folheou a pasta que continha minha ficha. Então, aproximou-se e pôs a mão no meu joelho.

— Está pronta?

Olhei para ela, meus olhos cheios de tristeza.

— Vamos acabar com isso logo de uma vez.

Deitei de lado, e Connor sentou na beira da cama, de frente para mim. Apontei para a cadeira.

— Vai sentar ali.

Ele suspirou, balançando a cabeça, e foi sentar na cadeira.

— Muito bem, Ellery, vou dar a primeira injeção.

A picada na pele foi a parte fácil. Meu corpo começou a arder de dentro para fora. Agarrei o lençol da cama com os punhos, os nós dos dedos ficando brancos. Não olhei para Connor, embora quisesse que ele me abraçasse. Eu era teimosa, e queria enfrentar isso sozinha. Assim que a agulha da segunda injeção perfurou minha pele, soltei um grito de dor, como se meu corpo fosse devorado por um incêndio inextinguível. Merda, eu precisava dele. Estendi a mão e olhei para ele, e no instante seguinte ele estava ao meu lado. Fiquei apertando sua camisa com todas as minhas forças, e ele me abraçou, dando um beijo na minha testa.

— Você é a pessoa mais teimosa que já conheci.

Chorei com o rosto no seu peito, enquanto a Dra. Murphy aplicava a última injeção. Em seguida, ela deu um tapinha no meu braço e saiu da sala.

Entrei no apartamento e me deitei no sofá.

— Vai ficar confortável aí?

Não respondi; ainda estava furiosa com ele, embora a essa altura já não soubesse mais por quê. Ele se ajoelhou diante de mim, seus penetrantes olhos verdes fixos nos meus.

— Posso te dar um beijo? Senti uma saudade louca desses lábios.

Honestamente, nenhuma mulher podia resistir a ele, mas eu não me chamaria Ellery Lane se não tentasse. Ele passou o dedo sobre a minha boca, e então pelo meu rosto. Inclinou-se para mim e roçou a boca na minha com delicadeza. Não demorei muito a ceder, meus lábios se unindo aos dele. Afastei-os, para que sua língua pudesse explorar minha boca inteira. O beijo foi leve e suave. Ele parou de me beijar, e olhou para mim. Não disse nada no começo, apenas me observando.

— Nunca amei ninguém como te amo, Ellery, e não importa o que tenhamos passado, ou ainda venhamos a passar, o que sinto nunca vai mudar.

Lágrimas brotaram nos meus olhos, e segurei seu rosto entre as mãos.

— Também te amo, e, mais uma vez, me desculpe.

— Acho que vamos passar a vida inteira pedindo desculpas um ao outro. — Ele riu.

Eu me sentei, deixando que ele se acomodasse ao meu lado. Ele me puxou para si, e encostei a cabeça no seu colo. Então, ficou fazendo cafuné nos meus cabelos até eu pegar no sono.

Capítulo 42

Passamos os dias que se seguiram na cama, pondo o sexo em dia.

— O Natal é na semana que vem, e vou te levar para comprar uma árvore.

Olhei para ele, fazendo beicinho.

— Quer dizer que vamos ter que sair da cama?

Connor sorriu.

—Vamos, mas prometo que vai ser por pouco tempo. — Ele segurou minha mão e me levou para o chuveiro.

Passamos o dia escolhendo a árvore de Natal perfeita. Connor mandou que a entregassem em casa, enquanto comprávamos os enfeites e os pisca-piscas. Decoramos a árvore, bebendo vinho e comendo comida chinesa. Fizemos amor diante da árvore, as luzes brilhantes se derramando sobre nossos corpos envoltos em um cobertor no chão da sala.

— Minha mãe quer que você vá passar o Natal lá em casa — disse ele, seu dedo deslizando pelo meu braço.

— Eu adoraria. Estou com saudades da sua família.

— Falei com Peyton, e, se você concordar, vamos passar o dia 24 com ela e Henry e o Natal na casa de meus pais, a menos que você tenha outros planos.

— Está perfeito para mim, e não há nenhum outro lugar aonde prefira ir.

Estávamos no dia 23, e iríamos voltar para Nova York bem cedo na manhã seguinte. Levantei da cama e liguei a cafeteira. Connor saiu do quarto com a mão às costas.

— O que está escondendo aí, Sr. Black?

Ele sorriu e deu um beijo nos meus lábios.

— Um presente para você. — E me entregou a linda caixa branca com um laço de fita cor-de-rosa. Abri-a e retirei um deslumbrante vestido de verão branco de alcinhas.

— Ah, Connor, é lindo! — Sorri, pondo-o na frente do corpo.

—Você vai usá-lo hoje, no jantar.

Inclinei a cabeça para o lado.

—Vai me levar para jantar?

— E eu não levo sempre? Mas o jantar de hoje vai ser o nosso último na Califórnia por algum tempo, por isso quero que seja uma ocasião especial.

Abaixei o vestido, passando os braços pelo seu pescoço.

— Obrigada, adorei.

Não demorou muito e ele me pegou no colo e me levou de volta ao quarto, para nossa sessão de sexo matinal.

Saímos e caminhamos em direção à limusine que nos aguardava.

— Uma limusine? Que chique, Sr. Black!

Ele sorriu, abrindo a porta. Entrei e soltei uma exclamação ao ver o motorista.

— Denny, o que está fazendo aqui?

Ele se virou para mim com um sorriso.

— É bom te ver, Ellery.

Connor sentou ao meu lado e fechou a porta.

— Por que Denny está dirigindo para nós aqui na Califórnia?

— Preciso vendar seus olhos.

Olhei para ele, sorrindo.

— Não acha que isso seria um pouco indecente na presença de Denny?

Ele deu uma risadinha, balançando a cabeça.

— Confia em mim. Vamos usar isso no nosso quarto, mas, por ora, o lugar aonde vou te levar é surpresa, e não quero que saiba até chegar lá. —Tirou uma venda preta do bolso e a pôs nos meus olhos, perguntando em seguida: —Você está bem?

—Tirando a extrema excitação, estou.

A limusine parou, e Connor segurou minha mão e me ajudou a descer. Então, parou e me disse para tirar as sandálias. Meu coração batia a mil por hora de entusiasmo. Assim que meus pés sentiram a areia, parei e fiquei ouvindo as ondas quebrando na praia. Connor retirou minha venda.

— Imagino que saiba onde estamos.

Fiquei parada, meus pés sentindo a areia macia, e então olhei e vi uma pérgula branca que fora montada no meio da praia.

— Somos só nós dois aqui? — perguntei.

Connor sorriu, dando um beijo no meu rosto.

— Só nós dois, amor. Aluguei a praia inteira só para nós.

Pegou minha mão e me levou pela areia até a pérgula branca. No seu interior havia uma mesa redonda forrada por uma toalha branca, rosas brancas e duas cadeiras cobertas por um tecido branco. Eu estava sem palavras diante de tanta beleza. E o melhor era que o sol iria se pôr em breve, e estaríamos ali para assistir.

— Connor, como e quando você fez tudo isso?

— Gostou?

— Adorei. Você é incrível.

— O jantar deve chegar daqui a pouco, então pensei em darmos uma volta à beira-mar.

Segurou minha mão e caminhamos pela orla da praia, a água lambendo nossos pés. Ele parou e apontou para o céu.

— Olha lá, o sol está começando a se pôr.

Meu senso de paz e conforto foi enorme naquele momento. Connor segurou minhas mãos diante de si, respirando fundo.

— Ellery, desde o momento em que te vi pela primeira vez, soube que precisava de você na minha vida, e fiz de tudo para que isso acontecesse. Você sempre me chamou de *stalker*, e tinha razão; eu fui o seu *stalker*, mas por um bom motivo.

Sorri, e ele continuou:

—Você é diferente de todas as mulheres que já conheci. Você é forte, generosa, humana, compreensiva e carinhosa. E também incrivelmente teimosa, petulante e muito independente, e são essas as qualidades que amo em você. Não nego que você exigiu que eu desse tudo de mim desde que te conheci. Você me desafiou e trouxe à tona um homem que achei que jamais poderia ser. Você me mostrou coisas que eu nunca teria visto se você não estivesse na minha vida. Você preencheu o vazio no meu coração que eu jamais soube que existia até você estar ao meu lado.

Lágrimas começaram a me escorrer pelo rosto.

— Eu era simplesmente um homem sem um propósito, e tenho orgulho de quem me tornei por sua causa. Passamos por muita coisa juntos, e vamos passar por outras tantas, mas juntos vamos vencer todos os desafios que a vida puser no nosso caminho. Quero agradecer a você por ser minha melhor amiga e minha amante.

De repente, ele se abaixou sobre um dos joelhos e tirou uma caixinha de veludo do bolso. As lágrimas não paravam de escorrer pelo meu rosto.

— Quero ser mais do que apenas seu amante. Quero ser seu príncipe encantado, seu melhor amigo, seu marido, e quero que você seja minha mulher. Quer se casar comigo, Ellery Lane? — Abriu a caixinha e retirou o mais lindo anel que eu já tinha visto.

Olhei para ele, chorando, e fiz que sim com a cabeça.

— Quero, Connor. Vou me casar com você.

Ele pôs o anel no meu dedo e se levantou, me abraçando e rodopiando comigo. Então nos beijamos apaixonadamente e voltamos a apreciar o pôr do sol.

— Eu quis fazer o pedido aqui porque imaginei que você gostaria que sua mãe estivesse conosco neste momento.

Esse homem me comovia de mil e uma maneiras. Ficamos observando o sol se pôr sobre as águas do oceano, abraçados, sem querermos jamais nos separar.

Ele me levou até a mesa. Jantamos e conversamos.

— Vi o vídeo que sua mãe gravou para você. Na noite em que voltamos da boate e dormi no sofá, liguei a tevê e ele passou. Deve ter sido difícil para você assistir àquilo.

— No começo, sim, mas também reconfortante. Foi maravilhoso ver minha mãe, e me arrependo de não ter ido buscar antes tudo que ela me deixou na caixa de depósito.

Eu não parava de olhar para o anel que enfeitava meu dedo com sua beleza. Era de platina, com um brilhante quadrado de quatro quilates e outros menores contornando o aro.

— Um lindo anel para uma linda mulher. — Ele sorriu.

Então, levantou-se, pegou minha mão e me levou até uma ampla tenda branca, cheia de travesseiros fofos e mantas. Um largo sorriso se abriu no meu rosto.

— Sexo na praia?

— Exatamente, sexo na praia.

Ele se aproximou e puxou as alcinhas dos meus ombros, fazendo com que o vestido caísse aos meus pés. Fiquei apenas com a calcinha de renda branca, enquanto sua língua deslizava pelo meu pescoço e o contorno do queixo, até nossas bocas se encontrarem.

— Quero fazer amor com você a noite inteira, primeiro aqui e depois em casa, em cada cômodo. Quando você caminhar amanhã, vai se lembrar de nossa noite apaixonada, uma noite de que não quero que jamais se esqueça.

Eu me preparei para o sexo divino que estava prestes a acontecer. Eu o desejava como chocolate. Ele me deitou nos travesseiros macios e ficou me olhando, enquanto tirava a camisa, a calça e a cueca. Toda vez que eu o olhava, ficava surpresa de ver como esse homem era bem-dotado em termos de virilidade. Em seguida ele se deitou de lado, apoiando-se sobre um cotovelo, e acariciou meus seios, prestando especial atenção a cada um dos mamilos rígidos, enquanto os beliscava entre os dedos. Passei a mão pelos seus cabelos e puxei sua cabeça para que me beijasse. Nossos lábios ficaram mais quentes quando nossas línguas se encontraram. Com toda a delicadeza, ele deslizou a mão pelo meu corpo até a calcinha de renda, sentindo minha umidade e desejo por ele.

— Você está toda molhada, Ellery — gemeu. Seus lábios se afastaram dos meus e ele beijou cada um dos seios, descendo até o umbigo e beijando de leve o que se escondia entre as coxas. Inseriu um dedo em mim, sentindo a umidade antes de fazer o mesmo com o outro. Soltei uma exclamação e arqueei as costas para que ele fosse mais fundo. Sua língua traçava círculos ao redor da minha área inchada, me forçando a libertar meu prazer para ele. Ele logo pôs a boca onde seus dedos haviam estado, chupando de leve e lambendo cada zona sensível. Meu coração batia rápido, seus movimentos eróticos me queimando a pele. Ele colou a boca à minha e me deu uma amostra do que amava tanto. Minha mão o envolveu lá embaixo, alisando todo o comprimento com gestos longos e suaves. Gemidos escaparam de sua garganta, sua língua lambendo de leve atrás da minha orelha.

— Connor, preciso de você dentro de mim agora. Por favor, preciso sentir você.

Ele gemeu e, quando dei por mim, ele tinha me virado de costas e me penetrava lentamente por trás.

— É assim que você me quer? — perguntou.

— É — sussurrei.

Ele ficou de joelhos e se moveu sem esforço dentro de mim. Passou as mãos ao meu redor e segurou meus seios, apertando-os e beliscando cada mamilo antes de sua mão descer e acariciar meu ponto dolorido.

— Não goza ainda, amor, quero que goze comigo.

— Mais forte, Connor, me fode mais forte, agora! — exigi.

Geralmente eu não era tão desinibida assim, mas algo dentro de mim se rompera e eu queria que ele avançasse com força e rapidez. Ele respirou fundo, movendo-se mais depressa. Estava me deixando à beira do orgasmo e gritei seu nome, ambos sentindo a liberação um do outro. *Ahhh*, disse ele, indo mais fundo dentro de mim e libertando todo o seu prazer dentro do meu corpo. Em seguida beijou minhas costas de cima a baixo, antes de soltar o corpo em cima do meu. Podia sentir seu coração disparado enquanto ele recuperava o fôlego. Passei os braços pelo seu pescoço e alisei seus cabelos.

— Eu te amo — sussurrei.

— Também te amo.

Passamos mais algumas horas na tenda, bebendo vinho e conversando. Mais tarde, como prometido, fizemos amor em cada cômodo do meu apartamento.

Capítulo 43

Antes de voltarmos para Nova York, fomos ao apartamento de Mason e Landon, para eu lhes dar seus presentes e mostrar meu lindo anel. Eles nos ofereceram coquetéis de champanhe com suco de laranja e um café da manhã sofisticado, antes de seguirmos para o jatinho de Connor. Denny estava sentado lá quando chegamos. Corri até ele e lhe dei um abraço.

— Você sabia, não sabia?

Ele sorriu, dando um beijo no meu rosto.

— É claro que sabia, e parabéns.

Chegamos a Nova York e voltamos à cobertura de Connor.

Curtimos um Natal maravilhoso em companhia da família e dos amigos. Connor e eu passamos o réveillon dando uma festa no Waldorf Hotel para duzentos convidados. Alugamos um quarto e passamos a virada do ano fazendo amor apaixonadamente. Ele me abraçou, e encostei a cabeça no seu peito.

— Qual é o problema, amor? — perguntou.

Olhei para ele.

— O que faz você pensar que há algum problema?

Ele deu um risinho, passando um dedo pelos meus lábios.

— Eu noto quando alguma coisa está te angustiando.

Suspirei, voltando a abaixar a cabeça.

— Fala comigo, Ellery, me diz o que está pensando.

Passei a mão de leve pelo seu peito.

— E se aquelas injeções não me curarem?

— Vão curar.

Sentei e me virei para a beira da cama, pondo os pés no chão.

— Você não pode ter tanta certeza disso, Connor.

Ele sentou e pousou as mãos nos meus ombros.

— Posso ter certeza porque tenho fé. É ano-novo, um novo começo para nós, para o nosso futuro, e nada vai tirar isso de nós. Você vai ficar boa, e nós vamos nos casar e passar o resto da vida juntos.

Eu não tinha tanta certeza assim, e estava com medo.

— Quero conversar sobre uma coisa com você.

A seriedade de seu tom me deixou nervosa. Eu me virei para ele, que afastou meus cabelos para trás das orelhas.

— Marquei uma consulta com meu médico para reverter a vasectomia.

Meus olhos se arregalaram.

— O quê? Não, Connor, você não pode fazer isso.

Ele me olhou com uma expressão surpresa.

— Presta atenção. Eu quero fazer isso porque quero ter uma família com você. Se pudermos ter um filho, vai ser maravilhoso. Não estou dizendo que vá dar certo, mas há uma chance de cinquenta por cento, e acho que devíamos arriscar.

Suspirei.

— Mas meus genes são podres, e você sabe disso.

Ele riu, dando um beijo na minha testa.

— Seus genes são lindos.

Sorri, e ele me abraçou.

— Acho que só estou com medo.

— Não se preocupe, amor. Tudo vai dar certo; espere e verá.

Passamos mais duas semanas em Nova York, para que Connor pudesse fechar alguns acordos, e então voltamos à Califórnia, para minha última série de injeções.

— Bem, chegamos ao fim, Ellery. Está pronta? — perguntou a Dra. Murphy.

— Prontíssima. — Sorri.

Connor segurou minhas mãos e as plantou com firmeza no seu peito. Sorri quando minhas mãos começaram a agarrar sua camisa a cada injeção de fogo.

— Daqui a um mês, você vai voltar para fazer exames de sangue — instruiu a Dra. Murphy.

Connor segurou minha mão e me ajudou a levantar da cama. Então, ele me abraçou, sussurrando no meu ouvido:

— Agora, é só esperar.

Epílogo

Eu estava na orla da praia, observando as profundezas do mar. Era o aniversário de minha mãe, e não havia lugar onde me sentisse mais perto dela do que na praia. Desejava tanto que ela e meu pai pudessem estar ali para me verem com Connor, e como estávamos felizes. Se houve uma ocasião na minha vida em que precisei de minha mãe, foi aquela.

Fiquei parada, vendo as ondas quebrarem na praia, recordando o dia em que ele me levara àquele lugar, dez meses antes.

Connor segurou minha mão e me levou, vendada, para um lugar que disse ser uma surpresa. Eu ainda estava com meu vestido de noiva, porque ele não me deixara trocá-lo, argumentando que queria ter a honra de despir a noiva.

— Está pronta, querida?

— Estou pronta desde toda a eternidade.

Ele riu e tirou a venda. Soltei uma exclamação ao ver que me encontrava diante do que parecia ser um de meus quadros. À nossa frente estava a casa no estilo de Cape Cod que eu tinha pintado.

— Connor, o que é isso? — Eu mal podia falar. Olhei ao redor e vi que não estávamos mais em Nova York; parecia mais algum balneário no sul de Long Island.

Ele segurou minha mão e me levou até a varanda.

— Essa casa é o seu presente de casamento.

Meu coração disparou de excitação. A casa era exatamente como a que eu tinha pintado. Eu estava sem fôlego, sem fala, minha mente tentando assimilar o que acontecia. Ele me pegou no colo e me carregou pela porta.

— Gostou?

— Se eu gostei? Adorei, mas não estou entendendo.

Ele sorriu, dando um beijo nos meus lábios.

— Essa é a nossa segunda casa. Vamos passar os fins de semana e os meses de verão aqui.

Ele me pôs no chão e segurou minha mão, me levando para os fundos da casa. Lágrimas começaram a escorrer pelo meu rosto quando pisei no deque e observei a beleza do cenário à minha frente. Ele mandara construir tudo exatamente como eu pintara. Admirei o muro baixo que contornava o terreno. Havia uma porta em arco que dava para uma pequena escada levando à praia. Minhas flores favoritas margeavam a trilha. Mas o detalhe fundamental que tornava o local tão perfeito era o farol que se erguia ao lado da casa. Connor ficou atrás de mim, deixando que eu apreciasse a vista à vontade. Eu me virei para ele, que secou algumas lágrimas no meu rosto.

— Não precisa dizer nada, Ellery. Sei o quanto você adorou; dá para ver pela sua expressão. Ela foi construída para você, porque eu te amo. Quero realizar cada sonho que você já teve, te proporcionar cada momento feliz que você nunca viveu, te devolver cada gota de amor que você perdeu e, principalmente, te dar uma família. Essa casa, a nossa casa, é o meu futuro com você, e vamos passar o resto das nossas vidas construindo lindas lembranças aqui.

Engoli em seco, porque não sabia o que dizer. Estava comovida demais com a generosidade e o carinho desse homem. Era como se estivesse vivendo um sonho, e a realidade fosse outra dimensão que eu abandonara e para a qual me recusava a voltar. Observei seus olhos sedutores, segurando seu rosto entre as mãos.

— Nunca pude entender qual era o meu propósito no mundo. Não conheci nada além de dor e perda a minha vida inteira. Mas agora sei por que Deus me salvou da primeira vez. Foi para que eu pudesse te encontrar. Então ele me salvou uma segunda vez, para que eu pudesse te amar para sempre. Essa casa é perfeita; você é perfeito, e ninguém jamais vai tirar isso de nós. Nosso amor é infinito, e vou passar o resto da minha vida mostrando isso a você.

Pressionei os lábios nos dele, e trocamos um beijo profundo e apaixonado. Ele me pegou nos braços fortes e me carregou para dentro da casa.

— Vamos tirar esse vestido, Sra. Black — disse, sorrindo.

Connor se aproximou por trás de mim e passou os braços pela minha cintura que não parava de se alargar, pousando as mãos na minha barriga e encostando o queixo no meu ombro.

— Como vão indo as minhas duas meninas?

Pousei as mãos sobre as dele, que alisavam minha barriga carinhosamente.

— Sua filha pintou o sete hoje, e não me deixou dormir a noite inteira.

Ele esfregou o nariz no meu pescoço e deu um beijo no meu rosto.

— Ela é como a linda mãe, e vai ser uma guerreira. Mal posso esperar para vê-la e carregá-la nos braços — sussurrou ele.

Sorri, entrelaçando nossos dedos.

— Nem eu. Ela é a razão por que Deus me salvou uma terceira vez. Ela é o nosso pequeno milagre.

FIM

Um Grande Agradecimento

Espero que tenham gostado de ler *Black para sempre* e de embarcar nessa jornada emocional com Connor e Ellery. Quero agradecer a todos que compraram este livro e o leram. É o meu primeiro e muito aguardado romance, e mal podia esperar para compartilhar a história de Connor e Ellery com vocês.

Adoraria que entrassem em contato comigo através dos seguintes endereços:

facebook.com/Sandi.Lynn.Author
twitter.com/SandilynnWriter
goodreads.com/author/show/6089757.Sandi_Lynn
www.authorsandilynn.com

Mais uma vez, obrigada pelo seu apoio! Agradeço muito!

Papel: Offset 75g
Tipo: Bembo
www.editoravalentina.com.br